U0080936
娃娃雕像的嘆息——
Novel帝柳 IllustGUNNI
勾魂筆記本
If you choose to forget it,
you would remember it someday.
Listen! It's the stroke of 04:00.

## ✎柳阿一

驚悚小說作者，卻是個拖稿大王。對外是風流成性，舉手投足都是自我感覺良好的明星架式，可一旦對上兩位編輯，就變成像小鹿斑比的小媳婦樣，不時被虐的可憐蟲。不知為何失蹤一年，歸來後卻喪失這段時間的所有記憶，身邊還帶著一本名為「勾魂冊」的冊子。

## ✎方世傑

阿一的責任編輯，蚩壬出版社眾鬼使神
之一。被柳阿一稱作「阿大」。是個完
主義者、工作狂，對柳阿一相當嚴厲。
是無鬼神論者，卻有嚴重的靈異體質。

## ✎殷宇

蚩壬出版社的新進員工，方世傑的助理；在這之前，他曾是刑警中的科學鑑識組一員。

他行事低調，講求效率，是平緩柳阿一和方世傑之間衝突的和事佬，但一開口就是一針見血的超強殺傷力。他對於「好兄弟」相關的事情極度有興趣。

✎尚. 溫徹斯特
曾為坐擁溫徹斯特州的領主公爵，生前是個遠近馳名的花花公子，長相英俊因而頗為自戀，開口必自稱「本公爵」，視他人為平民。
因為西法的緣故受困於故居之中，直到殷宇無意間來訪才將他解放。
✎夏琳
外表是個讓人感覺清爽、擁有藝術氣息的女子，對於追求藝術之美相當執著，抱持著能夠創作出超越老師作品的心態。有一個奇怪的堅持，即是嚴禁他人進入她的房間內。
✎西法. 斐迪辛
巴特菲萊教堂的神父，西方人士。
外貌俊美，帶著陰鬱氣質，不論男女都會為之心動。興趣是看蝴蝶蝶
翼分離。與修女卑以亞一起，似乎
在收集著什麼……

# INDEX

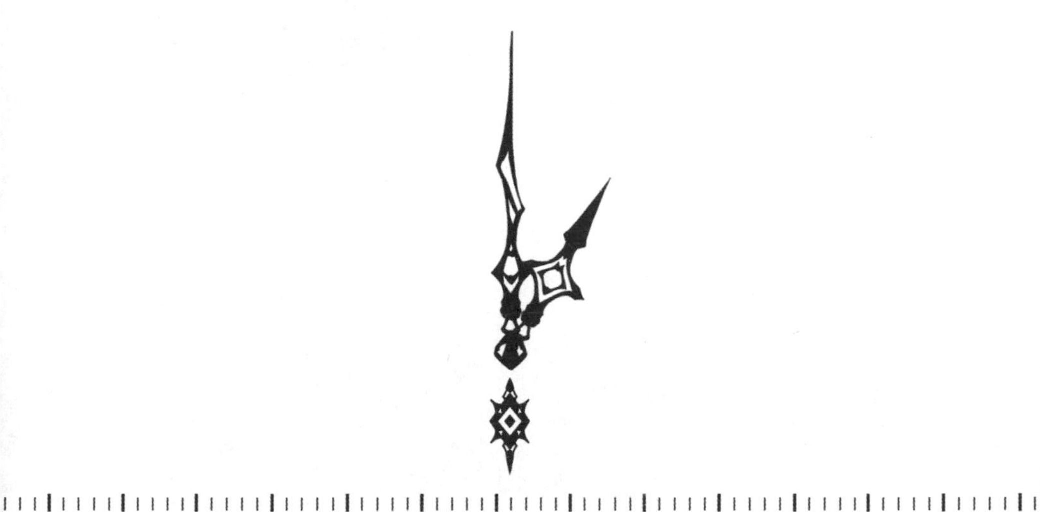

# 楔子

我要製作洋娃娃
需要一顆美麗的頭顱
我要製作洋娃娃
需要一副纖細的手臂
我要製作洋娃娃
需要一對修長的雙腳
我要擺放洋娃娃
需要一具寬大的棺木

—《娃娃雕像的嘆息》—

土地上的教堂。

藍天白雲之下，今日卻颳著陣陣冷風，入秋後的氣味透過風傳遞開來，夏琳因此將風衣裹得緊緊，一頭微捲及肩的棕髮隨風舞動。她的目光定定注視著前方，那座矗立於墓碑林立土地上的教堂。

「好美啊……多麼美麗的景色……」夏琳不禁輕聲讚嘆眼前這片充滿對立色彩的景致。

被墳墓所包圍，那一間帶著神聖與禁欲感的教堂，看在夏琳眼中是多麼具有衝擊性的藝術氣息。再也找不到如此震撼她心靈的景色，她變得更想親眼一見這座教堂的建造者，據說對方同時身兼這裡的神父。

從看到教堂周圍的景物後，夏琳就感謝起自己收到了那張邀請函，若沒有那封信，她也無從有這個機會一睹此處風采。

憑著那封信，獨自一人開著車，千里迢迢來到這座教堂前，起初她還懷疑自己開錯了路，因為車子越往裡開，周遭的墓碑就越來越多，而且大多數都是歷經風霜的老舊殘破石碑，荒草蔓生，好似久無人跡。

當時她就有個疑問：教堂真會出現在這種地方嗎？

不過，這個疑惑很快就自她的心坎裡抹除，她有種說不上來的感受，覺得自己來到這裡一定是藝術之神的指引。

欣賞完景色的夏琳，帶著滿懷的期待，踏著她一雙略微破舊、沾滿各種顏色塗料的帆布鞋，走進眼前這座木材搭建的古樸建築物中。

「請問是夏琳小姐嗎？」推門而入，夏琳就見一名容貌端正清麗的修女站在前頭，用著不帶一點起伏的音調詢問自己。

「是，我就是。」夏琳毫不猶豫的回答。

「夏琳小姐，請跟我來，神父已在等您了。」

全身上下僅僅露出一張瓜子臉蛋、其他都被修女服包裹得不見一點膚色透出的女子，輕聲回應了夏琳後便轉過身去，提起腳尖要帶領夏琳前進。

夏琳跟了上去，心想她終於能夠見著這座教堂的擁有者了，能夠想出將教堂蓋在墓園裡的傢伙……真不知是怎樣的一個人呢。

一邊想著，一邊穿過教堂內的庭園，夏琳發現這裡有好多種色彩斑斕的蝴蝶，看著牠們形形色色的翅膀翩翩搧動，就有種置身夢境的恍惚，夏琳又忍不住讚嘆：這又是多麼美的一幕啊！

直到修女為她開啟了前頭的門扉後，夏琳的注意力才從這些蝴蝶身上移開，落到前頭站在聖子雕像旁，等候她到來的神父背影。

「歡迎妳的前來，夏琳女士。」

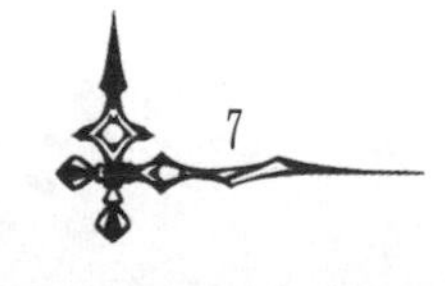

夏琳眼中，那位留有一頭烏黑亮麗長髮的神父緩緩轉過身來，向她綻放淺淺的笑靨。

這一刻，夏琳的心狠狠漏了一拍。

好奇怪啊……只為藝術而奉獻的自己，從不對任何異性感到怦然心動，卻在見著這神父的容貌後，心臟便不由自主加重了跳動的力道。

然而，她很快就想到了答案——

啊，一定是因為這名神父太美的緣故！

她活到至今，從沒見過如此攝人心魂的美貌，即便明知對方是個不折不扣的男性，實際上對方的長相也不像女子般陰柔，她還是忍不住想用美麗來形容眼前這個人。同時，她也感嘆造物主的不公平：擁有如此美貌之人，也一定有著對藝術創作的天分，才得以將教堂蓋在如此意想不到之處。

「神父，你在信裡頭提到的東西……會給我對吧？」為了讓自己不因對方的美而分了神，夏琳趕緊提出自己前來的目的。

「那是當然的，只要妳答應我提出的條件，並且願意從今以後都遵守著。」

掛在神父嘴上的笑容未減，夏琳也毫不遲疑的連忙點頭。

「那麼……」神父向身旁的修女用個眼神示意，看著她從一個櫃子裡取出鐵籠，然後他走往蝴蝶翩翩起舞的庭園，回過頭來對著夏琳道：「說出妳的願望吧，夏琳女士。」

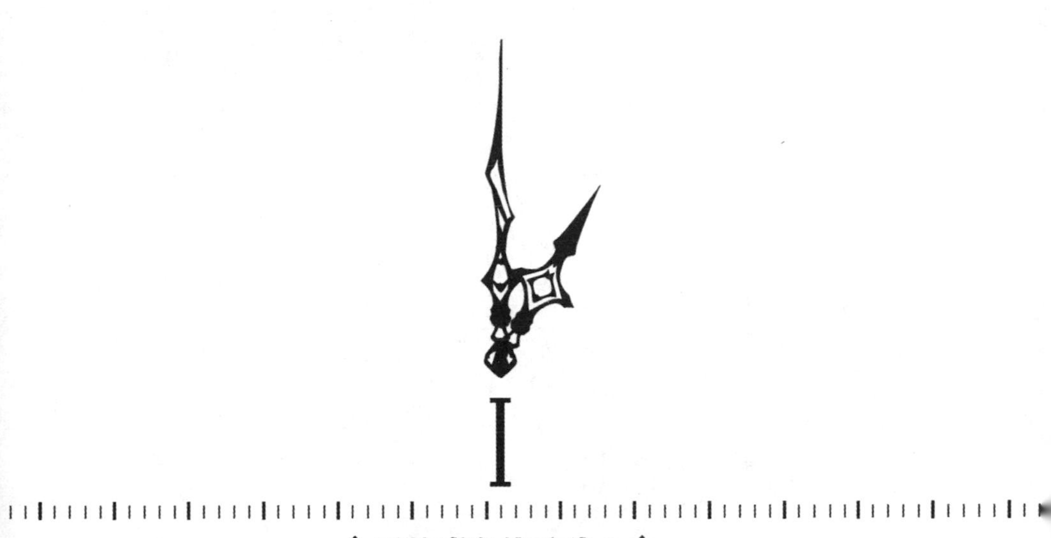

# I

## 這什麼鬼伴手禮！

「叮咚。」

在假日的午後，柳阿一家的門鈴聲響起。現正陷入水深火熱趕稿修羅期的柳阿一，打算不予理會，反正根據以往的經驗來說，絕對都不會是正妹來敲門。

「叮咚叮咚。」

讓人煩躁的門鈴聲又響，坐在筆記型電腦前的柳阿一皺起了眉頭，但他打算堅忍下去、繼續絞盡腦汁和自己的稿子奮戰。

「叮——」

「啊！煩死人了！」

門鈴最後是拉長聲音，疑似被人按住不放，椅子上的柳阿一再也受不了的抓了抓頭，站起身，憤怒的邁開雙腿快步走向門前，邊開門邊吼道：「到底是誰那麼不知趣……！」

「不好意思，那個人正是我。」

門一開，跳入柳阿一眼簾的臉孔，是久違不見、前陣子跑去國外度假的助理編輯殷宇。

「……這世界上如此不知趣的人果然只有你了。」一見著對方的臉，柳阿一也不客氣的擺出眼神已死的表情。啊啊頭好痛，為什麼偏偏在他忙得焦頭爛額之際看到這傢伙呢？

「我記得截稿日還沒到……就算只剩下一天，你也不該在這時候提前來到我面前催稿吧？」看著殷宇沒等主人的允許，便兀自走進他家後，柳阿一嘆口氣關上家門，雙手抱胸詢問對方。

雖然不想承認，但他的家可是髒亂出名，連素有「鬼差編輯」的阿大都不願意踏進來，自此成了他躲避阿大催稿的好所在，只是想不到這個殷宇居然瞧都不瞧他屋內的凌亂，就這麼好整以暇的走進他家中……所以說他柳阿一真有理由懷疑此人根本是外星人所生。

「今天是假日，所以我不是來催稿的。」殷宇淡淡回了一句，很快在一片雜亂的沙發上騰出個空位，坐下後，轉身打開他帶來的背包。

「不然敢問閣下是來做什麼的？無事不登三寶殿吧？」柳阿一還是一副抗拒對方到來的臉色，沒好氣的問。

「伴手禮。」說著，殷宇從背包中取出一樣有著明亮溫柔水藍色的東西。

「哈啊？」柳阿一一度以為自己聽錯了，噢，不只聽錯，他也覺得自己看錯了。誰能跟他說明一下，為什麼殷宇會從背包裡拿出一個小飛象玩偶，然後指著它說是「伴手禮」啊？

「這是我本來要送給方編輯的伴手禮，因為他不想要，就只好拿來送你了。」

以上便是殷宇的答案。

他的直屬上司方世傑據說連看都沒看這個禮物，就直說：「只要殷宇回來就好，快幫幫我去跟柳阿一催稿吧！」於是如此推卸掉了殷宇的好意。

「等等，原來我是阿大的垃圾桶嗎？還有什麼叫『只好』？送我東西是有這麼勉強

哦？」柳阿一頓時有種被箭射中的受傷感，真想摀著胸口說好疼啊……不過話說回來，他也不想要這種禮物啊！

「沒辦法，因為不能浪費。」殷宇還是面無表情的回答了柳阿一。

「什麼叫不能浪費？我才不要這玩意！根本就是你挑選禮物的眼光有問題！」送大男人一個小飛象玩偶……這像話嗎！到底是哪個外星人生這樣的腦袋給殷宇啊？地球很複雜的，快帶回去調整一下吧！

「什麼！你這平民好大的膽子！居然敢嫌棄本公爵？」

就在這時，柳阿一似乎親耳聽見水藍色小飛象玩偶體內發出了……人類，而且還是中年男子氣憤的聲音。

「殷宇，你剛才有聽到什麼聲音嗎？」柳阿一愣愣的問。

「沒，什麼都沒聽到。」殷宇淡定的回。

「哦，那真是太好了，我還以為自己幻聽了，小飛象玩偶怎會發出中年男的聲音嘛，就跟芭比娃娃配上肯尼的聲音一樣讓人噁心嘛。」柳阿一拍拍胸脯，露出一副好家在的表情。

「你們竟敢無視本公爵就算了！膽敢還嫌本公爵噁心？本公爵也不想待在這個該死的玩偶裡啊！」

在柳阿一話說完後，擺在桌上的小飛象玩偶再次發出了聲音，這一回的音量更變本加厲的洪亮。

「嗚啊啊！玩偶會說話！小飛象真的會說話！」柳阿一驚嚇的往後跳去，直指著桌面上的水藍色絨毛玩偶大吼大叫。

反觀殷宇仍舊一臉鎮定，雙手抓住了小飛象玩偶，將之往柳阿一的方向推進。

「事到如今只好這麼做了……柳先生，這位是尚．溫徹斯特公爵。」

「尚．溫徹斯特公爵……」

柳阿一怔怔看著水藍色絨毛玩偶——在他眼中看起來還是很廉價的那種——嘴巴則跟著殷宇重複一遍。

「哼哼，聽到本公爵的威名怕了吧？還不快給本公爵下跪致歉？」

小飛象玩偶體內發出的聲音聽起來很是得意，只不過柳阿一又補上一句：「尚．溫徹斯特公爵……就是這隻小飛象玩偶的名字？我都不知道這年頭玩偶還會為自己取名……」

「什麼玩偶的名字！本公爵可是……嗚嗚！」

自稱尚．溫徹斯特公爵的小飛象玩偶話還未說完，就被殷宇以兩手用力擠壓偶身，使得尚．溫徹斯特的話就此被打斷。

「基本上這不是一尊普通的玩偶，柳先生。」殷宇繼續用力擠啊揉著絨毛玩偶，讓對面的柳阿一只聽到玩偶持續不斷發出嗚嗚聲。

「你這不是廢話嗎？我當然知道這不是普通的玩偶……這到底是怎麼一回事？而且你還打算把這種東西送給我？」柳阿一搖搖頭，他真是越來越搞不懂殷宇這個人……不，是從沒搞懂過吧。

「這說來話長……」

殷宇接下來把自己在國外度假遇到的經過都向柳阿一坦白，至於為何要當成伴手禮送給方世傑或退而求其次給柳阿一，殷宇表示，那是因為他很想將這個自己難得可見到的幽靈留在身邊。至於用途……柳阿一不打算問個明白，因為他有預感會很獵奇。

然而，由於殷宇平時很忙碌的關係，擔心沒人好好照顧（？）他這個得來不易的舶來品，所以只好轉送給他稍微信得過的人，一來有人能照顧，二來自己還可以有空時去看一下……於是乎造就今天殷宇出現在柳阿一家中的現況。

「這麼說來，尚‧溫徹斯特公爵就是你偷渡回國的鬼魂了嘛。」

終於弄懂整個過程的柳阿一，一手托著下巴、一手抱著胸，視線落在被殷宇抓在手裡的玩偶，殷宇則默默點了點頭。

「不過……你剛才說，自己是唯一可以聽到這位公爵的聲音和樣貌之人……那為什麼我也聽得到他的聲音啊？」柳阿一忽然意識到這點，身子不由得震了震。

「這麼說來好像是如此……怪耶，本公爵當初可是被下了詛咒，一般人就算是擁有靈異體質的也無法見著，或者聽到本公爵的聲音……現在有一個殷宇就算了，為何連你這個平民也聽得到本公爵珍貴難得的嗓音啊？」在殷宇鬆手後，待在玩偶裡的尚．溫徹斯特公爵終於能出聲，他同樣納悶的回問柳阿一和殷宇。

「珍貴難得這四個字就免了。這問題我剛也思考過……會不會是磁場相近的關係？」殷宇先是冷冷吐槽，後提出他的看法。

「等等，你是說我跟你這種傢伙磁場相近才聽得到小飛象的聲音？」

「什麼小飛象！本公爵說了多少次！是尚．溫徹斯特公爵大人！」

待在水藍色絨布娃娃裡的公爵用力嘶吼，不過由於他的外觀實在太過可愛，感覺起來一點殺傷力都沒有哪。

「你以為我願意和你磁場相近嗎？不對……我怎麼可能和你這等程度的人磁場相近，我改變想法了，一定是另有原因。」殷宇冷冷挑了挑眉頭，馬上改變了他的說法，還對柳阿一流露出鄙視的目光。

「喂喂，到底是有多瞧不起我啊你這混帳……那你說啊，還會有什麼原因讓我們都能聽到小飛象的聲音？」

「就跟你說本公爵不叫小飛象！」

如果可以自由活動的話，被尚．溫徹斯特公爵借住的這個玩偶真要跳腳了。

「吵死了，不然你能解釋嗎？」

殷宇再次將布偶拿起來用雙手一擠，小飛象……更正，是寄居在小飛象裡頭的尚・溫徹斯特公爵再度發出一陣哀號。

「你這個該死的平民！居、居然膽敢這樣一而再的對本公爵動粗……要個可能的答案是吧！本公爵才不告訴你們！」

光聽聲音就能想像尚・溫徹斯特公爵正氣鼓鼓的漲起兩頰的模樣。

「不說嗎？不說是吧？殷宇，讓他知道什麼叫刑警拷問的手段。」在旁的柳阿一板起臉來，目光陰冷的看著桌上的玩偶。

「難得和你有默契。」殷宇同樣用充滿寒意的視線盯著目標，開始摩拳擦掌起來。

「你、你們想、想對本公爵做什麼……！」公爵大人的口氣一改先前的強勢，明顯變得膽怯了。

「當然是要好好『關愛』您一下啊，公爵大人。你說是吧？殷宇？」柳阿一賊賊的勾起嘴角，視線望向對面的殷宇。

「公爵大人，有一種你那時代沒有的酷刑，想不想試試？」殷宇目光鎖定著玩偶，一臉認真的問道。

「別、別別別……算、算你們厲害！本、本公爵說就是了！」

看來即使貴為公爵大人也得視時勢為英雄，否則就要被打成狗熊了，啊不，是鼻青臉腫的小飛象。

「你們兩人能知道本公爵存在的理由……應該只有一個。」尚・溫徹斯特公爵深吸口氣後繼續說：「那就是，你們應該都有接觸到某樣東西。」

「某樣東西？」柳阿一納悶的歪著頭。

「你的意思是，有一種東西是我和柳先生都曾接觸過的吧？而且那東西還不能是普通的玩意……」殷宇分析道。

「沒錯，本公爵就是這個意思。」

如果能控制布偶四肢的話，這個時候的公爵大人會讓小飛象連連點頭吧。

「我怎麼覺得聽殷宇這麼一說，就知道是哪個東西讓我們能聽到你的聲音……」柳阿一擺出死魚般的表情，隨後他起身，走往自己的抽屜並從中拿出某樣物品。「喏，你說的會不會是這個？公爵大人？」

柳阿一將手中之物放到玩偶面前，對方一看，驚訝的倒抽口氣。

「你、你！你怎麼會有這本勾魂冊？」在小飛象玩偶裡面的尚・溫徹斯特公爵驚呼。

「這個說來話長……不過，答案就是這個對吧？我唯一能想到既不尋常而殷宇也有接觸到的東西……就只有這本勾魂冊了。」柳阿一撓了撓後腦勺，聳了聳肩回應。

「本公爵所說的確實是這本勾魂冊沒錯……真是不可思議，居然又在這裡見到這本不祥之物……難道說冥冥之中有命運的安排嗎……」尚・溫徹斯特公爵喃喃自語。

「你到底在說些什麼啊？啥命運的安排？別跟我說你和我有紅線在牽引！」說好的人鬼授受不親啊！更何況還是個男鬼。如果是像小倩一樣的正妹，他柳阿一還可以考慮一下，但對方不僅是個帶把的還是個大叔，越想越頭皮發麻。

「你才在那邊胡說八道！本公爵就算全世界包括鬼界的女人都死絕了，也不想和你這種人有紅線牽引。」尚・溫徹斯特公爵的口氣很不以為然。

「不，公爵大人和柳先生一樣都是好女色之徒，就這方面來說真是天作之合。」

「天作之合個鬼！」柳阿一和公爵大人齊聲吐槽殷宇。

吐槽之前，公爵大人最好三思一下……您現在可正是個鬼呢，能不能換一個詞啊？柳阿一在心裡不禁也吐槽了這時站在同一陣線的「鬼」。

「但話說回來，溫徹斯特先生你又為何知道勾魂冊？」

不愧是臨危不亂外加面癱屬性的殷宇，無視兩人的吐槽後還將話題一轉，同時兩指輕輕推了推眼鏡。

哦哦，這種犀利的目光和動作，代表殷宇前刑警的雷達又開啟了。看著殷宇的柳阿一這麼想，不過他更在意殷宇問的話。

「公爵大人，說明一下吧？除非你真想嘗試一下我們家殷宇的拷問能力。」柳阿一重新坐下來後，對著桌上的水藍色絨布玩偶瞇眼一笑。

「本公爵就知道一定會被你們這樣逼問……也罷，但相對的，本公爵也想了解勾魂冊為何在你手上。」這次公爵大人妥協了柳阿一等人的要求，只是帶有附加條件。

柳阿一看了殷宇一眼，見對方回以肯定的眼神後，便聳了聳肩答：「好吧，為表我們的誠意，這次就換我先說好了。關於勾魂冊，就我所知事情是這樣的……」

將自己失蹤後得到勾魂冊的種種，幾乎一五一十告訴了尚．溫徹斯特公爵後，柳阿一感到對方正在沉思的可能，於是也好一會沉默不語。

「真是令人匪夷所思，究竟勾魂冊是如何到你手中，又與你的失蹤失憶有何關係……」

被裝在小小的小飛象絨布玩偶裡的公爵，語氣認真，似乎真如柳阿一所想的正在思考。

「怎麼樣？你難不成有解答嗎？」柳阿一湊近一問，他不想放過任何一個可能解開自身謎團的機會。

「咳……本公爵還沒悟出這其中的所以然……」乾咳一聲，尚．溫徹斯特公爵的口氣聽來有些尷尬。

柳阿一翻了個白眼，「切，本來還指望你……算了，照約定，該你跟我們講清楚說明白了，你是如何知道勾魂冊的？」



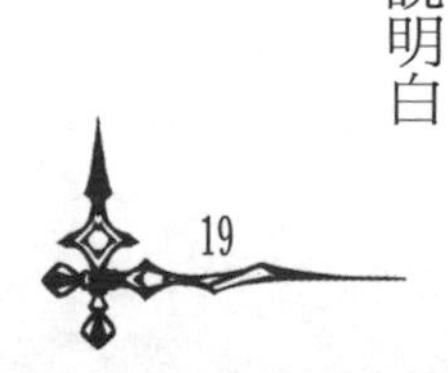

「老實說……本公爵很不願再談起勾魂冊的事……因為，得再次回憶自己之所以落得如此下場的過程……」

話音落下後，是一聲感慨萬千的長嘆。

縱然看不到對方的表情，柳阿一卻隱隱約約覺得玩偶的那身藍，忽然間變得陰鬱起來。

「本公爵會與勾魂冊有所接觸，一切都得追溯到……！」

尚・溫徹斯特公爵的話才說到一半，放在柳阿一手上的勾魂冊突然乍現青光，打斷了原先眾人的談話。

「勾、勾魂冊又新增內容了？」

柳阿一詫異的低頭看著手裡的勾魂冊，他隨即翻開一看，果真見著預期的字跡，以熟悉的優雅隨意的筆觸寫著——

我要製作洋娃娃，

需要一顆美麗的頭顱。

我要製作洋娃娃，

需要一副纖細的手臂。

我要製作洋娃娃，

需要一對修長的雙腳。

我要擺放洋娃娃，
需要一具寬大的棺木。

「這、這是什麼……怎麼和以前敘述的風格不太一樣了啊？」

柳阿一第一個對這段新增文章做出評論，翻閱以往的紀錄，都是以「他」的第三人稱觀點來描寫，這回卻出現這種難得一見的第一人稱，怎樣都覺得有點不太對勁。

「這會不會只是勾魂冊之主想一改寫作的方式罷了？」殷宇一手托著下巴，鏡片下的目光注視著筆記本內頁。

「不，就本公爵對那個人的認知……他不會無故改變寫法。」尚．溫徹斯特公爵說著，並分析道：「這次的第一人稱，很可能就是反映此次交易對象的內心。」

「哇，這麼說來你很了解勾魂冊的主人？」柳阿一眨眨眼，訝異的看著桌上的玩偶。

「不……這世上沒什麼人了解他……據說只有一個人，而那人也並非本公爵，本公爵只是曾和勾魂冊之主有過一段時間上的接觸往來……」

公爵的語調又沉了下去，好似又陷入了漫長且不為人知的回憶中，雖然柳阿一很想對眼前這隻小飛象——再次更正，是尚．溫徹斯特公爵——進行更深入的了解，但既然勾魂冊出現新的敘述，他可沒時間再打聽下去，得先查清楚究竟又是誰與勾魂冊的主人做了交易。

「現在問題來了，基本上過去勾魂冊的交易對象都和我周圍人事物有關，可是到目前為

止，我都還沒接觸到可疑的對象，殷宇和阿大也不可能和勾魂冊的主人做交易，至於你這位公爵大人，我想應該也不會是這次的人選……」柳阿一托著自己的腮幫子思考，「那麼，此次被勾魂冊主人找上門的傢伙……又是誰呢？」

此話一出，換來殷宇和尚．溫徹斯特公爵一陣沉默，因為他們都知道柳阿一說得有道理，以往的經驗都是目標先出現在柳阿一的周遭，這次卻讓人摸不著頭緒。

這個時候，殷宇一拳敲在自己的掌心，像是做了某種決定。他對柳阿一說：「柳先生，你今天原先預訂的行程是什麼？」

「哈啊？」

突然被這麼一問，當事者有些反應不過來。

「請回答我，因為你一定不只有寫稿這個安排。」殷宇斬釘截鐵的說。

「可、可惡被發現了……沒事把我摸得那麼透澈做什麼……」柳阿一一臉汗顏、被抓包的表情，嚥下一口水後答：「我、我本來是想寫稿告個段落後，去附近新開的美術館參觀啦……」

只好老實招了的柳阿一，心虛的別過頭去，一手撓著後腦勺。

「雖然我以編輯的立場不希望你放下稿子偷溜出去，不過人命關天，我現在允許你照預定的行程出門。」殷宇推了推眼鏡，正色回應柳阿一。

柳阿一以為自己聽錯了，還拉了拉耳朵，不敢置信的問：「你吃錯藥啊？你要眼睜睜放我走？」

「我有沒有吃錯藥需要證明給你看嗎？」殷宇一邊說著，一邊摩拳擦掌。

「……不，我相信你是很清醒的。」柳阿一連忙正經起來，他可不想嘗試刑警訓練出來的鐵拳。「不過你總該告訴我這麼做的理由吧？」

「理由很簡單。」殷宇用兩指抵在鏡架之上，「我的推測是，若是照你原先的行程走下去，應該遲早會遇到合乎勾魂冊所說的人選。」

殷宇站起了身，開始收拾自己的背包，「所以你該慶幸勾魂冊這時候出現新增內容，否則我是絕對不允許你在截稿前跑出去的。」

「原來如此……等一下，那這隻小飛象該怎麼辦？」柳阿一先是恍然明白，而後指著桌上那個水藍色的絨毛玩偶。

這一次公爵大人連吐槽的力氣都沒有了。

「放著。」殷宇言簡意賅、毫不思索的回道。

「哈啊？」柳阿一愣了愣。

「喂！什麼叫放著？難道你還不打算放本公爵出去？」尚・溫徹斯特公爵強烈抗議。

「你在說什麼話呢，尚・溫徹斯特先生。」殷宇好整以暇的理了理西裝領口，鏡片下的

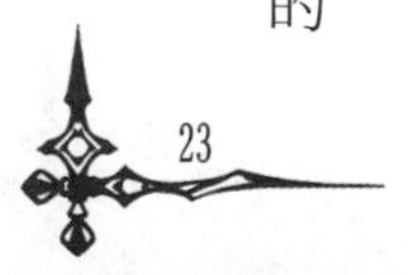

目光冷冷睨著桌上布偶。「要是放你出來，你就會跑掉對吧？身為伴手禮，你什麼時候才會有自知之明呢？」

語畢，殷宇回頭就往柳阿一的家門口走。

「什麼！原來你打從一開始就真把本公爵當伴手禮帶回來？你這該死的平民！快放本公爵出去！快放本公爵出去——」

尊貴的尚．溫徹斯特公爵氣憤不已的大吼大叫，不過被他怒喊的對象只是頭也不回的踏出門，留下這家的主人柳阿一。

於是哀怨的公爵大人只好將主意打到柳阿一身上：「你，就是你！二號平民！現在就只能靠你將本公爵放出去了，讓本公爵告訴你法子……」

「不了，公爵大人您還是好好待在軟綿綿的玩偶裡面比較好，現在這個社會太黑暗了，我怕您出來會吃虧吶。」柳阿一立刻迴避對方的話，轉身也開始打理自己即將出門的裝備。

實際上，他只是想省點事，畢竟誰會希望自己放出一個鬼魂在家中遊蕩？

「要好好看家哦，公爵大人。」對著小飛象玩偶揚起一抹賊笑，柳阿一做出和殷宇一致的動作，完全無視某公爵的吶喊就踏離這個家。

燈一關，家中一片漆黑，只剩下形單影隻的公爵大人哀怨。

「你們……你們這些該死的平民……總有一天本公爵一定要賜你們死刑啦！」

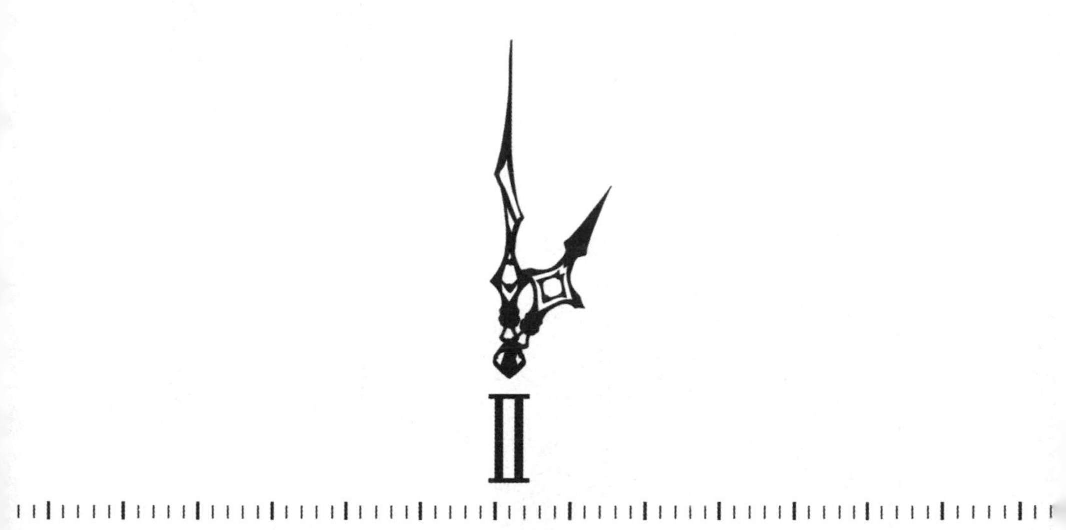

# 賣身契約

難得順應「編輯之意」出門一趟的柳阿一，正大光明享受著截稿前跑出來玩的愉悅，一點也沒有可能開天窗的惻隱之心，反正他每次都能夠從阿大或殷宇的手中死裡逃生。

今日是個好天氣，碧澄澄的天空上點綴著白雲蒼狗，空氣乾爽、涼風舒適。相較前陣子的炎熱，柳阿一還是喜歡這種剛入秋的舒爽，完全沒有感受到秋季蕭瑟的一面。

搭乘大眾運輸工具來到預定前往的美術館，今天一身休閒裝扮的柳阿一，戴著墨鏡，看上去有幾分明星私下出遊的模樣，高眺身材和立體五官也引來不少異性的偷偷注目。

柳阿一很喜歡這種被女人用目光洗禮的感受，就某種層面上來說，就像是能吸收陽氣的小倩一樣，他則是男版小倩，想要吸取更多女性愛慕的視線。

抬頭仰看，柳阿一眼前這座新落成不久的美術館，造型前衛新穎，別具藝術與時尚的風範，不規則的鋸齒狀建築造型讓人過目難忘，而在最醒目的地方則刻有這間美術館名字。

「駿天美術館」。

之前看雜誌的報導，這間美術館是由一家龐大的私人企業贊助蓋成，首波的展覽是以各類雕像為主題，開幕期間免費入場，喜歡欣賞美麗事物又想省錢的柳阿一當然不能錯過，於是他加快了步伐，走進令他滿懷期待的建築之中。

一踏進館內的大理石地板，迎面而來的視覺饗宴即是各種雕像擺設，嗅覺上則是新屋會有的油漆粉刷味，不過由於空調開得很強，所以味道沖淡了不少。

來看展的人不少，漂亮又有氣質的女性當然是柳阿一首先關注的焦點，其中也有家長帶著年幼的孩子來參觀。但是來美術館只看活生生的正妹好像有點說不過去，因此他多少也要文青一下，看看這些圍繞在周圍的美麗雕像們。

柳阿一看著看著，沒什麼藝術水準的他只看得出有不同造型的雕像，讓他目光逗留最久的也還是女性胴體雕像，其他款式的雕像，柳阿一看不懂，倒是這些裸女……更正，是美麗的維納斯們，他能夠好好欣賞、了解它們的「美」在哪。

柳阿一佇足在一座人像前時，旁邊忽然傳來達達的跑步聲，以及一個女人的呼喊。

「小楊，不可以在這裡亂跑！」

顯而易見，就是一名頭疼的母親正喊著自家小孩別放肆，不過看來沒什麼成效，因為柳阿一轉頭過去還是見著那名小屁孩正跑啊跑的。

柳阿一本想不予理會，可是那位媽媽的叫喊頻頻，還有那小男孩的跑步聲連連，實在吵得讓他興致都沒了，於是他決定要阻止這一切。

「喂，小弟弟，這裡是美術館，要跑就去你家幼稚園的操場跑……」

柳阿一話還未說完，就見那名小男孩凶神惡煞的瞪了他一眼，接著像加足馬力的鬥牛，朝他衝撞過來。

「嗚哇！」

慘叫一聲，柳阿一被撞得一個重心不穩、下意識伸出手想要扶住東西，誰知一個力道拿捏不準，反倒將後頭的雕像推倒——造成人與雕像一起倒在地上毀滅的悲劇收場。

「好……疼……」

還沒意識到自己闖了大禍的柳阿一，表情痛苦的撐起上半身後，先是看到禍首小男孩撲倒在他懷裡，然後抽抽噎噎的爬了起來。

「嗚……」

小男孩發出嗚咽，與柳阿一四目相接。

「糟糕……」

不得不說柳阿一的腦補很發達，他頭一個想到就是這個小子會大哭起來，然後指著他是害自己摔倒的壞蛋，稍後就會有媽媽大人跑來拿皮包猛K自己的局面。

「你……」

眼眶紅紅潤潤的，長長的睫毛還淌著晶瑩的淚珠，也許有外國人血統的小男孩果真舉起他的手，直指著柳阿一的鼻頭。

很好，終於要面臨被指責的一刻了，他柳阿一到時也只得認了，現在的小孩都太不講理，他是大人要有大量，忍一忍海闊天空啊柳阿一！

「你……你救了我！大葛格救了我！你要對我負責一輩子！」

「哈啊？」柳阿一的頭頂瞬間晴天霹靂。

同一時間，小男孩從柳阿一身上離開，站了起來，一隻小手拉著柳阿一的褲腳，另一手伸向迎面快步走來的母親。

「馬麻，這個人救了我，我非嫁他不可了，電視上都這樣演的！」

小男孩當場宣布了讓他媽媽臉色一陣鐵青的電視劇臺詞。至於旁邊的柳阿一，臉色沒比他媽好到哪去，他不斷在心裡ＯＳ：什麼叫電視上都這樣演的！這麼老套的劇情不懂你這小孩為何會看啊！這些電視劇的編劇你們根本荼毒國家幼苗啊！

「這位先生……看你一副人模人樣，居然誘拐起我的兒子？」小男孩的母親沉下臉，抓緊了皮包的肩帶。

柳阿一隱約有種不好的預感啊，看這位太太身後開始凝聚查克拉了！

「這、這是誤會！這位太太我沒有要誘拐妳兒子的意思……」

柳阿一來不及把話說完，小男孩的媽媽就一把將孩子拉開，然後順應柳阿一的腦補，開始猛用皮包狂砸……雖然情節有些出入，不過最終的下場還是一樣呢，該說柳阿一厲害嗎？

發飆的母親終於拽著小男孩離開了，被揍得渾身都痛的柳阿一正想轉身，卻先被另一人擋了下來。

「這位先生，是你弄壞了本館的這個雕像對吧？」一名西裝筆挺的館方人員，僵著臉對



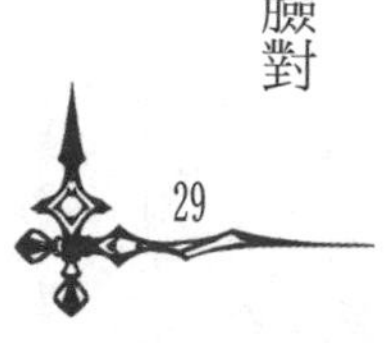

著柳阿一問話。

柳阿一愣愣的低頭看，映入眼簾的是碎了一地的雕像殘骸，他僵硬的抬起頭來，硬生生撐起了嘴角回道：「那個……冤枉啊大人！」

他真是有苦說不出啊啊啊！

△▽ △▽ △▽ △▽ △▽

「賠償」兩個字對柳阿一而言有多麼沉重呢？

一個住在幾坪大的小公寓裡，單身，只有靠微薄（？）稿費收入的柳阿一，能夠面對得了這兩字的挑戰嗎？

要還錢？

答案是不可能！

柳阿一大部分的投資都在名牌衣物上，銀行存款根本沒幾毛錢，所以遇到有人要向他索取賠償金的時候，又該怎麼辦？

「嗚……這根本是賣身契約嘛……」

沒錯！柳阿一唯一的賠償方式，就是只好身體力行去還債了。

坐在自家書桌前的柳阿一，面前擺了一張美術館發給他的契約書。

在此特別聲明一下，實際上館方不擁有被柳阿一弄壞的那座雕像，它是雕像的創作者出借展覽的。換句話說，柳阿一要賠償的對象是雕像創作家。

此時此刻，柳阿一正準備簽下一份打工還債的契約書。

「呦，看你這平民身上散發出窮鬼的光芒，是做了什麼蠢事對吧？」

柳阿一家中的不速之客……不，嚴格來說根本不能算是人的尚．溫徹斯特公爵，似乎透過他那圓滾滾的小飛象眼珠，觀察到這家主人的異狀。

「……少囉嗦，反正又不干你的事。倒是你給我客氣點，我可能一個『不小心』就將你誤當成垃圾丟掉哦。」

柳阿一回頭瞪向客廳桌上的小飛象玩偶，他是該給這臭屁又高傲的公爵一個下馬威，不然那傢伙以後就要爬到他頭頂上了，讓一隻小飛象對著他頤指氣使？門都沒有！

「好大的膽子！居然敢威脅本公爵……你這平民以為本公爵會怕你嗎！」

公爵大人，您用純情可愛的小飛象身體發出憤怒吼聲，到底是想唬誰啊？柳阿一心想。

接著，柳阿一抬起下巴，露出一臉認真思考的表情：「嗯……玩偶該丟可燃垃圾還是不可燃垃圾呢？能夠回收嗎？不，好像連資源回收都不收吧？」

「你、你這平……算你狠！」

公爵大人敗陣下來了。他真的覺得自己後悔了，打從拜託殷宇將他裝進這個玩偶身體內，就是錯誤的開始……

「不狠不狠，只是剛剛好而已。」

柳阿一微微笑。他大概沒有自覺到，自從和殷宇走近後，他連個性也被感染影響了。古人說得真對啊！近墨者黑。

「哼，那話說回來，剛看你愁眉苦臉的，究竟是在煩惱什麼？」尚．溫徹斯特公爵冷哼一聲，他不斷告訴自己，公爵要有公爵的大量，暫且別再跟這傢伙吵下去，說到底他好歹是寄人籬下，安分一點總是好的。

「我正準備要簽一張賣身契約……啊不，是賠償條約。」柳阿一長長嘆了口氣，「因為一場意外，我弄壞了美術館內某位知名藝術家的雕像。」

語畢，又是像老人家一樣哀怨的長嘆，柳阿一整個人頓時像洩了氣的皮球。

「為什麼本公爵聽了一點也不意外……所以，沒錢了事的你，就只好出賣肉體了？」

「什麼出賣肉體！說得這麼難聽，公爵大人果真是滿腦子精蟲。我是出賣勞力啦，得到該名藝術家的工作室打雜一陣子了……」

柳阿一白了對方一眼。他想好險是在家中，不然外人一定覺得看他對一個布偶擠眉弄眼的，會被許多牽著小孩的媽媽當成危險分子。

「重點是我的截稿日啊啊啊！」突然之間，柳阿一抓狂似的大吼起來，「這個月要趕出兩集的進度！我三十秒前才剛交出一集，剩下的第二集該怎麼辦！我不想被阿大送到枉死城啊啊啊！」

「吵死了！給本公爵冷靜點啦！」要不是被關在布偶體內，尚・溫徹斯特公爵真想拿東西砸柳阿一。

不過，正在煩惱的柳阿一並沒察覺到自己竟被一個玩具布偶叫「冷靜點」……

「只好……只好到時在枉死城裡還稿債了……」

柳阿一這個大男人吸吸鼻涕，表情比小媳婦還哀怨，只差沒跪倒在地上外加打光在他身上；至於全程目睹這一切的尚・溫徹斯特公爵，真想擺出眼神已死的表情。

「無論如何，還是得先把這張賣身契……賠償契約書送到對方手中才行。」

喃喃自語的柳阿一勉勉強強的重新振作起來，將簽好的契約書收到公事包後，便起身拿了車鑰匙，準備前往該名藝術家的工作室。

拖著沉重腳步的柳阿一出了門後，關上燈的屋內，只留下待在小飛象玩偶裡的尚・溫徹斯特公爵……以及被柳阿一藏在抽屜之中，那本隱隱發著青光的勾魂冊。

△▽　△▽　△▽　△▽　△▽

柳阿一深吸口氣，站在貼有「林甄鈺工作室」招牌的建築物門前。

要他不緊張是很難的，因為他在美術館打破的雕像的創作者，就是這位名叫林甄鈺的雕刻家。

待會應門的人會是她本人吧？見到對方的時候，自己又該擺出什麼表情才好？還是乾脆馬上下跪求饒？

柳阿一為此掙扎的時候，他的手指倒是不聽使喚的先按下門鈴。「叮咚」一聲，驚醒了方才陷入思緒中的柳阿一，門內也傳來快步走來的跫音。

糟了！他還沒想到該怎麼做就按下門鈴了！

「請問是哪位？」

就在這時，工作室的大門「喀嚓」應聲開啟，映入柳阿一眼簾的面孔，是張出乎他意料的年輕女性容貌。

「呃，請問是林甄鈺小姐嗎？」

柳阿一有些反應不過來，眼前這看上去像大學生的女孩，就是創作出高價藝術品的雕刻家嗎？比自己預期的還年輕許多啊！雖然長相平平，卻有一點清新獨特的藝術氣息，一頭微捲的短髮、戴著一副黑框大眼鏡，身上的長版白襯衫沾了點點斑駁色彩，就連下身的牛仔褲也逃不了被沾染的命運。

「不是哦，我是她的房東兼學生，請問你找林老師做什麼呢？」對方搖搖頭，表明自己的身分後再次詢問。

「呃，是這樣的，實在很不好意思，我是來拿賠償契約書給林老師的……」柳阿一尷尬的撓著後腦勺。

原來眼前這名女孩不是林甄鈺，而是她的學生。

不知為何，柳阿一有點小小的失落，總覺得可惜了，倘若他如今要賠償的對象是面前這人，感覺上應該會好相處一些。

「哦，是那個在美術館打破老師作品的人吧？請等一下，我這就去通知老師。」

女孩露出恍然明白的表情，接著便轉過身跑進屋內，聽到她喊了幾聲後，又匆匆忙忙回到柳阿一面前。

「老師正在忙著雕刻作品，請你先入內吧。」

有禮貌的將室內拖鞋遞給柳阿一後，短髮女孩退到門旁，好讓門外的柳阿一能夠進來。

懷著忐忑的心，柳阿一進到工作室內。

說是工作室，其實和一般住家沒兩樣，不過空氣裡倒是飄著顏料的味道，鋪著木板的地面上也滴淌著各種顏料痕跡。柳阿一沒記錯的話，這位林甄鈺老師除了擅長雕刻外，本身也



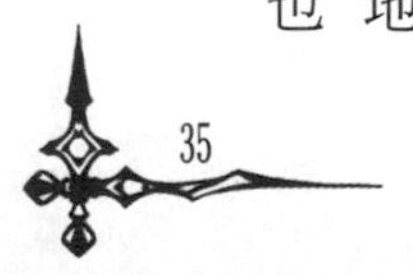

有油畫的創作；當然，這些訊息都是他拿到賠償契約書後才惡補的內容。

「老師正在忙，麻煩請你稍等一下。我先自我介紹一下好了，我叫夏琳，你呢？」

對著柳阿一露出爽朗乾脆的笑容，搭配上一頭蓬鬆微捲的短髮，夏琳在柳阿一心中的印象越來越好了。

「柳阿一，目前是自由的專職作家。」

雖說夏琳不是美得讓柳阿一心動的對象，卻讓他感覺很放鬆，好似什麼都能夠相信她，無須保留。

「哇，原來你是作家啊！那麼，根據契約書上面說一天要有八小時的時間待在本工作室勞動賠償……這麼一來你還有時間寫稿嗎？」

「……妳問到痛處了，夏琳小姐。」柳阿一前一秒才覺得這人看上去很好相處，沒想到下一秒立刻無意間戳到他的心頭痛……可怕啊可怕，果然女人都是不能小覷的生物。

「啊？真的啊？不好意思呢，我好像常常都會無心說到別人的痛處，老師她也常這樣就訓我一頓，哈哈！」夏琳先是訝異的眨了眨眼，又莞爾的笑了笑，「我看時間差不多了，老師剛才叫我十分鐘後叫她，我這就去請老師出來，她會跟你說明賠償方式的具體內容。」

語畢，柳阿一面前的短髮女孩轉身就走，剩柳阿一一人待在雜亂的客廳等候。

他大致看了看周圍，搞藝術的好像都不拘小節啊，客廳沒一處整齊——好吧雖然想想他似乎也沒資格這麼說人——不過很奇妙的，卻給他一種亂得井然有序的感受，難道這也是藝術創作的一種？

當柳阿一還在鑽研客廳的擺設是否為一種藝術時，一道頎長的身影走到了柳阿一面前。

「你，就是弄壞我作品的傢伙吧？」

開口就是不客氣的口吻，這個映在柳阿一眼中的女人，有著近乎要跟他等同的身高，穿著隨興的休閒服，捲起袖子，兩手抱胸，眼帶慍色的看著他。

「呃，難道我還能回說不是嗎……」

柳阿一最怕這種氣勢騰騰的女人，這位就是傳說中的林甄鈺吧？要他負起賠償責任的對象。怎麼辦呢？看起來真的很不好惹啊，為何他好死不死偏偏弄壞的是這人的作品呢……唉，事到如今也無濟於事了。

「哼，知道我的名字了吧？那麼柳先生，相信契約書你也看仔細了吧？接下來的一個月你都要在我的工作室內打雜，沒問題吧？」隨意綁著一頭馬尾的林甄鈺，冷冷拋出一個接著一個的問題給柳阿一。

「是，我想應該……再有問題都會努力讓它沒問題。」只要他這個月內別半途死在阿大手下，他柳阿一當然沒有別的問題了。

「很好。那麼夏琳，妳帶他去看每個房間，將要打掃的重點都一一告訴他，之後就讓他



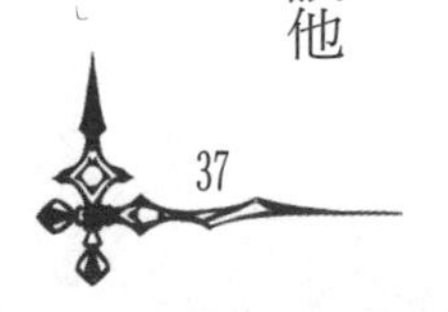

立刻開始工作，聽到沒？」林甄鈺銳利的目光移向後方，對著站在她身後的學生夏琳說道。

「是的，老師。」夏琳恭敬的點點頭，一點也沒有被人使喚的不愉快。

「哼，真是造孽，我的好作品居然被這種人弄壞……哼。」

聽得柳阿一刺耳又尷尬的話，是林甄鈺轉身離開前所留下。

「走吧，讓我帶你參觀一下我們的工作室。」

這時候夏琳臉上還保有清新的笑容，柳阿一心底不禁感嘆，就是要像夏琳這種個性才能待在林甄鈺身邊，繼續當她的學生吧？換作是他，早就受不了林甄鈺的態度。

「基本上，客廳和廚房你隨時都可以打掃，所以我就不再多提。再往前走的那一個房間，是老師作畫的地方，當老師在進行創作的時候，千萬別唐突的走進去，老師生氣起來可是很可怕的。」夏琳帶著柳阿一邊走邊說。

其實柳阿一聽到這裡很想吐槽：就算林甄鈺沒生氣也夠可怕了。

柳阿一決定要給林甄鈺作畫之處取名為「魔龍的逆鱗」，因為要是他哪天一個恍神在她創作時跑了進去……夏琳會很苦惱的，因為得找人來替他收屍一下了。

為了避免讓夏琳感到苦惱（？），又同時保護好自己的身家性命，柳阿一不斷告誡自己不能去觸犯龍顏，更何況他還得在完成一個月的男傭生活後，繼續回到阿大的枉死城趕稿還債啊！

「再來是存放材料的倉庫。接著下一間是老師休息的寢室……」

跟著夏琳走在長廊上，經過一間又一間各有用途的房間，柳阿一真看不出來原來這棟屋子這麼長，另外此處的採光不佳，似乎越往裡頭走越是陰暗潮濕，可能是一棟上了年紀的老房子吧，總能在牆角看到一些龜裂的痕跡。

「介紹完了，柳先生你可到浴室將拖把拿出來，準備打掃了。」到樓梯口前停下腳步，夏琳回過身來面對柳阿一微微笑道。

「欸？樓上不需要打掃嗎？」柳阿一納悶的問。

夏琳搖搖頭，「樓上是我私人的房間，就不勞柳先生費心了。」

「夏琳小姐也住在這裡？」柳阿一略感意外的眨了眨眼。

「是的，因為這樣方便就近學習，因此我直接住在二樓的套房裡……對了！」夏琳像是忽然想起什麼，「柳先生，若沒我的允許，也請你別擅自到我房裡去哦！裡面都是少女的私密，要是惹我生氣，也是很可怕的哦。」

「哈哈！是會得到少女的制裁嗎？」柳阿一開玩笑的回應。

「柳先生——」

在柳阿一還一臉笑意的時候，夏琳的表情頓時像是凝結了一樣。

「我是認真的。」

即便嘴角依舊微微上勾，這個時候的夏琳卻讓柳阿一感覺到……一陣陰寒。

不過，這副讓柳阿一怔住的神情很快又化了開來，夏琳隨即回到平時的燦爛笑臉。

「嘛，柳先生別緊張，只要你別誤踩我跟老師的地雷，我們會相安無事的啦！」

夏琳拍拍柳阿一的肩膀，一如柳阿一初次見到她時臉上掛著明亮的笑容，方才那一面彷彿不過是柳阿一的錯覺。

可是對柳阿一而言，夏琳那陰冷的表情縱然短暫，卻已深深烙在他的心坎上……

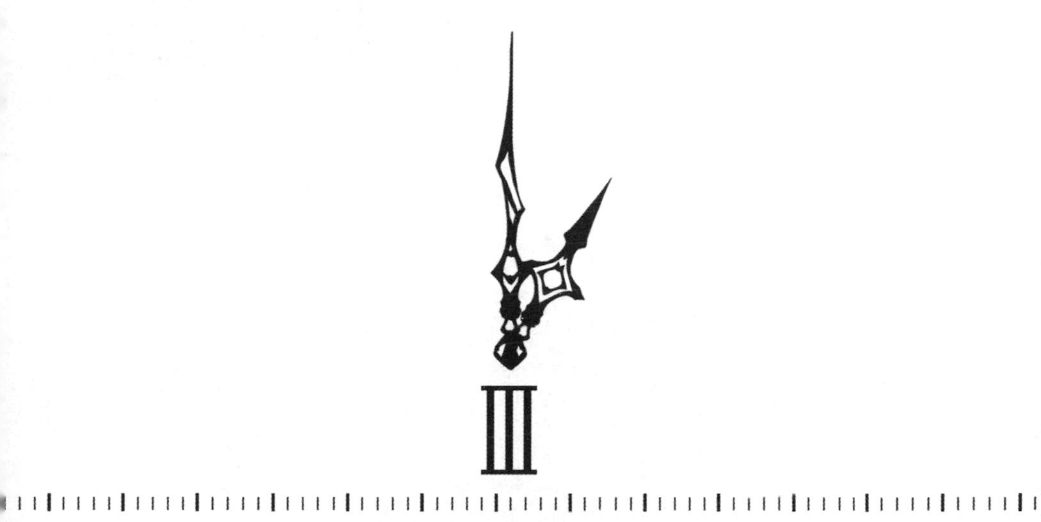

# 第一人稱的描寫

今晚的夜色濃得化不開，月光鑽不出厚厚的雲霧，好在地平線上的人們有燈光照亮，更有車水馬龍的喧譁來打破寧靜。只不過，對於家住在離市區有段距離的柳阿一而言，在他回家的路上都是一片死氣沉沉，只有幾盞忽明忽滅的路燈伴他，好似約好要配合柳阿一此時的心境——沉到谷底的疲累。

「好……折……磨……」

只差沒把「要死了」說出來，搖晃著身子回到自家門口前的柳阿一，累到已先將頭頂在門面上，一手插進褲子口袋中翻找鑰匙。

在林甄鈺的工作室打掃一天，等同是要他折壽三年一樣累，為了將那些分散各地的漆料清理乾淨，柳阿一真不知摧殘了自己的手臂多久，連同他那不時要爬上爬下的雙腿……唉呦，該去買個膝蓋的保健食品來補一下了。

「咦？」當鑰匙插入準備轉開門把時，柳阿一赫然發現門鎖已開！

——難道會是遭小偷了？

這是正常人第一個念頭。

不過柳阿一想的是——

「是你吧——殷宇！」

柳阿一用力的推門而入，一進屋，就見屋內燈火通明，沙發上果真坐著一個正好整以暇看著報紙的男人，殷宇。

「你終於回來了。」在擺滿雜物的沙發上騰出一個空位、優雅蹺著二郎腿的殷宇，鏡片下的目光冷冷的瞥了這家主人一眼。

「什麼叫終於回來了?你這傢伙為什麼又跑到我家裡來?我身上的鑰匙這次可沒被你偷走啊！」

柳阿一關上家門之後，三步併作兩步、怒氣騰騰的走向他的助理編輯，但也可能即將成為「闖空門」現行犯的殷宇。然而，殷宇只是面無表情的推了推眼鏡，從口袋裡掏出某樣東西，將之在柳阿一面前旋轉搖晃。

「我打了備份鑰匙。」

「警察！我要報案！我家這裡有個現行犯！」柳阿一大聲疾呼。

「你再叫啊，叫得再大聲都不會有人理你的。」

「……為什麼會從你口中說出這種壞人調戲良家婦女的話?」

而且那個良家婦女好像還是他柳阿一。

「算了……你出現在我家只有一個原因，來查看我的稿子進度對吧?」柳阿一無可奈何的嘆口氣。

「本月要交的第二集進度零，你今天都沒碰稿子對吧?」

這次改換殷宇回問對方，本來在手指上轉啊轉的鑰匙收進掌心之中，反觀柳阿一面有難色的別過頭，一時緊閉雙脣不語。

「不用你說我也知道發生什麼事了，小尚跟我說了。」

「……小尚？」等等，他剛剛是聽到什麼有礙聽覺的話嗎？「小尚是誰啊！」

「喂，不是說好，不准那樣叫本公爵了嗎！」

這個時候從廚房走出一個人，對方穿著柳阿一的衣服、柳阿一的褲子，用著柳阿一的牙刷，拿著柳阿一的牙膏，但脖子上的那顆頭並不是柳阿一。

「……你誰？」柳阿一再次怔住，腦袋好像被灌了水泥一樣無法運轉。

「為你介紹一下，這位就是小尚。」

「小尚你個頭！本公爵叫尚・溫徹斯特！你們這些平民都該尊稱我為公爵大人才對！」

在殷宇以一副事不關己的表情介紹某人的同時，自稱尚・溫徹斯特的中年男子則忿忿不平的高聲疾呼。

「尚・溫徹斯特？你不是一隻小飛象嗎！而且還擅自穿起我的衣服褲子……還用了我的牙膏牙刷！」柳阿一的腦海浮現那個水藍色絨布玩偶，同時他為自己被擅自取走的衣褲和盥洗用品心碎難過中。

「你才小飛象！你全家都是小飛象！本公爵是堂堂大丈夫男子漢！你這平民，本公爵肯用你的衣服和牙膏牙刷是你榮幸！」

尚．溫徹斯特……多饒舌的名字啊……難怪殷宇直接簡稱他為「小尚」。柳阿一心想。

小尚用著他高高在上的態度回應了柳阿一。

「你是幽靈刷什麼牙啊！真是的。殷宇，是你放他出來的對吧？為什麼要這麼做？」柳阿一扭了扭脖子，心想著得再去買一套全新的睡衣褲和盥洗用品了。

「條件交換。我讓他告訴我你沒寫稿子、跑去做了什麼，便答應要將他從玩偶裡放出來。」殷宇鏡片下的目光一點改變也沒有，十分淡定。

「你弄壞美術館雕像的蠢事，還有賣身契約，本公爵都一字不漏的轉告出去了。」小尚一邊含著牙刷，口齒不清的說，一邊掉頭走到洗水槽前漱起口來。

「真是好一對狼狽為奸的傢伙……」柳阿一懊惱的感嘆一聲，心想只好認了，拋開那個鬼公爵不講，對手是殷宇，他絕對鬥不過。

「不過話說回來，原來那個公爵是長那副德性啊……」

目光偷偷瞄到回到廚房洗水槽旁的小尚身上，柳阿一不得不說，雖然這人……更正，這鬼穿著他的睡衣褲，但看起來還莫名有型，也許是他身為西方人的深邃輪廓和高䠷身材，使得對方即使穿著一件四角褲，大概看起來也會像在拍 CK 的內衣廣告。

深邃而碧藍的雙眸，直挺略帶點鷹勾的鼻子，還有幾條增添熟男魅力的魚尾紋，一頭亂

糟糟的金色短髮不知為何反而像刻意塑型過，很有某位帥氣出名的好萊塢影星神韻。連當個鬼都能這麼帥，柳阿一該說羨慕嗎？但這麼一說又好像有點怪……羨慕一個死人做什麼呢？

「嗯？你這平民幹嘛一直瞧著本公爵看？是看本公爵太帥嗎？」

「不，我只是覺得好險你已經死了。」

不然這個世界上又要多一個勁敵與自己搶女人。這是柳阿一的真心話。

「哼，反正你總有一天也會踏進棺材的。」不甘願的怒哼一聲，小尚又回過頭去繼續忙著自己的刷牙活動。

柳阿一已經累到不想去思考為何都做鬼了還要刷牙，他雙掌合十，一臉無奈的向眼前一人一鬼拜託著：「比我早一步進去的人沒資格說我啦。倒是你們，既然知道我忙了一整天快虛脫了，能不能就別再糾纏我不放了？讓我好好去睡一覺好嗎？」當男傭一天下來骨頭都快散了，他可沒精力再應付這兩人的摧殘啊！

「柳先生。」坐在沙發上的殷宇朝柳阿一勾了勾手指。

「幹什麼啦？」

看在柳阿一眼中，殷宇那動作就是表明又要使喚他的預告，不過柳阿一還是不爭氣的走過去了。

殷宇挪動了他的身子，湊近柳阿一的耳旁低聲說：「今、晚、不、讓、你、睡、了。」

「嗚哇！」

柳阿一當下的反應是立即跳開，像受驚而全身豎毛的貓，他一邊用手掩著耳朵，一邊緊張兮兮的指著殷宇叫道：「你少噁心了！別在我耳旁說這種引人遐想的話好嗎！」

反觀被柳阿一指著鼻頭的殷宇，依舊面無表情的聳了聳肩，答：「我就是想看你這種受驚的反應，很有趣呢，柳先生。」

「你是心理變態嗎……」方才被殷宇這麼一弄，柳阿一的雞皮疙瘩都被嚇出來了，他深深覺得以後接近殷宇之前，都要先仔細三思！

「不過，今晚的確有件事會讓你傷腦筋而徹夜難眠。」

殷宇還是和往常一樣，完全無視柳阿一的任何吐槽，話鋒一轉又切回了正事。

「什麼事？」柳阿一納悶的歪著頭問。

「你這平民不在家的時候，勾魂冊又新增內容了。」

接話的人是小尚，已經刷好牙的他一臉清新爽快，和他說出口的消息一點也不搭。

「勾魂冊又新增內容？可是之前的內容我們都還沒搞清楚，更沒看到什麼情況發生啊！」這下子柳阿一更不解了，同時腦袋裡的睡神也因此被驅走了，睡意頓時全無。

「誰知道呢？總之你先來看一下新增的敘述吧。」小尚走向柳阿一收放勾魂冊的抽屜。

見他彈指一聲，上鎖的抽屜就自動彈了出來，見著這幕的柳阿一小小聲的驚呼一下，至



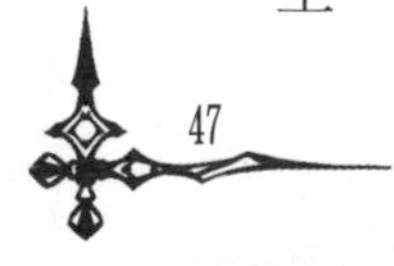

於另一位應該同為人類的殷宇卻沒什麼反應。

小尚將有著慘綠色書皮的勾魂冊攤在桌上，翻開到最新的那一頁，上面已用墨色的字跡謄寫了一小段——

我要製作洋娃娃，
她的頭顱是那麼脆弱。
我要製作洋娃娃，
她的手臂是那麼易斷。
我要製作洋娃娃，
她的雙腳是那麼枯瘦。
我要擺放洋娃娃，
她的家就是那具棺木。

「這次的新內容……怎麼跟之前的敘述好像啊？」

柳阿一看了一遍又一遍，落在書頁上的眼神很是認真。

「雖然以第一人稱的『我』來描寫，但這個『我』並非勾魂冊原本的主人，而是這次交易的對象。這是我們之前討論出來的結果，對吧？」殷宇道。

「是這樣沒錯……但是你看出什麼來了嗎？」柳阿一點點頭後，反問方才出聲的殷宇。

「對比之前的內容，假設這是交易對象的一種心理描述，那麼上一次的內容不過是種『想法』，交易對象想要做某件事卻還沒做。而這次的內容則是已經有所計畫，準備執行。」殷宇拿起勾魂冊翻閱前一頁的內容，鏡片上反映出泛黃內頁上的字跡。

「想法和計畫執行……你是怎麼判斷的？」柳阿一蹙眉詢問。

殷宇則將勾魂冊又平放在桌上，指著新增敘述的最後一行。

「根據這一句……『她的家就是那具棺木』，這裡所指的棺木，很可能是她執行計畫必須的工具。當然，這是我曾身為刑警的直覺，準確與否還需要驗證。」

「不，我覺得你說的有道理，現在的問題是如何驗證罷了……嗯，該怎麼辦才好呢……」

無論是柳阿一還是殷宇，都不希望再見到勾魂冊的內容成真，都想早一步儘快阻止慘劇發生。對殷宇來說，警察的正義即使換了工作也不會消滅；對柳阿一而言，只要想到每一次交易對象的下場，都會令人不禁唏噓，自己又每每都會在旁目睹一切……他不想再看有任何人因為勾魂冊而落得如此結局了。

「你們之前都是這樣處理勾魂冊的事件嗎？」這個時候，袖手旁觀的小尚出了聲，帶著意外的口氣。

「怎麼，你有意見嗎？」柳阿一沒好氣的回過頭看向對方。

「不，本公爵不怪你們用這麼慢的方式推敲答案。」

「你這話是什麼意思？難道你就能馬上知道？」柳阿一反問回去。

「本公爵是無法知道接下來會發生什麼，不過……」小尚將手伸了出去，示意要柳阿一將勾魂冊遞給他。「本公爵能夠幫你們找出這次的交易對象是誰，只須將勾魂冊交給本公爵感應一下即能揭曉謎底。」

「等等，你是認真的？」柳阿一訝異的睜大了雙眼。

「你這平民居然懷疑本公爵的能力？那好，不相信就拉倒。」

「哇，還不相信就拉倒咧……大叔你都做鬼了還這麼幼稚。是是是，我信你就是。」柳阿一搖頭咋舌幾聲，最後將勾魂冊交給了小尚。

「因為同是陰之物，所以本公爵才能用亡者的靈力來感應這本冊子內容……不過，勾魂冊似乎被下過保密的術法，因此只能得知你們口中所謂的交易對象是誰，其他的資訊已被術法保護，並無法讀取。這樣的解釋，你們這些平民懂了嗎？」

接過勾魂冊的小尚一邊閉上雙眼，一邊說明，好讓不信任他的柳阿一了解。

只見小尚一手覆蓋在勾魂冊上後，自他掌心之中發出一陣黑色氣體，以詭譎之姿冉冉升空。殷宇和柳阿一靜靜的看著這一幕，周圍頓時安靜到連柳阿一嚥下口水的聲音都聽得清清楚楚。

直到小尚緩緩睜開雙眼後，忍不住好奇的柳阿一這才探問：「知道是誰了嗎？」

小尚轉過頭來，一對幽藍如深海的雙眸筆直看向柳阿一，說道：「微捲的短頭髮、看起來很清秀的妙齡女子……在你印象中有認識這樣的人嗎？」

「捲捲的短頭髮和清新氣息……天啊，不會是夏琳吧！」柳阿一想了會後倒抽口氣，腦海裡已浮現今天遇到的林甄鈺學生，那個總是笑容滿面的女孩！

「夏琳……就是此次交易對象的名字？」殷宇的鏡片折射出一道凜冽光芒。

「我想是……但，怎麼會是她？她看起來是那麼的陽光熱情啊！相較之下，她的老師林甄鈺還比較像是交易對象，脾氣古怪多了！」柳阿一仍是不敢置信的狀態，一手托在下巴，兩道劍眉都擠在一塊，看起來他真的非常糾結於這個問題。

「那個叫林甄鈺的平民也是短頭髮的妙齡女子嗎？」

「呃，不，嚴格說起來不是，是個超～高䠷的三十歲左右的熟女，綁著一頭馬尾，況且一點也不清新！」柳阿一搖搖頭，回應小尚。

「那麼就是你口中的那位夏琳了，不會有錯，第一直覺通常是最正確的答案。」殷宇接在柳阿一之後回話。

「可是，我實在看不出來夏琳究竟為何想和勾魂冊主人做交易啊……」還是一臉百思不得其解的柳阿一，托著下巴的手握成了拳頭，扛著臉頰，將腮幫子都擠了上去。



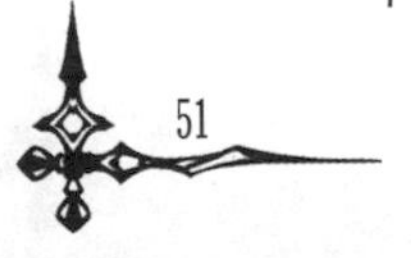

「別想這麼多了，哪一次勾魂冊的交易對象是你一眼就能看穿的？明天你還會去那個工作室對吧？仔細觀察一下那個叫夏琳的女人，把你所有看到的一切都回報給我們。」殷宇用命令的口氣向柳阿一道。

「切，知道啦，就只會命令我……不過，『我們』的意思是，小尚你也打算參一腳？」

「事到如今你還問這個幹什麼？倘若本公爵不想參與，就不會幫你們解開交易對象的謎底了。還有，不准叫本公爵小尚！」

「可是小尚，我很好奇你為什麼想蹚這個渾水耶。」

前一秒才不許人叫小尚，後一秒立刻又被柳阿一無視，公爵大人的臉色又青又紅。

「就說不准那樣叫本公爵……算了，本公爵就知道你會這麼問。實際上，本公爵是想透過參與這些勾魂冊的事件，進而與勾魂冊的主人有所接觸。」公爵大人先是無奈嘆口氣後，臉色在說話的同時轉而凝重。

「你想跟勾魂冊的主人接觸？等等，你該不會是他的同伴吧！」

「柳先生，你的頭腦是跟著雕像一起撞壞了嗎？如果小尚真是勾魂冊主人的同伴，你認為我們會和他相安無事到現在？」

殷宇冷冷吐槽了柳阿一後，又接續說：「況且我的刑警直覺告訴我……小尚之所以被限制在原本的住所無法轉世這點，和勾魂冊主人有關……我的推論沒錯吧？」

殷宇問完話後，被他點名道姓的那方臉色更沉，閉口不語。

但見他眉頭深鎖、若有所思，即便是柳阿一這等少根筋的人也察覺到了事實——肯定是被殷宇說中了。

「看你一副不想說的模樣……好吧，姑且相信你就是。現在你們全都滾出我的家，我可要好好補眠一下，明天才有體力再去觀察夏琳啊！」

柳阿一開始做出趕人的動作，他現在真的很想撲倒在床上，什麼都不要想了。

「既然如此，為了明天的任務，我就幫你完成這個願望。」

「哈啊？」

殷宇的話讓柳阿一一時反應不過來，只見戴著眼鏡、有著微微上勾狐狸眼的男人走近小尚。

「貝貝魯多，劈里啪啦，回到你該待的地方吧！」

在柳阿一還搞不清楚狀況之際，殷宇迅速拿出不知何時預藏起來的小飛象玩偶，直直往小尚的方向一伸，嘴巴唸唸有詞。

「等等！我剛才是不是聽到了抄襲某卡通的咒語啊！」

柳阿一驚呼，但更神奇的事情還在後面，只見措手不及的公爵大人轉眼間就被吸入小飛象布偶內！

「好了，你的願望達成了，真是可喜可賀呢柳先生。」

「什麼鬼！」柳阿一深覺自己就快受不了眼前這個面癱的助理編輯。

「請好好睡上一晚，明晚見。」

將水藍色的絨毛玩偶放回桌上後，殷宇完全不理會被他用奇怪咒語收服，現正被關在小飛象裡頭大喊大叫的公爵大人，俐落乾脆的轉身就走。

「這傢伙的腦袋結構絕對和一般人不一樣……」

愣在原地的柳阿一，同樣也聽不進去某公爵的喊叫，心底只有一個念頭，那即是——研究外星人的團體，快把殷宇帶去解剖吧！一定會得到驚人的答案的！

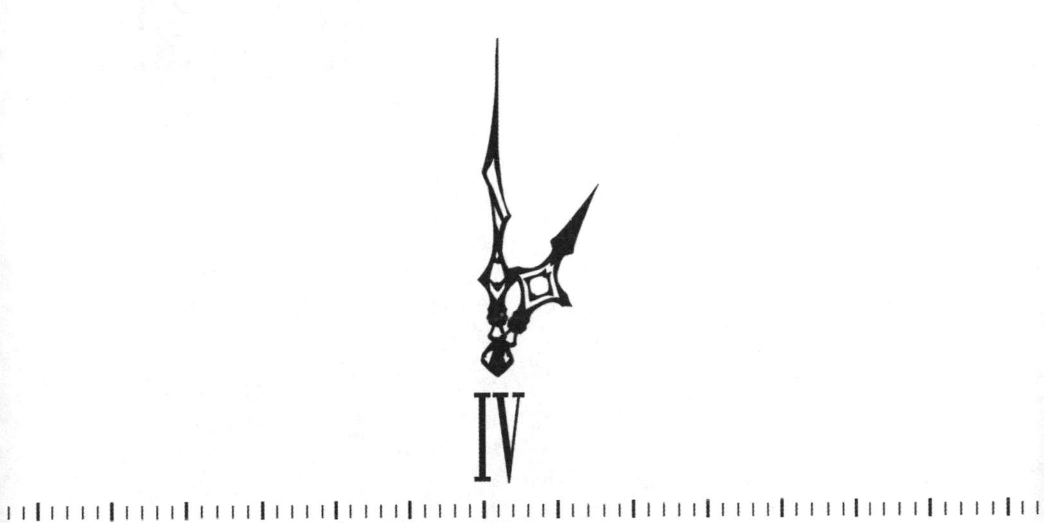


# 神秘的房間

從作家改行做男傭，會是件多困難的事呢？

至少對柳阿一來說，簡直是把他丟入手忙腳亂的打掃地獄中，平常拿筆或敲鍵盤的他，也許是不熟悉，也可能是基因缺陷，使得他總是做不來這些家庭打雜的瑣事，就連自己的家都沒那麼認真打掃了，何況是別人的工作室，還規定哪不能碰、哪裡要用什麼擦拭……

柳阿一深深覺得動漫都騙人，執事在做這些事時，哪可能那麼優雅帥氣啦！

即使如此，柳阿一也不能忘記今天被交代的任務，就是觀察夏琳這個人，或者該說是勾魂冊的交易對象。

柳阿一認為，與其先針對夏琳這個人察她的顏、觀她的色……啊不是，是仔細注意她的行為，倒不如先偷溜進夏琳的房間一探究竟，誰叫她禁止別人進到她房間呢？越是不想讓人知道，就越是藏有秘密不是嗎？這對寫小說的他而言，真是千古不變的公式法則呢。

推門聲嘎嘎作響，柳阿一探頭探腦、小心翼翼的踏進去了。

一進到夏琳的房間，看上去大抵是一間狹小昏暗的工作室，有著一股濃濃的顏料臭味，在這採光不佳的窄小空間內擺放著各種殘缺的雕像，正中央則是置放著畫架，上面還夾著一張鉛筆繪製的草圖。

看起來沒什麼特別的地方啊！柳阿一不禁這樣想，因此他不懂夏琳為何如此強烈的不希望別人進到她房間，老實說既不凌亂也沒奇怪的東西，他還以為夏琳會在房內擺些黑魔法道具咧，看來事實證明是自己想太多。

柳阿一繼續查看下去，他來到一面白牆前，上頭釘著一張寫著「駿天美術館」的傳單，內文寫著該館即將成立專屬雕像區，現正募集各種創作類型的雕像，獲選作品即可獲得高額獎金……諸如此類的內容。

至於在這面牆的最右手邊，則有一個用紅布遮蓋的長方形物品。

好奇心殺死一隻貓，換句話說，這也能夠殺死智商與貓一樣的柳阿一……咳，是說柳阿一也懷著足以驅使自己雙腳前進的好奇心，他想知道在那紅色緞面下的物體是什麼。他伸出手正準備將布條拉下……

「咚咚。」

就在這時，柳阿一赫然聽見門外傳來沉沉的腳步聲，他倒抽口氣，反射性想找個地方先躲起來。

隨著跫音越來越接近，就快來到門前，柳阿一急得團團轉，究竟哪裡可以躲藏？

喀嚓一聲，門把被轉開的聲音響起，一隻腳踏進了室內。

「呼……老師要的東西在哪呢……」

夏琳打開燈後，雙手抱胸，目光正在搜尋她所要找的物品——至於柳阿一，早一步躲到了夏琳的衣櫃之中，正透過微微打開的縫隙窺視外頭。

柳阿一幾乎是屏著氣息、繃緊身體，一隻眼看著狹小縫隙外頭的夏琳，正在她的房間內東翻西找。

柳阿一不斷祈求著對方千萬別找到自己，要是被夏琳見到他躲在塞滿貼身衣物的衣櫃裡……已經不是擅闖私人房間這點事了，他肯定會被當作變態一樣掃出門等著警察伯伯來抓！

「啊，原來放在這裡啊！」

在拿起某樣東西後，夏琳頓時綻出笑容，轉身即將離去。

柳阿一正想為此鬆口氣時，夏琳卻突然將頭轉向衣櫃，眉頭微蹙起來，目光狐疑的盯著衣櫃看。

難道被發現了嗎！

柳阿一覺得自己的血液在這時都凝結成塊，不敢呼吸，胸腔之下的心臟跳得好快好用力，連嚥下口水的力氣都快沒有了。

實際上不過是短短幾秒的時間，柳阿一卻有種恍若世界都停滯的感覺。

「嗯……應該是我錯覺吧。」

遲疑了一會，做出結論的夏琳便拿著林甄鈺要的東西開門離去，也在這一瞬間，柳阿一才終於能夠大大的鬆口氣。

嚇死我了……柳阿一悻悻然想著。

他動作小心的從衣櫃裡出來，離開後不忘將櫃內的衣物恢復原狀，從這動作看得出他根本老手……柳阿一才不會說自己以前找有夫之婦幽會時常用這招。

雖然還是很好奇紅布之下的答案，心有餘悸的柳阿一還是認為快快離開現場比較好，於是留存一個問號在心底的走出夏琳房間。

唉……這樣到底算不算有調查的收穫呢？

柳阿一想到晚上要如何面對一人一鬼的詢問，就不禁頭痛了起來。

開始著手今天的男傭工作，同時為了調查有所斬獲而邊絞著腦汁，思考要用什麼法子去得到夏琳與勾魂冊能搭上關係的線索。

看來還是只能用那一招了，柳阿一暗暗在心底做了個決定。

至於他所說的「那一招」，想當然耳就是……

「只好再次讓我的美色出動了！」

自認有著成宮寬貴臉蛋的柳阿一，一手刮了刮臉頰，認真的喃喃自語。

「離我遠一點，我正在打草稿你是沒看見嗎？」

直到柳阿一被人一口回絕的時候……



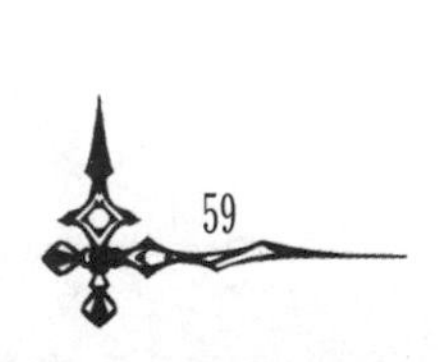

「什、什麼?難道我的美色已無用武之地了嗎!」

柳阿一才驚恐的正視到這個問題。

感謝林甄鈺老師的冷酷拒絕,讓想從老師這邊下手獲得情報的柳阿一嚐了一個苦頭。

「嘖,看來只好改而直接向本人套話了……」

心酸酸又心傷傷的柳阿一像個喪家犬般離開林甄鈺面前,轉而尋找不久前才差點將他嚇得半條命都沒的夏琳。當然,柳阿一來到這間工作室的本分也沒忘,他隨手還握著掃把,至少看起來是個還算稱職的男傭。

「夏琳小姐,需不需要讓我為妳泡杯咖啡提神創作呢?」

柳阿一想出來的搭訕藉口總是那一百零八招,他來到準備上樓回房的夏琳身旁詢問。

「哎呀,柳先生真是貼心呢,那好吧,就麻煩你了,不過咖啡直接拿給我就好,不用送到我房間去。」

雖是固定的那一百零八招,不過偶爾還是會發揮效果的,柳阿一果真如願以償與夏琳搭上線。

「好的,沒問題,請稍待我一下,夏琳小姐。」

柳阿一採用迷人的微笑回應,其實他的心底都在竊笑:哈哈妳這笨女人,老子我早就進過妳房間啦!只是還沒查出個所以然罷了……

在柳阿一走到廚房，泡好所需要的道具「咖啡」後，他便端著一副貼心執事的臉孔，出現在夏琳面前，將略微熱燙的咖啡遞給對方，接著便開始他的套話工作。

「夏琳小姐，我泡的還合妳胃口嗎？」

在切入正題前還要多迂迴一下，才不會被人發現他的企圖，這是柳阿一情場上打滾多年的經驗。

「不錯嘛，就像我自己泡的一樣合我口味，很好，有了這一杯，我就能打起精神好好創作了。」夏琳閉上雙眼深深吸了一口咖啡香氣，再睜眼時，便心滿意足的讚嘆了一聲。

「夏琳小姐的創作也是以雕像為主嗎？」柳阿一展開問話。

夏琳點點頭，答：「是呀，我希望能做出一個栩栩如生、讓人看了都會為之動容的雕像……那是我最大的夢想呢。」

「聽妳這麼一說，是想在雕像創作上超越林甄鈺老師了？」柳阿一繼續問。

被柳阿一這麼一問，夏琳怔了一下，她轉過突然變得僵硬身子，尷尬的笑著道：「哎，你、你怎麼會這麼想呢？我怎麼可能敢有這種念頭呢……好吧，我承認，我是很想超越老師。」

忽然語氣一轉，夏琳的口吻和臉色都一沉，最後沒有遮掩的坦承了自己的想法。

果然，就柳阿一所了解的，學生有兩種，一種是貫徹終生都尊敬老師、不敢超越心中偶



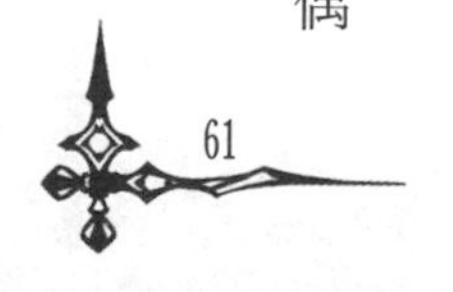

像的類型，另一種就是像夏琳這類，想要跨過老師的門檻、朝更高更宏大的境界前進。

只不過，學生想比老師還要來得更出色，似乎也沒有什麼好訝異的，就柳阿一的想法來說，通常越出色的學生就越會有這種欲望。於是他繼續問下去：「那麼，夏琳小姐打算用什麼樣的管道或方式來證明自己超越了老師呢？」

「駿天美術館──就是你打破老師作品的那一間，他們打算規劃一個專屬於雕像創作的展覽區，倘若能獲選，高額獎金是一回事，得到的認可才是最為重要。要是我的作品能夠被選上，至少代表我的程度可以跟老師媲美了。」

夏琳很坦白的回答了柳阿一，柳阿一倒是意外她對於自己如此老實。另外，柳阿一發現夏琳說這些話的時候，眼底閃閃發光，看來她真的對此抱著相當大的熱忱與期望。

「原來如此，祝福夏琳小姐能夠如願以償呢。不過，對此妳有準備參加遴選的作品了嗎？」柳阿一想到剛才在夏琳房間偷看到的設計草圖，雖然當時沒看仔細很可惜，不過應該已經有了概念或雛型了吧？

「呵，柳先生很八卦哦，就這麼想知道我的事嗎？」夏琳露齒一笑。

「哈，因為我覺得如果是夏琳小姐，一定可以成功獲選的啊！所以就是對於未來大師的一點好奇心囉。」

柳阿一發揮他專業級的油嘴滑舌敷衍過去，事實上他很好奇夏琳的創作計畫，腦海更不禁聯想到當時在她房內見到的那個長方型、被緞面紅布遮蓋的物品。

「呵呵，謝謝柳先生這麼看得起我呢，不過……創作的內容已經觸及了我的商業機密囉，恕我無可奉告。」

夏琳搖頭一笑，接著她拿著手中已漸漸涼掉的咖啡，踏上前往二樓的階梯，一步步走向自己的房間。

「實在讓人在意得不得了啊……夏琳想要超越林甄鈺的作品，究竟是什麼樣的呢……」

看著夏琳身影進到房內、消失在自己眼中的柳阿一，佇在樓梯之下，一手托著腮幫子思索著。他想，若是想要揭開這個謎底，似乎又得借用另一個人的幫助才行了。

△▽　△▽　△▽　△▽　△▽

「拜託了，求求你借我那個東西吧！」

晚上回到家中的柳阿一，此時此刻對著坐在沙發上的助理編輯殷宇，雙掌合十拜求中。

這個家中，目前除了活人兩隻的柳阿一和殷宇外，還有看到這幕顯得一頭霧水的小飛象……更正，是被關在小飛象玩偶裡，名叫尚·溫徹斯特的古老阿飄。

「平民，你這是在幹什麼啊？」

尚．溫徹斯特——簡稱為小尚的百年阿飄公爵大人，對柳阿一投以疑問的口氣。

「他在向我借監視器。」好整以暇坐在沙發上，把柳阿一家當作自家使用的殷宇，替柳阿一淡淡回答了問題。

「拜託了！要是有那個的話，或許就能解開夏琳的秘密了！難道你們不會想知道嗎？她可是勾魂冊此次提名的最佳女主角啊！」

柳阿一更用力的膜拜起殷宇，像把對方當大佛一樣敬拜，只是人家佛陀背後發的是金燦燦佛光，殷宇背後則是一團腹黑霧氣。

「嗯，當然想知道，不過我只是想多欣賞一下你有求於我的模樣。」

「你是心理變態嗎！」

柳阿一立刻對著殷宇的觀點進行吐槽，至於旁邊聽到這段對話的小尚，內心正連忙應和點頭，看來這一人一鬼的共通點，就是受過殷宇大魔王的摧殘。

「看在你拜託的分上，我就勉為其難的將監視器借給你，你去拿吧。」

「現在？不是你該回家一趟拿給我嗎？難道你有隨身攜帶還是預料到我會向你借？」柳阿一納悶的看著殷宇，眨了眨眼。

「怎麼可能呢，我才沒這種習慣與預知能力。」殷宇推了推眼鏡，鏡片折射出反光。

「那你叫我去拿的意思是？」

「嗯，叫你現在爬到你家天花板的吊燈旁，裡面有一個監視器你就拿去吧。」

「你說什麼？你居然擅自在我家裝了監視器！」柳阿一雙拳緊握驚呼出聲，他好想現在立刻馬上殺了眼前這個變態哦哦哦！

「這樣對你只是剛剛好而已，誰叫你常拖稿呢，我必須隨時掌握你的行程才有助於追稿。」殷宇非常冷靜的推了推眼鏡，一點也不在意已在心中將他千刀萬剮的柳阿一。

「我的天，你還能說得這麼冠冕堂皇……你這根本就是犯罪好嗎！你把作家看成是牢裡得二十四小時監控的犯人嗎！」柳阿一真覺得自己快氣昏過去，為什麼、為什麼他這輩子會如此倒楣遇上這種編輯！他的人權啊！他的人權因為這傢伙都要哭了啊！

「我只是奉行絕對監視主義罷了。先別說這個了，你不是想要監視器嗎？」不管從過去到現在，無論何時都保持著面無表情的殷宇，又指了指柳阿一家中高掛天花板的吊燈。

「哪來的這種怪主義啊……我總有一天一定要殺了你這混帳……」

嘴巴雖然強調著想殺人的衝動，不過當前的柳阿一看上去一點力氣都沒有了呢，頹喪著肩膀走到桌子旁，站上去要拿他求來的監視器。

「唔，本公爵真是學到一課呢……這是你調教大狗的手法嗎？」待在玩偶體內默默看著殷宇和柳阿一對話的小尚，如是問。

「不是大狗，充其量不過是吉娃娃的吵鬧罷了。」殷宇這般回答。



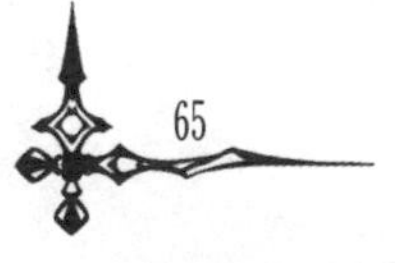

「我說你們別你一言我一句的討論我是什麼狗好嗎！」

當事者似乎快達到崩潰的臨界點了，警告、警告！

△▽ △▽ △▽ △▽ △▽

大地再一次隨著旭日東升而甦醒，市區中的車水馬龍也再一次上演，這個時候的夏琳聽到門鈴聲響起，準備去應門，至於她的老師林甄鈺目前還在補眠中，藝術創作者的生理時鐘總是比較隨興。

比起自己規律的早起創作、練習，夏琳就是羨慕著林甄鈺那種隨興的創作，隨心所欲的雕刻出令人驚豔的作品……向她拜師學習了這麼久，夏琳自知與老師之間的距離，實際上她連一點點的邊都還未沾到。

每每想到這點時，胸口總會微微刺痛、鬱悶難受，好像有什麼東西占據了她的心口，張牙舞爪，像要吞噬掉她一樣

不想一大清早就讓自己的思緒陷入負面，來到門前的夏琳打算轉換情緒，重新掛上平時會綻放的笑臉，同時轉開了門把。

「柳先生……？」

一開門就見到黑眼圈極重的柳阿一出現在門口，夏琳有些意外的愣了一下。

「你怎麼看起來這麼的……不堪使用啊？」

「……夏琳小姐，不堪使用這種形容會不會有點太狠而且不適合啊？」已經夠無生氣的柳阿一更垂下頭來，夏琳是真的把他當成打掃工具看待啊？

「啊，不好意思，請你忘了吧，我只是很訝異柳先生會看起來這麼累……快進屋吧。」夏琳先是吐了吐舌頭，奉上她最擅長的清新微笑賠罪，接著為柳阿一關上了門。

「會這麼累都是因為有個無良的傢伙纏著我……」柳阿一的腦海立即浮現出腹黑眼鏡助理編輯的臉孔。

「哎呀，柳先生的夜生活原來是這麼精采啊……」

「咦咦？不、不是這樣的！妳會錯意了！」看到夏琳用一種曖昧又臉帶微紅的表情面向自己，柳阿一就知道這下誤會大了。

「呵，柳先生別擔心，我不會因此就對你改觀的。好了，今天你的工作就是清理廚房的油垢……」

夏琳開始向柳阿一交代今天的打掃事項，柳阿一雖然表現出一副正在認真聆聽的模樣，心裡卻都在策畫著何時將好不容易討來的監視器裝到夏琳房間。

待夏琳離開，捲起袖子拿著菜瓜布和好媽媽清潔劑的某位太太……不，是柳阿一，便走



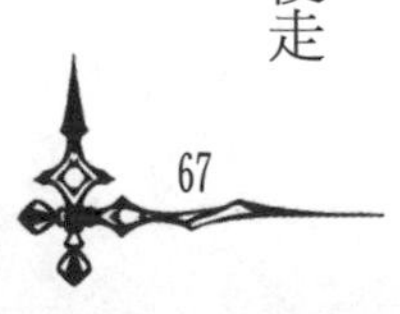

到廚房著手清理頑強油汙的工作，這種時候他就感嘆自己為何當初要打破林甄鈺的作品，比起在這裡當臺傭打雜，他竟然懷念起在家寫稿的美好……

這種想法千萬不能讓殷宇那個無良知道，否則以後都會給他「殘酷二選一」——你要掃廁所還是去寫稿？

一邊偷偷盯著夏琳的舉動，一邊假裝清掃，眼看夏琳似乎打算出門一趟，知道機會來了的柳阿一，馬上放下手中的工作，快快爬到夏琳所住的二樓房間。

成功潛入後，柳阿一的視線立刻搜尋裝置位置，他必須要在夏琳回來之前趕緊裝好監視器離開。

腦海裡浮現殷宇向他交代過的，關於放置監視器不易察覺的技巧。有這位師傅的叮嚀，柳阿一很快就找到了答案，他爬上夏琳的書桌，小心翼翼將小型監視器安裝在天花板的投射燈旁。

確定儀器運作正常後，柳阿一爬下桌，躡手躡腳的儘快離開隨時可能撞見夏琳的房間。

快步下了樓，提心吊膽的柳阿一卻赫然見到夏琳朝自己這邊走來，他趕緊裝作什麼事都沒有發生，別過頭，同時快快拿起上樓前就丟在一樓樓梯旁的抹布，又故作在找尋可以擦拭之處。

「柳先生，你怎麼在這裡？不是說今天要你打掃廚房的嗎？」見到東張西望的柳阿一，夏琳便蹙起眉頭詢問。

「哦！那、那是因為我覺得這樓梯似乎也挺髒的，想說一起打掃乾淨啦！」被點名的剎那，柳阿一頓時身體戰慄，明明想要強裝鎮定卻還是說話打了結。

「是這樣嗎……柳先生看起來很不自然呢。」夏琳的眼睛更瞇了，本來雙眼就不大的她，此時的眼眸更像瞇成了一條線，狐疑的看著柳阿一。

「哈哈！才沒有這回事呢！時間寶貴，夏琳小姐也有事要忙吧？我就不打擾妳了。」柳阿一話鋒一轉就想落跑，好在夏琳似乎真的有事要做，想了一下就放過柳阿一，踏上通往二樓房間的階梯。

眼看夏琳上樓進入自己的小房間後，柳阿一便在無人看見的情況下，嘴角微揚。

△▽　△▽　△▽　△▽　△▽

「這段影片，就是監視器在夏琳房間內拍攝到的畫面。」

一如既往在深夜的時候回到自家，卸下男傭工作的柳阿一，這時改行扮演起徵信社成員的角色，他拿出電腦，按鍵播放。



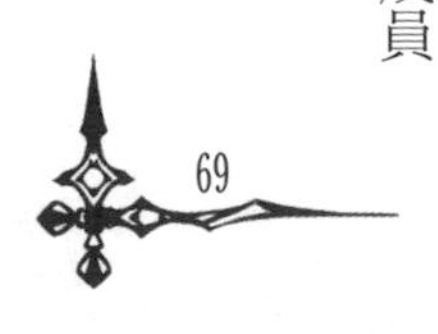

至於電腦前方的觀眾共有三位，包括被殷宇再次「放風」出來的尚．溫徹斯特。

兩人一鬼的目光都集中在電腦螢幕上，影片中的夏琳坐到電腦桌前，開啟電腦，點下滑鼠，動作看似毫無異狀，因此公爵大人就說話了。

「這是什麼？她不過是在用電腦上網罷了，你的監視器是不是白裝了啊？」

「咦，這千年老鬼居然會懂得什麼叫電腦和上網……」

「現在不是吐槽這個的時候吧你這平民！」公爵大人立刻反駁了一臉意外的柳阿一。

「不過，我對於夏琳正在看的網頁很是好奇。」無視柳阿一和公爵之間紛爭的殷宇，一手抵在下頷，鏡片下的視線很是認真的盯著螢幕瞧。

「夏琳正在看的網頁……嗯？這不就是噗浪的個人主頁畫面嗎？」柳阿一聽聞殷宇的話後湊近一看，眼尖的他認出這時下年輕人常用的社交網頁。

「噗浪？那是什麼？」

「哦，看來還是有我們公爵大人不知道的資訊嘛。」在小尚提出疑惑後，柳阿一賊賊的笑了笑。

「少囉嗦，本公爵的國家人民大都用推特好嗎！」

「哇！居然會從一個死了不知幾百年的幽靈口中聽到推特一詞……」柳阿一震驚了。

「你們能不能別在這時候討論這種事？」

殷宇冷冷看了吵吵鬧鬧的二人組後，便回頭繼續盯著影片，手按滑鼠將某一個畫面定格，截取出來後再放大來看。

「那麼我可以請教你嗎？你將夏琳的噗浪網頁放大來看是要做什麼？」柳阿一困惑的蹙起眉頭。

「柳先生，你是眼睛瞎了嗎？」殷宇指著螢幕上的畫面一角，「這裡，你看仔細點，難道沒有看到什麼讓你覺得很眼熟的東西？」

「眼熟的東西……嗯？這、這不就是那個——」

順著殷宇的手指看去，柳阿一猛然倒抽口氣，因為映入眼簾的事物，正是一個似曾相識的黑色蝴蝶、蝶翼分離的圖案。

「不會錯的……是『那個傢伙』的象徵符號。」

小尚聽到柳阿一的驚訝聲後跟著湊近看，立刻就認出畫面上那個相當特別的蝴蝶圖騰，即使他沒明說「那個傢伙」是誰，另外的兩人心底都早有了共識。

「勾魂冊主人的記號，出現在夏琳的個人網頁上……果然，夏琳確實和勾魂冊之主有所接觸！」柳阿一想起過去凡是與勾魂冊主人交易的對象，都曾收過一封貼有黑色蝶翼分離標誌的信件。

雖然早就知道這個可能，但真正確認後仍免不了會有些吃驚，總是相信人性本善的柳阿



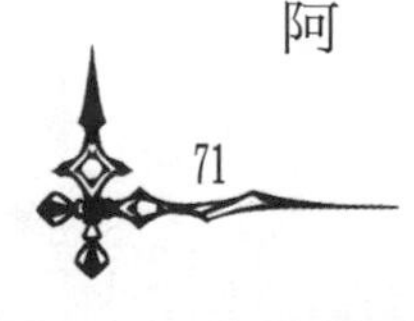

一，其實到前一刻還以為夏琳不過是個錯誤的人選。

「這麼說來，夏琳是透過噗浪和勾魂冊主人進行接觸了？記得以前那些人都是用信件交流啊……」

「那傢伙會依照交易對象的個性和特色，選擇交流的方式。」小尚回答了柳阿一的問題，臉色凝重且嚴肅。

「看來你很了解勾魂冊的主人嘛……」柳阿一看向旁邊凝神思考的小尚。

總覺得小尚的來歷會比想像中複雜，只不過現在似乎不是向對方追根究柢的時候，當務之急還是得先處理夏琳的事吧。

眼看小尚也沒打算回應他的話，柳阿一乾脆又將話題轉交給了殷宇。

「對了，你不是電腦技術很強大嗎？這個網頁上頭有夏琳的噗浪帳號，你能不能把夏琳的帳號密碼查出來後登入，也許勾魂冊主人利用私噗的方式與她交流，看看她跟勾魂冊的主人到底說了些什麼？」

「這個我試試看……」殷宇推了推眼鏡，著手照著網址上的噗浪帳號開始進行工作。

在旁不懂電腦的一人一鬼就這麼盯著他弄了好一會，直到坐在電腦前的殷宇搖了搖頭。

「不行——連不上去，這個帳號似乎已被停用了。」殷宇難得無奈的嘆了一口氣，好不容易追查到的線索在此斷了線，那感覺自是非常不好受。

「嘖……是察覺到可能行跡因此敗露而刪除帳號嗎……」柳阿一咬著手指甲，皺著眉頭低聲道。

「……查查『西法』這個名字吧。」

就在這時，小尚突然提出了一個陌生的人名。

「西法？」

柳阿一愣愣看向小尚，同時坐在電腦前的殷宇也跟著正色聆聽。

「勾魂冊主人的名字，本公爵認為你們可以從這個名字去搜索。」

從小尚別過頭去的沉重臉色來看，他似乎不怎麼願意提起這個人的名字。

「小尚……你真的懂很多秘密耶……害我快要懷疑你跟勾魂冊主人是不是有一腿……」

「你才跟他有一腿！本公爵滅了你哦！給你們情報還用這種態度回謝本公爵！」

公爵大人瞬間生氣了！

「開個玩笑嘛，何必這麼認真呢小尚，還是真被我說中才……嗚哇！小尚！我們、我們有話好說嘛！」前一刻還訕訕笑的柳阿一，下一秒就見到公爵大人用靈力讓摺凳騰空，正瞄準著他站的位置。

「西法啊……原來勾魂冊之主叫這個名字是嗎？兩位你們忙去，這件事就交給我和方編輯一起去處理。」在柳阿一享受（？）被居家必備好摺凳追著跑的當下，殷宇面無表情做下

了決定，接著便起身看似要離去。

「咦？你打算將阿大拉下水？」正抓著摺凳椅腳全力抵抗的柳阿一，回頭問向已走到大門前的殷宇。

「你之前說過，方編輯擁有不可思議的能力對吧？」

「我是跟你提過……」僅差一公分就要和摺凳來個親密接觸的柳阿一，因為使力抵死不從而臉頰漲紅，正喘著氣和殷宇對話。

「那麼，搜查過程中或許會用上方編輯的能力也說不定，畢竟勾魂冊主人的事超越了科學理解範圍。我走了，記得這陣子要盯好夏琳，柳先生。」

語畢，殷宇掉頭打開門，踏出柳阿一的住家，只留下柳阿一用著哀怨的聲音大喊。

「喂喂別走啊！你是沒看到我快被厲鬼謀殺了嗎！」

「哼呵呵！覺悟吧你這個平民，你現在就算喊破喉嚨也沒人會來救你了！嘿嘿嘿……」

「不要啊啊啊——」

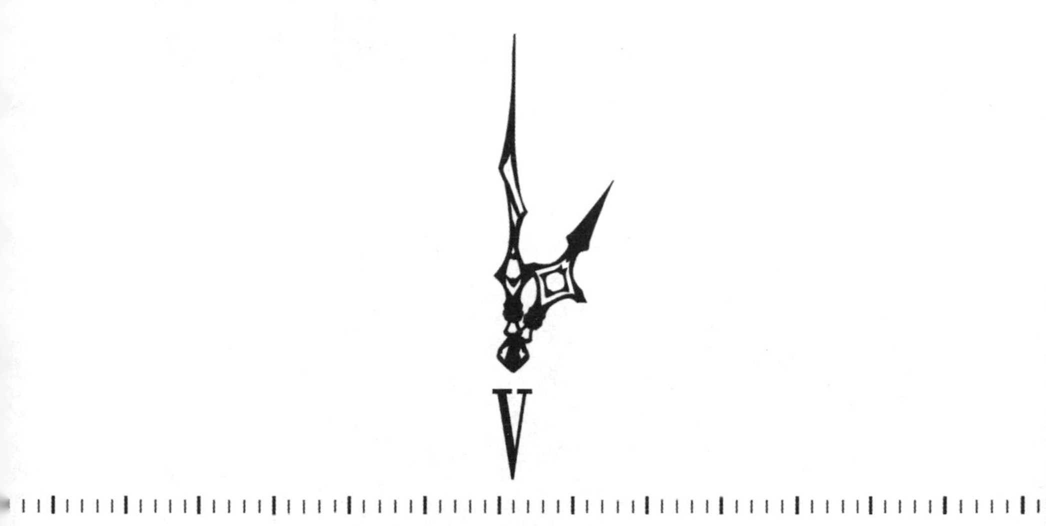


# 雙胞胎與洋娃娃

「這位夏琳阿姨就是認養妳們的新媽媽喔！」

一名老婦人慈祥和藹的彎腰，向她身旁的一對美麗雙胞胎少女介紹著。

在她們眼中的夏琳，這位新媽媽身穿白色的短袖T恤，沾了些許顏料的牛仔長褲和短筒靴子。新媽媽正對著這對她們姐妹漾開微笑，笑臉猶如今日的太陽般絢爛且清爽。

「夏琳小姐，這位是姐姐漢娜，她身邊是妹妹妮娜。」老婦人微笑的向夏琳介紹這對雙胞胎，溫和有禮。

夏琳的眼神則打量著她們，「喔，這正是我理想中的體型呢。」

「不好意思，夏琳小姐妳剛說什麼？」老婦人，也就是孤兒院院長抬起頭來納悶一問。

「啊，沒什麼沒什麼，我是說這對姐妹發育得不錯啊，你們院方真的有好好照顧這些孩子呢。」

夏琳搖搖頭，回以院長一個無比清新的笑容，同時她深褐色的眼眸仍繼續上下打量著面前的這對雙胞胎少女。

她首先望向姐姐漢娜，漢娜有著一對碧綠的眼瞳，還有著超齡的成熟和聰穎氣息；接著她再看向妹妹妮娜，妮娜長相和漢娜幾乎沒有什麼差別，可給人的感覺卻稚氣淳樸許多。不過就兩人的身高和體型來說，儼然是同個模子刻出來的，多一公分或少一點肉都沒有。只是這兩人見著她之後都沒說半句話，似乎是有些怕生吧，夏琳如此認為。

既然她們倆不打算出聲，就由她這位新媽媽主動開口：「來吧，我的小公主們，跟媽媽回家囉，我們回到家再好好聊聊天，媽媽會做很多好吃的東西給妳們哦。」

夏琳淺淺的揚起嘴角，伸手拉住了漢娜細瘦的手臂，漢娜則神情緊繃，五指緊扣著妮娜的小手，直到她們坐上夏琳的車，交扣的手都未曾鬆開過。

引擎發動，車輪轉動，夏琳開著車，她新收養的雙胞胎姐妹坐在後座，姐妹倆不發一語，漢娜仍舊一臉緊張，妮娜則是好奇的東張西望，只有夏琳似乎是開心哼著小調，一路開回她與林甄鈺老師合住的工作室。

△▽ △▽ △▽ △▽ △▽

迎接夏琳回來的人正是柳阿一。

他記著昨晚殷宇的叮嚀，一定要好好盯緊夏琳，只是今天他一早過來，開門的人卻是林甄鈺，從對方口中得知夏琳一大早有事外出，當時柳阿一就心想究竟是為了什麼事。

當柳阿一看到夏琳後頭跟著的一對雙胞胎姐妹後，心中的疑問雪球滾得是更大了。

「夏琳小姐，這一對小姐妹是……？」柳阿一自是忍不住就開口問。

「哦，她們是我領養回來的孩子，柳先生你可不能趁我不注意時欺負她們，或是對她們

毛手毛腳哦。」

「原來我在夏琳小姐眼中是這種會欺負小孩的變態哦……」

雖然得到答案了，柳阿一卻有種受傷的感覺，他的人生到底要被當幾次變態才夠呢？

但話又說回來——

依夏琳的年紀，現在就領養一對小孩未免太過年輕了點，況且在此之前好像也沒聽說她有這計畫，畢竟看她一直心心念念的只有自己的創作，以及關於美術館的參展活動。

「至於我的小公主們，關於這個家，有些事情需要妳們注意一下。」

夏琳回過身面向漢娜與妮娜，姐妹倆一對水亮的眸子都像星子一般望著她們的新媽媽。

大致上向這對姐妹說明了這間屋子目前出入的所有人，以及當前作為藝術創作工作室的性質後，夏琳這時蹲下身來，將兩隻手輕輕放在兩姐妹的肩膀上。

「聽著，在這個家中妳們想做什麼都可以，但是——誰都不准進到我的工作室，聽清楚了嗎？」

夏琳面帶微笑，兩姐妹卻無法從她的眼中看出笑意，反倒給人一種深沉包藏的寒澈，使得這對小姐妹怔怔點頭如搗蒜。

「很好，媽媽就知道妳們很懂事，那麼接下來就讓我做些好吃的東西給妳們吧，我們說好了。」

夏琳摸摸兩姐妹的頭後，便帶著笑容轉過身去，踏著輕快的腳步走往廚房。

柳阿一目送著夏琳的背影遠去，接著再回頭看看那對看起來還很怕生的小姐妹。不知為何，柳阿一總覺得心裡有個難以形容的疙瘩，讓他渾身不自在……總而言之，他還是儘快將這個消息通報給殷宇他們知道吧。

於是柳阿一拿出了手機。

△▽　△▽　△▽　△▽　△▽

「漢娜、妮娜，我要去外面採買東西，妳們好好在家，不可以去打擾林阿姨工作哦。」

夏琳迎接假日早晨到來的方式，便是拎著她的背包要往外頭走。假日這天沒有柳阿一來打掃，不過她的老師還是繼續埋首於創作之中，因此夏琳得特別叮嚀這兩個小朋友千萬不能去騷擾人家。

「是的媽媽，我們知道了。」穿著鵝黃色小洋裝的雙胞胎姐姐漢娜，連同妹妹妮娜的份一起回答。

夏琳笑笑的摸了摸漢娜的頭後，又道：「那麼妳們應該也知道……不可以擅自進到媽媽的房間裡吧？」



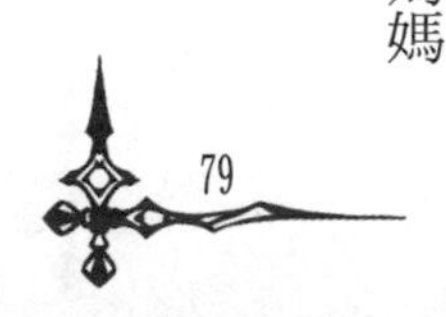

夏琳的聲線壓低，此時眼神又是那令人感到寒顫的似笑非笑，被問話的漢娜和妮娜自是又連忙點頭。

「好乖哦。那麼，媽媽這就出門囉。」

夏琳輕撫兩人的髮絲後，便轉身出去，將門反鎖。

望著夏琳闔起的門扉，漢娜緊揪著心似的，眉頭深鎖，像是有話要說。

「妮娜，妳不覺得夏琳媽媽很……怪嗎？」漢娜回頭注視著妹妹妮娜，面色不安。

「有嗎？妮娜不覺得耶。」妮娜眨著她水汪汪的翠眼，一手拎著夏琳送給她的新娃娃。

「總之……我覺得有必要去確認……」

漢娜自小就比一般人來得更有警戒心，更何況夏琳當初所說的那幾句話一直深烙在她心中——

「體型剛好符合呢。」

「誰都不可到我的工作室。」

除了讓漢娜越想越覺得不對勁之外，再加上她的第六感也在警告著自己……使她整個人自從跟了夏琳後，便變得十分不安和緊張。

漢娜決定要獨自一人前往夏琳的房間。

這件事，她決定暫且不將自己的妹妹牽扯進來，於是她趁著無人注意的時候，偷偷摸摸爬上通往二樓的階梯，那是打從住進這屋子後，就被視為禁止進入的地方。接著，她緩緩打開了二樓房間的門，隻身潛入了夏琳的工作室之中……

小心翼翼的關上門，漢娜眼中的夏琳房間，普通到讓她有些懷疑是自己多慮了，一如所有她對藝術雕塑家的印象，房內的擺設和器具都和夏琳的工作有關，除了散落一地的零亂草圖以及採光度不佳外，漢娜並沒有發現值得讓她不安的東西……

直到她看到擺在最角落，一個用緞面紅布覆蓋的方型物體。

好奇心驅使著她靠近，在這昏暗又雜亂的工作室裡，這個特地用緞面材質紅布覆蓋的物體讓她很是在意。心跳加快的漢娜伸出手，即將揭曉紅布之下的答案。

「這、這東西是……！」

漢娜大驚，因為當她掀開紅布之際竟發現——

是一具約莫可容下兩名青少年體型大小的棺木！

漢娜的身體不禁往後退，卻一個踉蹌踩到地上的噴漆罐子而失去重心，身體因而壓在旁邊的站立型作畫板上。

「痛……」漢娜因為疼痛而皺起細細的柳眉，她用手肘撐起身子，視線無意間瞄到夾在畫架上的一張草圖。

映入眼簾的畫面，讓漢娜狠狠倒抽了一口氣。

她這次是徹底嚇傻了，漢娜屏住了氣息，心跳加快，似乎有個不好的預感浮現在她心中，她驚慌又錯愕，雙手摀著嘴不讓自己發出尖叫而發抖，她的雙眼睜大，雙瞳流露著畏懼發毛的眼神，她的臉色突然也在那瞬間慘白許多，因為她實在不太敢相信，她簡直不敢相信夏琳媽媽的作品竟然是……

她雖不能百分百確定那張草圖的含意，是否就是她腦中所想的那樣，但若是和那具棺材雙雙連結起來……無論如何，她最好更加小心！

「漢娜？妮娜？我可愛的女兒們，媽媽回來了哦！」

突然，從樓下傳來一道熟悉的聲音，漢娜知道是夏琳回來了！

「糟糕！」漢娜心一驚，她知道必須趕快裝作什麼事情都沒發生的離開這裡。

漢娜急忙將紅布蓋回棺木上，然後正當要跑出工作室之際，她覺得自己的腳好像踢到了什麼小東西，但她無暇再去管它，她想那應該是自己的錯覺吧！

漢娜關上了工作室的門，輕聲快速的下了樓，衝回她和妹妹妮娜的臥房。

一回到房間看見妮娜時，漢娜立刻神色緊張的說：「妮娜，我們必須離開這位可怕的媽媽！」

漢娜盡量壓低音量，以免被外頭尋找她們的夏琳聽到，她害怕的緊抓住妮娜細瘦的手臂，手指因而掐入妮娜的肌膚裡。

「姐姐，妳弄痛妮娜了！」妮娜脆弱的肌膚感覺到雙胞胎姐姐掐在自己手腕上的力道，她痛得瞇起了眼睛。

「抱、抱歉……姐姐我不是故意的，我只是……」漢娜這才反應過來抽回了手，她面帶愧色的搖頭低聲道。

「姐姐，為什麼妳說……要離開可怕的媽媽？發生什麼事了嗎？」妮娜的痛楚其實很快就過去，因此注意力也重新回到漢娜所說的話上，她微微扭曲著淡褐色的細眉，用茫然的眼神問著。

「我、我一時說不清……總之，我們快逃就對了！」漢娜開始心急如焚的著手收拾東西，一邊回答還是搞不清楚情形的妮娜。

「妮娜為什麼要逃？我們在這裡住得很好啊！夏琳媽媽都會送洋娃娃給妮娜耶。」妮娜仍處於不動的狀態，她手拿著洋娃娃，天真的歪著頭不解的問。

「那是因為……！」

「原來妳們都待在房間裡啊，沒聽到媽媽在喊妳們嗎？」

正當漢娜要把自己在夏琳房內看到的一切告訴妹妹時，夏琳已打開她們寢室的門，笑笑的面對著姐妹倆。



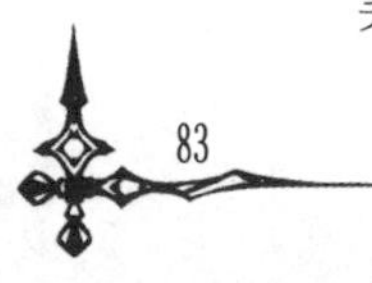

「對、對不起，我們玩得太投入所以就沒聽到媽媽的聲音……」眼看妮娜要開口不知向夏琳說什麼，漢娜趕緊搶在妹妹開口之前回應。

「這樣啊，妳們玩得開心就好，沒出什麼亂子吧？都有乖乖聽話對吧？」

「是的，在媽媽離開後我們都一直待在房裡玩。」漢娜再次答覆夏琳，她怎可能對夏琳坦承自己溜到工作室的事呢。

「呵，真是媽媽的乖孩子們呢，那妳們繼續玩，媽媽先去忙了哦。」

夏琳朝這對姐妹倆笑了笑，便轉身關門離去……卻殊不知漢娜看著自己遠去的背影，多了一份深沉的思慮。

實際上剛回到家中的夏琳，是抱著大包小包的東西回來，裡面除了一般生活用品、小女孩喜歡的洋娃娃之外，還多了兩大桶的石膏原料和一把新雕刻刀，以及一把不知她買來做何用途的鋒利屠刀。

夏琳一一將買回來的生活用品放置好後，有個問題一直縈繞著心頭，她總覺得今天的女孩們異常的乖巧安分，本就生性安靜的漢娜如此就算了，平時總愛蹦蹦跳跳、活潑程度像隻小猴子的妮娜，居然也乖乖的和漢娜待在房裡一整個早上？

雖說如此，但夏琳沒有多疑，她只是改而拿起石膏、雕刻刀和那把屠刀，走上通往二樓的階梯。

「嗯……？」

夏琳打開了工作室的門，赫然發現竟有一個人像的手指碎裂在地，她低望一會，再查看房內周圍的種種後，便做下了一個判斷，那就是——有人闖入了她的工作室！

腦海閃過幾個可疑的人選：今天是假日，休假一天的柳阿一不可能是嫌疑犯，而向來不過問也不在意她的老師林甄鈺，應當也不是真正的答案，因此，腦中影像最後定格在那對新收養的姐妹身上。

有了確定的答案，夏琳不慌也不忙的將新買的石膏和雕刻刀放置好，並取出那把又長又駭人的屠刀，最後，她看了看夾在畫架上的草稿，笑了笑。

「看來作品完工之日提早了呢。」

夏琳嘴角上揚，勾起危險的弧度，她輕撫著夾在畫架上的草圖，讓鉛筆石墨印上她手掌，最後輕盈轉身，看上去心情極好的她將要離開工作室。

「等著我哦，我親愛的繆斯女神……我很快就會將材料帶到您的面前。」

夏琳低語，在關上房門之前對著畫架上的草圖又是一笑……

陰冷的一笑。

「妮娜，拜託妳聽姐姐說！現在沒有時間可以讓姐姐好好向妳解釋！所以，拜託就讓姐姐任性一次好嗎？接下來妳什麼都不要過問，就聽姐姐的話行動！」

同個屋簷下的另一個房間內，漢娜此時手拎著一個大背包，然後又一邊快速掃視有沒有遺留掉重要的物品未帶，同時還用急忙的口氣對著妹妹說話。

「妮娜不要啦！」

比起姐姐更加任性的妮娜卻不領情，固執的要求漢娜要給她一個理由才行。

著急的漢娜卻不因此生氣，她只是嘆了一口氣，她忘了妮娜的死脾氣可說是非常拗，不好好跟她說，是真的叫不動她。

「妮娜……那妳乖乖聽姐姐說……妳知道夏琳媽媽為何要收養我們的真正原因嗎？」漢娜先試著讓自己平緩下情緒，再打算好好向妮娜說個明白。

「愛我們嗎？」妮娜一臉天真的回答。

「……愛？絕對不是！如果真是這樣，當初口口聲聲說愛我們的親生媽媽……就不會拋棄我們而去啊！唉，這不是重點，夏琳媽媽收養我們的原因其實是……」

漢娜先是嗤之以鼻的冷笑一聲，後來正當她準備要將真相說出之際，夏琳沒有預警的出現了。

「我的甜心小公主們，妳們在房間裡吧？唉呀呀，把房門上鎖，是怕我吃了妳們嗎？媽媽不是虎姑婆哦……」

夏琳的聲音從門外傳來，那帶著笑意的話語中，藏著不知是真是假的恐嚇。

「糟了……難道是發現我進到她的房間裡了嗎？快，妮娜妳先快出去！只得之後再跟妳解釋了！」

一聽到門外夏琳的呼喊，漢娜立刻著急的打開通往外界的窗戶。

雖位處一樓，但距離外頭的地面仍有些高度，她壓低聲音催促著妹妹先離開，眼看妮娜一副不從的模樣，漢娜牙一咬、心一橫，不顧一切就將妮娜從窗臺推了下去。

「啊！」

妮娜尖叫一聲，在毫無準備的狀態下被這麼一推落，她的雙腳很可能因此扭傷。

「快逃！姐姐我待會就跟過去……」

漢娜帶著苦澀的表情繼續催著妹妹逃離，然而本在門外的夏琳早已悄然溜進房內，她擺在背後的手拿著屠刀，冷笑著站在還未察覺的漢娜身後……

△▽　△▽　△▽　△▽　△▽

「喂，平民，你的臉色怎會突然糾結得跟屎一樣？」

地點是柳阿一的家中，夜晚的月光輕輕灑落在出聲之人的俊挺側臉上，他拿著一杯剛泡好的咖啡，全身上下都穿著柳阿一衣服的某位公爵大人，看著皺眉的柳阿一感到納悶。

「……真沒品，我就算臉色糾結得跟屎一樣也是最帥的屎。」

「你覺得這麼說，又有比本公爵有品到哪去嗎？」

尚．溫徹斯特公爵，嚴格來說是位百年阿飄的傢伙，立即吐槽了柳阿一的話。自從和柳阿一待在同個屋簷下後，他的吐槽功力也上升了呢……好吧這不是什麼值得可喜可賀的事。

「話說回來，你到底在糾結什麼啊？表情突然沉重下來。」尚．溫徹斯特公爵——簡稱小尚，將話題重新拉回。

「天啊……公爵大人是在關心我這死老百姓的意思嗎？」

「本公爵現在就召喚菜刀滅了你哦平民。」作為阿飄的小尚用再認真不過的表情回答。

「失敬失敬，小的若有得罪大人之處請多海涵。不過，對於您方才的問題，小的這就坦白如實跟您說吧……」

雖然柳阿一的道歉聽起來很討打，不過看在他打算回答問題的分上，小尚暫且按住怒氣。

「就在不久前，勾魂冊又出現新的敘述了。」

語畢後是一聲深沉感慨，柳阿一自覺尚未查到夏琳與勾魂冊的關聯之前卻又出現新的敘述，讓他很是挫折，心想難道無法在悲劇發生前查清真相、阻止一切嗎？

小尚聽聞後臉色亦是一沉，他彈指一聲，讓放在對面書桌上的勾魂冊騰空飛起，來到他的面前，自動翻開最新一頁讓他閱讀。跳入眼簾的內容是——

我要製作洋娃娃，

她斷掉的頭顱重新被我造好。

我要製作洋娃娃，

她折斷的手臂重新被我縫好。

我要製作洋娃娃，

她枯瘦的雙腿重新被我填裝。

我要製作洋娃娃，

可是她卻還少一個玩伴陪她。

猶如童謠一般的敘述再次出現於勾魂冊的泛黃頁面上，病態的描述讓小尚皺起了眉頭，他用低沉的嗓音道：「現在可以確認，『我』就是那個名叫夏琳的女人，但是她到底要做什麼？而且，這篇預告很顯然在暗示她有殺人的打算。」

「我也是這麼認為……可是至今我只知道，夏琳最近領養了一對雙胞胎姐妹回來……等等，難道——」柳阿一有個可怕的念頭閃過腦海，倒抽口氣，「夏琳打算殺害那對姐妹？」

「不無這種可能，只要與勾魂冊進行交易的對象，通常都有某方面的人格行為偏差。」

「但我不懂，夏琳為何要殺害這對姐妹？她的目的到底是……天啊，她想要製作的『洋娃娃』該不會是指……」

「——將真人製作成雕像。」

就在這時，另一道聲音從柳阿一家門口方向傳來，柳阿一和小尚回頭看，正是老早就有自備柳阿一家鑰匙的殷宇。

「你聽到我們的談話？」柳阿一有些意外的問。

「打從我還在門外時就聽到了，柳先生，別忘了你家的隔音效果很差，也就是說以前倘若你帶了女人回來做什麼不堪入目的事，無論什麼聲音，鄰居都聽得一清二楚哦。」

「請你別在這種時候還見縫插針吐槽好嗎！」柳阿一用死魚一樣的眼神看著殷宇。

「不過……我想夏琳很可能打算那麼做。」柳阿一將十指交叉，拱起手來抵在下頷，眼神認真的繼續說：「我想起我在夏琳房內看到的那張草圖……若沒記錯，確實是一張畫了兩名少女模樣的雕像草圖。」

「這麼說來……那個名叫夏琳的平民，就是意圖將收養來的雙胞胎姐妹殺害後，依其骨架做成雕像……真是讓人不寒而慄的女人呢。」小尚回應柳阿一的話，臉色更顯沉重。

「至於她的動機……應當是想要獲得美術館一席的展覽位置吧。」殷宇想到之前柳阿一曾跟他們說起夏琳想要打敗老師、超越老師，在藝術界取得認同和一席之地的企圖，因而做出這合理的推斷。

「原來如此……原來這就是夏琳想要做的事……但目前為止，夏琳都是一人行事，她和勾魂冊主人之間進行的交易物又是什麼？」柳阿一提問。

「這又是另一個謎團了。」殷宇推推眼鏡，「雖說這個謎題暫且無解，但我帶來了另一個情報。之前不是要我調查關於勾魂冊主人的事？我拜託了一下以前我在警局裡的同事，有個東西值得我們注意。」

「以前的同事？該不會是孫景禮警官吧？」柳阿一頭一個想到的，就是那位成熟穩重、外型看起來完全符合電影裡警探形象的男人。

「你為何要提起那個人的名字？」殷宇的臉色立刻一變，眉頭鎖了起來。

柳阿一被對方如此一瞪，有些愣愣的回：「欸？難、難道不是嗎？因為我看孫警官應該是那種會答應你請求的人……」

「並不是，請你別在我面前提到他。」殷宇斬釘截鐵的回，就像是一點也不想再和孫警官扯上關係似的。

柳阿一懾於殷宇那種強硬又冰冷的氣勢，只得懵懂點頭，乖乖閉口不再談。至於身為局外人（鬼）的尚．溫徹斯特公爵則很清楚，柳阿一很顯然無意間踩到殷宇的地雷了。

「回歸正傳，以前的同事告訴我，近來有一連串的意外事故中，有幾起他們在調查過後發現都會有幾個共同點。死者雖死法不一，但皆屬意外身亡，生前都是某種領域的傑出人士，或者潛力新星。」

「等等，我怎麼覺得好像在哪聽過這些事……」柳阿一聽下來覺得好耳熟啊。

「你很耳熟是正常的，因為當他拿給我看的那些意外身故者的資料，全是之前我們所遇到的勾魂冊交易對象。」

「果然！我就知道！」柳阿一握拳敲了一下掌心。

「你是聽到我這麼說後才知道的吧？柳先生。」

「可惡……殷宇你這腹黑眼鏡，不吐我的槽你會死就是了？」

柳阿一咬牙切齒的瞪著殷宇。當然，殷宇根本沒在理會，他又繼續面無表情的說：「除此之外，他們發現這些人在發生事故前，都有到過位於本城市郊區的一座公墓，至於他們去那裡做什麼，根據當時載過其中一位死者的計程車司機表示，對方看上去心事重重，沒帶任何要掃墓或緬懷死者的器具或花束，看上去怪怪的。」

「其中有一段供詞特別引人深究……那就是這位司機表示，他曾在這座墓園裡看到一棟似乎新建好的教堂，而他的乘客當時也在那裡下車。」

「問題是……我記得郊區的那座墓園裡……根本沒有任何建物啊，怎麼可能忽然一夜之間多出一座教堂？」柳阿一知道那座公墓，因為是這座城市郊區的唯一一座，只要是當地人都知曉那裡的情況。

「沒錯，因此後來我也實際上走訪一趟，把整座公墓都走過一遍了，就是沒見著任何教堂的蹤跡，就連可能用來建蓋房屋的地基都沒發現。」

「也就是說，那座教堂只有與勾魂冊交易的對象才看得到……你想說的是這個結論沒錯吧？」柳阿一回應殷宇方才的話。

殷宇點了頭，「恐怕如此，不過另一方面我還有新的收穫。」

「新的收穫？」柳阿一聞之頓時眼睛一亮。

「我同時也請了協會的朋友幫忙調查，看看有沒有近似於勾魂冊的相關傳說，結果他們找到了一則來自國外的傳說。」

「你所說的協會朋友……應該是那種『嚇！怪力亂神研究協會』或者『UFO宇宙搜奇協會』的同好吧。」

柳阿一再次亮出死魚眼神，目光投向坐在對面沙發上的殷宇。有時候從殷宇的言談聽下來，還真難以將他和助理編輯這種正經職位連結在一起。

「柳先生，看來你也是很努力才找到可以吐槽我的點呢。」

「你這傢伙需要這樣刺激我嗎！」

可惡啊好恨啊怨念啊啊啊！他能不能跟勾魂冊做交易把這該死的助理編輯弄消失啊？

「你們小倆口可不可以別在本公爵面前拌嘴了？說正事好嗎？」

終於，有人……更正，就連做鬼的小尚都看不下去了，只是他的用詞好像有點不太對……

「我說你到底是哪隻眼睛看我們是小倆口……」柳阿一無奈的只能連續吐槽。

「關於國外的傳說，大致上是這樣的……很久很久以前，有一個地位顯赫的家族中，出現一位熱衷鑽研黑魔法的當家少爺。據說他總是會抱著一本冊子，隨時紀錄下他的研究成果，然而後來因為走火入魔，也有一種說法是儀式失敗，他成了當時那個地方的第一位吸血鬼。」

「吸……吸血鬼？」

柳阿一以為自己在聽哪一部小說的內容，裡面提到的那位少爺，聽起來還真有種勾魂冊主人的感覺耶！

「因為他成了吸血鬼，被家族的人驅除出去，當地也開始傳出他攻擊村民吸食人血的事件，自此村人尋找了各種教士、神父又或者驅魔人對付他。在此之後他何去何從、是生是死，無人得知，僅知他總是抱著一本冊子，也就是那本擁有青綠色書皮的筆記簿。故事結束。」

殷宇語畢，只見面前的一人一鬼都面色凝重，不過他卻發現某位公爵的表情更像是欲言又止。

「你有話想說吧？」殷宇乾脆挑明直接問。

「不……實際上本公爵是聽過這則傳說……但不知道在他成為吸血鬼前的過去。不過話說回來，當下還是儘快處理夏琳那女人的事比較要緊吧？」小尚搖了搖頭，似乎試著想將話題拉回。

「這點倒是沒有說錯。」柳阿一也明知小尚想要轉移話題，只是現在人命關天，既知夏琳可能謀害那對雙胞胎姐妹，他們就不能再浪費時間下去。

「柳先生，你不是在夏琳房間裝上了監視器嗎？現在打開來看看，也許能看到夏琳正在進行的事。」

「我明白了，這就啟動監視器系統。」

柳阿一朝殷宇點個頭，便搬出自己的電腦開始照對方的意思做。

透過螢幕可以知道，監視器影像目前仍正常運作，看來夏琳還沒有發現自己被窺視著，然而畫面上的影像昏暗，似乎不見夏琳待在其中。

他們繼續盯著螢幕等待，終於在過了一會後，房門被人從外頭打開、透進了光線，只見一道熟悉的身影拖著一個黑色袋子走進房內，柳阿一一眼就認得對方正是夏琳，只有她能夠

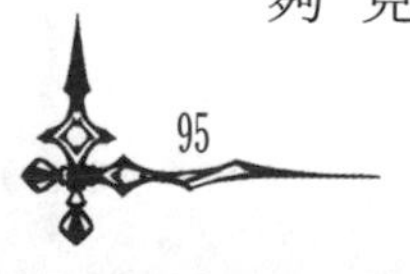

自由進出這個房間，但讓他和殷宇、小尚所好奇的，是夏琳拖進工作室內的黑色物體。

「從她選擇用拖行的方式來看，那個物體應該有一定的重量，並且從那物體反光的程度來判斷，應當是用黑色垃圾袋作為包裹，待會也許會見她拆開，到時就能揭曉裡頭究竟裝了什麼。」殷宇看著螢幕，一手則抵在眼鏡架上，認真盯著夏琳的一舉一動。

眼看夏琳將椅子拉了過來坐下，準備著手解開打結的黑色垃圾袋時，外頭似乎有什麼動靜，就見她拋下了原先手邊的工作，再次離開她的工作室。

「嘖，就差那麼一點點……」柳阿一咋舌一聲，真不知道夏琳突然跑掉是哪招，該不會是去接電話吧？

「耐心點，柳先生，再等等應該就會回來處理了。」殷宇將一手按在柳阿一肩膀上，要他這急性子的作家稍安勿躁。

只是他們不曉得，他們這一等，就是一整個晚上……夏琳直到監視器螢幕前的兩人一鬼都睡著了，都沒有再次出現在他們等候的鏡頭前。

那讓人起疑的黑色垃圾袋，便沉默的擺在夏琳房內一隅，除了夏琳以外，無人知曉其中的內容物……

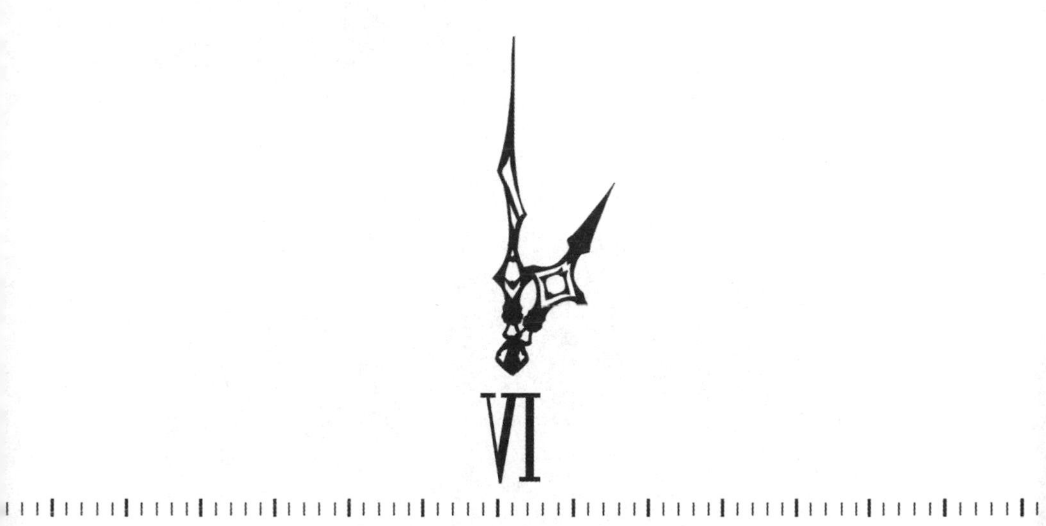

# 另一隻悲傷的小羊

妮娜再也沒有漢娜的消息。

自從被姐姐推出窗外後，妮娜逃到了大街上，驚慌失措的她直覺告訴自己，似乎不能再回到那個新媽媽的家，這幾天她所幸被剛好在附近巡邏的警察發現，在妮娜堅持不透露自己的住所後，對方只好暫且將她帶回警局安頓。

這天晚上，睡在警察叔叔為她鋪設的小毛毯上，受了太多驚嚇的妮娜只覺得眼皮越來越重……

「妮娜……救我……救我……」

這時，傳來那麼一道懾人的求救聲。妮娜雙眼一睜，發現自己處於完全黑漆不見五指的空間，詭異的氣息瀰漫在死沉的黑暗中。

「妮娜……救我……我好冷……我感受不到體溫……」

那道哀淒的聲音仍不停喃喃自語，用著斷斷續續的氣音。

「是姐姐嗎?是姐姐對吧!漢娜姐姐，妳在哪裡啊!為何不出來見妮娜呢?」妮娜迫切的詢問，心裡相當的焦急。

「不是我不告訴妳我在哪裡……不是我不出來見妳……」

隱約感覺到對方倒抽口氣，用著抽噎的聲音回答。

「是我的意識已不清，是我的身軀已死去……」

「什、什麼死去……姐姐？」妮娜撕心肺裂的大叫，然後激動的雙眼一睜。

「啊！」

這才赫然發覺自己原來是在作夢……妮娜全身流著冷汗，拳頭緊握，蒼白的臉孔上浮現驚嚇卻又迷惘的神情。

好幾天了，自從那天逃離夏琳家後，和自己約定好一定會來找她的姐姐都沒有出現……姐姐明明就答應她會馬上跟上的呀！為什麼到現在漢娜姐姐還不出現在？又為什麼她會夢見這種不祥的夢？還有，她不懂為何姐姐叫她逃離夏琳媽媽的家？難道真如姐姐所說，夏琳媽媽是個可怕的人嗎？

不！她不相信！漢娜姐姐現在一定還在某個地方活得好好的！

雖然妮娜是這麼想，可是斗大的淚珠仍不停沾濕她衣領。

——她一定要弄個清楚才行！

妮娜毅然想著，她決定要不顧一切查明真相，她非得知道為何姐姐要叫她逃離夏琳媽媽的家，她絕對要搞懂為何姐姐說夏琳媽媽是個可怕的人，她一定……一定要知道為何姐姐到現在都還沒出現！

因此，她下定決心，明早就回夏琳的家一探究竟。

抱著必定要找到姐姐、查明所有問題的決心，妮娜一大清早趁著看守她的人一個沒注意，便偷偷從警局裡溜出。

△▽ △▽ △▽ △▽ △▽

妮娜從小就是個記憶力超群的女孩，只要讓她看過一次，幾乎是過目難忘，因此對於如何自警局回到夏琳家的路線，同樣難不倒她，況且兩地之間的距離不算相差太遠，即便像是妮娜身無分文、無法攔車的小女孩，也能夠憑靠自己的記憶走回家中。

在妮娜的眼簾終於映入目的地時，她有些猶豫的站在門口前，舉起欲敲門的手，卻遲遲沒有叩門，反覆思量幾次後又落下。

她想，好不容易又回到這個家，難道她打算什麼都不做就因為害怕而放棄嗎？那漢娜姐姐呢？姐姐又該怎麼辦？不是下定決心要揭曉一切的謎底嗎？

於是鼓起勇氣、懷著破釜沉舟氣度的妮娜，舉起她的小手正準備往門扉敲下——

「千萬不可，妮娜。」

正當妮娜的手要敲下之際，另一雙比起自己強而有力又寬廣的手，一把握住了她的手。

「你是……打掃的叔叔？」

妮娜愣愣看著阻止自己敲門的男人，柳阿一。

「呃，就不能用好一點的稱呼方式嗎？比如說帥葛格之類的……」

柳阿一嘆口氣，臉上的表情頗無奈，話說回來他之所以出現在這裡的原因，就是這陣子以來他默默觀察了漢娜和妮娜這對雙胞胎姐妹。

作為需要時常描寫角色心理狀態的作家，柳阿一養成了懂得察言觀色且剖析個性的能力，也因此他能夠肯定，倘若漢娜出事後，以妮娜的個性一定會追根究柢。至於他是如何得知且確定漢娜已出事……就得追溯到今晨時光，透過監視器的影像得到了真相。

於是柳阿一事先埋伏在夏琳家附近，等候可能隨時回來的妮娜現身，而現在，他最大的責任就是要保護這個無措、驚慌的可憐小女孩，竭盡所能讓妮娜永不成為下一個受害者。

「妮娜，想知道妳姐姐的下落嗎？想知道夏琳媽媽的事嗎？」柳阿一蹲下身來，輕聲問著面前的妮娜，他得小心行事，為了確保屋內的夏琳不會發現他和妮娜的存在。

妮娜聽聞後連連點頭。

「那麼，請妳要相信大葛格我，我不會傷害妳，只會告訴妳真相，但在這之前，我們得先離開這裡……好嗎？」柳阿一溫柔摸摸妮娜的頭，想試著傳達出自己真正的心意，讓妮娜能夠對他卸下心防。

妮娜再次點頭以示，實際上她別無選擇，她的直覺也告訴自己，眼前這名男人可以信任，於是她便讓柳阿一牽起自己的小手，轉身離開讓她頻頻回頭去看的夏琳家……

△▽　△▽　△▽　△▽　△▽

我的小羊快回來，
我會用雙手擁抱你。
我的小羊快回來，
我會用香水清洗你。
我的小羊快回來，
我會用刀叉肢解你。
我的小羊快回來，
我會好好的安葬你。

夏琳一邊愉快哼著類似歌謠的曲子，一邊用水和雙手清洗從黑色垃圾袋中拉出的屍體。

「一切都準備好了，我要開始製作洋娃娃了～」

夏琳哼著愉快輕鬆的歌謠，露出白牙微笑著，工作室充滿一股腥鼻卻帶香味的不和諧味道，那是一種血腥味和低檔香料混合在一起的怪味，兩種截然不同的味道，此時同在一個空間內瀰漫。

夏琳坐在一張小板凳上，她雙手戴上白色的橡膠手套，白色手套上暈染了朵朵紅花——來自那正洗刷中的軀體，自體內流出的黏稠液體。紅色液體完全浸濕手套，紅白相配看起來十分突兀，夏琳右手拿著一把手術刀，手術刀正慢慢切割著一層帶點油脂的外皮，夏琳另一隻手也忙著剝下血淋淋的皮膚。

許久，夏琳終於將肉色的皮完全剝下，並且晾在一張木椅上，血水則不斷的從皮上往下滴落。

「我要製作洋娃娃，只是她卻還少一個伴～」

夏琳仍繼續唱著歌曲，笑容也未曾在她面容上消失過，反而越見燦爛。

之後，她站起身，將原本放在腿上的冰冷軀體暫時放到地上，她轉身走向工作桌，放下了滿是鮮紅的手術刀，換拿出一把又長又寬的屠刀。她又再度回到小板凳上坐，用另一隻手撐起被扒光外皮的軀殼。

只見她熟練的使用屠刀，刀鋒從頸部慢慢往下用力切開，用屠刀剖好後，夏琳緊接著用雙手去往「她的作品」胸膛內掏，她一個接著一個掏挖出令人作嘔的臟器，然後棄置在一個水桶內。

臟器被往下丟到底時，還發出「噗滋」的黏液聲。

夏琳既見臟器全部挖空後，搬出一桶防腐劑，一一細心的塗抹在「她的作品」上，空蕩

蕩的胸膛內，則被她加入了一堆粉紅色的香料。

夏琳挽起袖子，雙手合提一個大水桶，她走起路來十分吃力，因為水桶裡的東西實在很重，她一路搖搖晃晃的來到空無一人的一樓廚房，把水桶放在餐桌上，接著她搬出絞肉機，並將水桶內的東西全部倒入。

「啊，我的另一隻迷途羔羊，妳何時才能回到我的懷抱呢……」

夏琳看著正在運作的絞肉機，嘴角上揚的喃喃自語……

△▽　△▽　△▽　△▽　△▽

回到住家後，柳阿一便將在監視器錄影中看到的種種、妮娜想知道的答案，都告訴對方。他自是不可能給這小女孩看到錄影下來的內容，那實在太過殘忍、太過駭人……因為影片裡只會有夏琳如何清洗、處理屍體的經過——經過柳阿一和殷宇反覆查看後，確認那名受害者即為漢娜。

柳阿一更透過和夏琳的通話打聽到，原來這幾天屋內的另一個住戶林甄鈺出國參展，因此整間工作室只剩夏琳一人。柳阿一心想，對方正是趁這時作為謀害小姐妹的機會。

得知夏琳的動機以及殘酷，和自己唯一親人的死訊後，妮娜痛哭失聲。小女孩的尖銳哭聲讓柳阿一更顯不知所措，從不知道怎麼安慰小女孩的柳阿一，真是慌張到在客廳來回踱步，直到有人……更正，是幾百年前就晉升為阿飄的小尚受不了。

「吵死了！這麼吵是要本公爵怎麼睡覺？」小尚一臉不耐煩的抱怨著，這些平民都不知道打擾尊貴的他的睡眠有多麼不該！

「不然你有本事來哄她別哭啊！」

更何況聽到如此震驚又難過的消息，這小女娃不哭得這麼傷心才有問題吧。

「真是的，這種小事為何要尊貴的本公爵插手啊？」

「很好，你這是拒絕的意思嗎？」柳阿一在回應的同時，其實伴隨著靈光一閃。

「等等，平民你那是什麼臉？」小尚大概感覺到柳阿一內心的歹念了，於是有了種不好的預感。

「我想到好主意了嘛，可以不勞煩公爵大人出手的好、方、法哦。」

「什麼好方法……喂喂！」

尊貴的公爵大人根本來不及反應，只見一臉壞主意的柳阿一唸起咒語，轉眼間就將公爵大人塞回熟悉又溫暖的家——水藍色的絨毛小飛象玩偶內。

「妮娜妳看，這個小飛象會說話哦。」柳阿一將裝有某公爵靈魂的小飛象拿到妮娜面前，還搖了搖小飛象。

「放本公爵出去！放本公爵出去！你這可惡的平民！」

在公爵大人怒喊的時候，妮娜就被這新奇的玩具吸引了目光，停止哭泣。

「哎呀呀～公爵大人真看不出來是哄小孩的第一把交椅呢，真是高手高手高高手啊！」

柳阿一不住的竊笑。

於是，今天就在柳阿一和公爵大人捨身搏君一笑下，妮娜再次度過了平安的一晚。

然而，她心中想要親眼見著自己姐姐的念頭，卻沒有因此消滅。

隔天一早，在沙發上度過一夜的柳阿一從安詳的睡眠中甦醒後，就想去關心一下睡在隔壁房的妮娜。

他輕輕打開門，深怕吵到妮娜而動作小心翼翼，卻在看見裡頭的景象時傻住了。

「……人呢？」

△▽　△▽　△▽　△▽　△▽

夏琳待在空蕩蕩的家中，繼續雕塑她心目中的完美作品。這幾天林甄鈺出國，連帶讓打掃的柳阿一休假，於是夏琳才能安心清靜的一個人在這裡工作，不怕有人打擾她與心愛作品的相處時光。

看著已經塗上石膏的半成品，因為有了這少女的骨架作為基底，夏琳確信這會是最自然且最精準的人像雕刻，更深信與她一同競爭參展的作品絕對無法如此完美、毫無偏差。

噢，目前唯一美中不足的，是她弄丟了另一個心愛的「材料」。

「雙生」——這是她要參展的創作題目，並且早已繳交出去。所以夏琳很苦惱啊，倘若找不著另一個失去蹤影的「材料」，就無法達成她的願望了。

夏琳為此煩惱了好幾夜，輾轉難眠，然而就在這時，她聽見了足以讓自己喜出望外的聲音。

「把漢娜姐姐還給我！」

突然，門外傳來熟悉的童稚女聲，只見夏琳先是一愣，接著很快換上滿是笑意的表情前去應門，她嘴角勾起邪惡的弧度，雙唇之間露出泛黃的門牙。

「啊……我的小羊回來了。」

夏琳笑著開了門，看見妮娜哭喪著臉站在門前，拳頭緊握。

「妳回來啦？是要找姐姐嗎？」夏琳歪著頭，咧著嘴笑。

「妳把姐姐怎麼了！」妮娜雙腳一蹬，大叫。

雖然聽過柳阿一的解釋，但固執的妮娜可一點也不相信，她的漢娜姐姐才沒死！一定是夏琳把她藏起來了！因為漢娜姐姐明明和她約定過了，一定會讓自己再見到她，妮娜知道姐



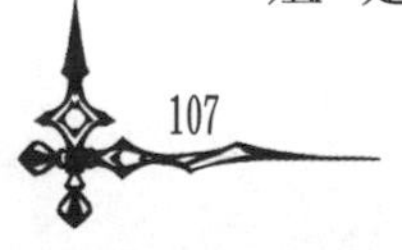

姐從不食言！

所以她才會選擇再一次溜出，就是為了能夠親眼見證到事情的真相……當然，更是為了能夠再看到她至今深信仍活著的漢娜姐姐。

「唉呀，別這麼心急的想知道答案嘛！來，快進屋吧！我正打算要煮晚餐呢！一起吃吧？」夏琳摟住妮娜纖細的腰身，用客氣的聲音邀請妮娜。

妮娜見著夏琳的客氣和一如既往的溫柔，再加上似乎任何人都無法抗拒夏琳那清新的微笑，便不禁順著對方的意思走進屋內。

坐在餐桌前，妮娜仍皺緊眉頭，鼻子微紅的不發一語。

夏琳開啟絞肉機，整個廚房因而籠罩在吵死人的運作轟轟聲中。

絞好肉之後，夏琳將還帶血的絞肉丟入鍋中快炒，再加入白飯，沒過多久便炒好了一盤香噴噴的肉絲炒飯，並且滿懷笑容的邀請妮娜跟她一起吃。

「快吃呀！吃完了我才帶妳去找姐姐喔。」夏琳用微笑示意，並且舀起一匙香噴噴的炒飯塞入自己的口中。

「唔……」妮娜為了要趕快看到姐姐，也舀起一匙肉絲炒飯放入小嘴中。

「好乖哦，這樣才是媽媽的乖孩子呢，這幾天妳不在家，媽媽好想好想妳呢。」夏琳笑看正吃著她親手製作的料理的妮娜，她是打從心底想念著眼前的妮娜啊。

眼看妮娜乖乖的把她製作的餐點吃完後，夏琳牽著妮娜爬上二樓階梯，通往那向來禁止他人進入的房間……

一進入工作室之後，夏琳趁妮娜一個不注意將門反鎖上，接著她手指一塊不知遮掩著什麼東西的紅布說道：「我的乖孩子，妳知道剛才吃下去的是什麼東西嗎？」

妮娜一怔，搖了搖頭。

「妳剛才吃下肚的……就是妳最想見到的姐姐多餘的肉和內臟哦。」

「妳、妳剛才說……說什麼？」

起先一愣，等意識到時，妮娜立刻用食指去刺激喉嚨，急著想把剛才吃下的一切全吐出來。她不停的嘗試想要嘔吐出來，但卻完全沒效，她慌張到已經無法找出合適的字眼來形容她此刻混亂的心情，她雙眼含著淚水，放聲大哭。

「別哭這麼大聲嘛。我還要讓妳看更有趣的東西喔！」

夏琳緊抓著妮娜纖細的手肘，睜大眼睛冷笑。她強行將妮娜拖到紅布遮蓋的物體前，當掀開紅布的剎那，跳入妮娜眼簾裡的是……

一具外皮全然不見，內臟已被掏空的少女死屍，而妮娜認得這熟悉的體型正是——自己再想見不過的姐姐漢娜！

「呀呀呀！」

妮娜嚇得放聲大叫，她的脆弱喉嚨近乎要喊破，尖銳的叫聲迴盪在詭異駭人的工作室內，她下一秒便無力的跌跪下來，全身發抖，她從沒有想過自己的姐姐竟死得那麼悽慘。

「呵呵……妳姐姐那天就是偷跑來這裡喔，妮娜。妳以為我是因為『愛』而去認養妳們？哈哈哈！在我的字典中找不到這個字！想知道為什麼嗎？看看釘在牆壁前的傳單吧！上面寫著『駿天美術館徵選參展作品』呢。」

「所以，我只要把妳們製作成雕像送去海選，一旦獲選就代表我能夠和老師平起平坐！不過我倒也要感謝妳啊，妮娜。妳姐姐當初不要命的叫妳快逃，千萬不可以回來這裡，結果妳今天卻笨到自己自投羅網！」

語畢，夏琳露出瘋狂的笑臉，咧著嘴高聲狂笑。

「嗚嗚！不要！不要啊！」

妮娜猛搖著頭狂泣呼叫，她的身體極力想往前逃脫，但不到一秒，她感覺到胸口有溫熱的液體流出。

妮娜低頭一看，夏琳握著一把刀子貫穿了她的心口……

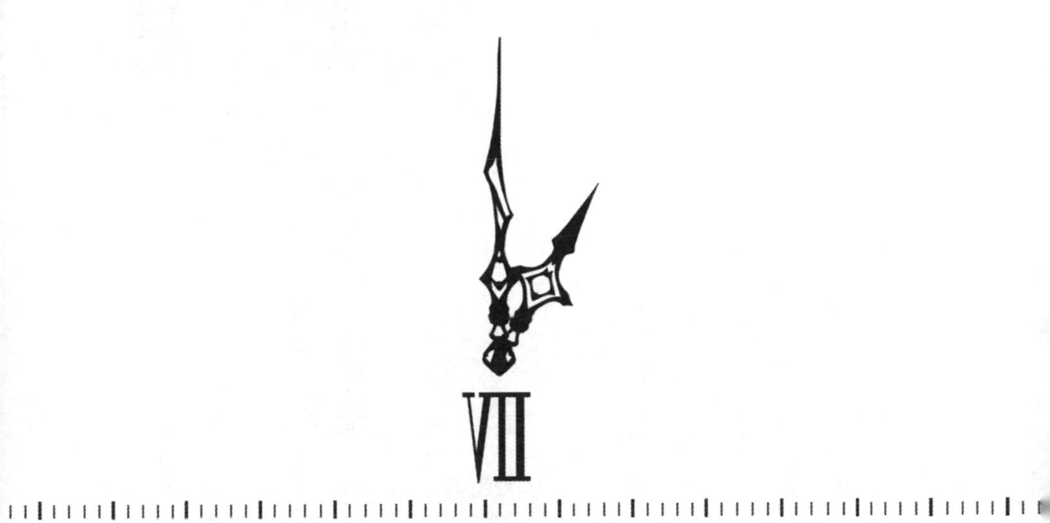


# 美術館血案

一大清早就急急忙忙從家裡開車衝出門，柳阿一還沒吃早餐的胃開始翻騰，但他無暇去理會自身的毛病，一心一意只想快點到達工作室，他邊握著方向盤，另一手則敲打自己的額頭。

他怎會粗心大意的忘了妮娜這孩子的個性就是太過執著，沒有親眼見到答案是不會善罷干休，也就是說他柳阿一得好好盯緊對方！現在人溜出去了，妮娜目前是生是死他真無法確定啊！

嘎的一聲，柳阿一的車子以甩尾之姿，刮出刺耳磨地聲停靠在工作室門前，車門迅速打開、用力關上後，柳阿一跑到門前連按電鈴，叮咚叮咚的響亮聲音不絕於耳。

「該死！」

久未有人應門，柳阿一心裡更急了，他索性想乾脆爬窗而入，至少要讓他知道妮娜是否遇害，並推斷當前還有沒有一線生機的可能。

心想這個時候要是殷宇也在那該有多好，有他在這裡的話，開鎖什麼的根本就只是小意思，柳阿一真後悔沒在平時多和殷宇學學，哪天來偷開正妹的閨房也是不錯消遣……不對！認真點柳阿一，現在可不是你在思淫邪的時候！

柳阿一摩拳擦掌準備來場闖空門的行動之際，忽然後頭有道聲音叫住了他。

「哎呀，這位先生是打算找林老師嗎？」

柳阿一回頭一看，發現對方似乎是住在附近的鄰居，一位像是平日都會在這時遛狗散步的大嬸。

「噢，不，我是來找這間屋子的房東夏琳小姐。」

「夏琳小姐啊？哎呀，那你真是挑錯時間了，今天一大早我就看夏琳小姐像是出遠門去了。」

「出去了？」柳阿一訝異的睜大眼睛。

「應該是吧，我看她行李大包小包的。我還在睡時就按門鈴來拜訪我，要我多替這邊的花花草草澆個水……雖沒說要去哪，但我想應該是出遠門吧。」鄰居大嬸微微抬起頭來，想了一下。

「我知道了……謝謝妳了啊。」

柳阿一盡量不讓自己的失落浮於臉上，但想到自己竟晚了一步，那份自責就開始苛責他的心，可是事到如今他也只能再回到家中。

「找殷宇討論看看吧……」

即使是亡羊補牢，柳阿一還是不放棄希望，抱著這念頭的他回到了車內。才在駕駛座上坐穩，隨身攜帶的背包中突然發出一道詭譎的青光，柳阿一知道——勾魂冊又有了新動向！

△▽ △▽ △▽ △▽ △▽

駿天美術館的「雕像館」今日開始正式營運。

特派記者：劉珊娜。

座落於城市近郊的駿天美術館，籌備已久的雕像館終於在今日開張了！

美術館的負責人希科先生表示，館內展出作品件件都是精挑細選、透過眾家評選出來的一時之選，尤其以《雙生》之作被一致評為館內的代表作。

《雙生》是由兩名少女雕像和一個雙人棺木作為組合的石膏像雕刻，創作者為名雕刻家林甄鈺的徒弟，夏琳小姐，而夏琳小姐也因此作品而成為雕刻界中的後起新星……

翻開今天的報紙副刊，無論哪家的頭條都是相似的標題，內容也都和這篇報導不出其左右，也因此現在這個時候，駿天美術館特別設立的雕像館前，除了聚集一群等候參觀的來客外，也有數位獲得參展資格的雕刻家會聚在此，接受各家媒體的採訪，其中一位便是被媒體封為後起新星的夏琳。

「夏琳小姐，可以請您說一下創作《雙生》的靈感來源嗎？」一名記者拿著筆記，興奮的直視著夏琳詢問。

「呵呵，靈感嘛……其實是來自某天我看到一對雙胞胎姐妹而產生的。」

夏琳笑得十分燦爛，右手不時重複著撥髮的動作。但實際的答案根本並非如此，夏琳自己的內心很清楚。

「原來如此。《雙生》在遴選過程中即獲得相當高的評價，許多大師甚至不停讚美您的作品骨架均稱，神韻抓得很細膩，栩栩如生。更有人評此作品為『神乎其技的傑作』，超越您的老師林甄鈺呢！」

記者仍滔滔不絕的褒揚，一旁的夏琳笑得更是開心。

「呵呵，哪裡哪裡。各位抬愛了。」

夏琳仍笑著回應，謙虛的用詞中卻聽不出誠意。

終於，她超越了老師，得到世人的讚揚，不再是過往的冷言冷語和瞧不起，更因此得到了巨額獎金，不用再忍受與脾氣古怪的林甄鈺合住，收取綿薄的租金度日。

一切都值得，一切都太值得了！不花一毛錢認養一對姐妹，然後只花了少許的工具原料費來塑造……以如此輕鬆低廉的方式獲得名聲和金錢，實在太好了！她現在甚至高興到想大聲感謝過去一直憎恨的神。

△▽　△▽　△▽　△▽　△▽

柳阿一、殷宇和重獲自由的尚．溫徹斯特公爵，兩人一鬼正坐在柳阿一家中的客廳，嚴肅的盯著桌面上勾魂冊的新增敘述——

我們失去了溫度，
需要溫熱的鮮血。
我們失去了皮肉，
需要溫熱的皮肉。
我們失去了內臟，
需要還在運作的內臟。
我們失去了媽媽，
需要找她來陪葬。

看完這段文字的兩人一鬼，持續好一會沉默，最後由向來最為聒噪的柳阿一打破氛圍。

「我想，透過勾魂冊新增的內容可以確定了……那對雙胞胎姐妹已遇害。」

「這還用得著你說嗎？柳先生你都沒在看報紙呢，今天各大副刊頭版都在登載夏琳獲選的作品，也就是由兩姐妹製成的人像雕刻《雙生》。」殷宇一手冷冷的推了推眼鏡，另一手拿起旁邊隨意亂擺的報紙扔到柳阿一面前。

「可是不對啊！夏琳的鄰居跟我說，她在妮娜跑回去的隔天就出遠門，還要那位大嬸幫忙照顧花草……照理來說，應當不可能抓著妮娜到別的地方進行創作吧？」

「就說你是個頭腦簡單的平民。難道你沒想過嗎？像夏琳城府如此深的女人，說不定是為了日後真有人追查起這對姐妹的下落，於是她事先預留一個不在場證明，拖著行李出門只是做個樣子，當然，通知鄰居幫忙也不過是加強可信度。你還太嫩了哦，經歷不多、乳臭未乾的毛頭小子。」

公爵大人咋舌搖頭，最後不忘取笑一下現在正擺著一張臭臉的柳阿一。

被說得幾乎無地自容的柳阿一噘起嘴，別過頭不語，這時候改由殷宇主導討論。

「既然夏琳已謀害這對雙胞胎，勾魂冊此次描述的對象……恐怕就是那對姐妹要來報復的心聲了。」

「雖然還不知道夏琳究竟和勾魂冊之主做了什麼交易，也不曉得其中的禁忌條件為何……但是，夏琳再怎麼壞事做盡，也不能讓她死於這對姐妹的復仇，必須讓司法正義制裁於她，並將作品的真相公諸於世……否則那對姐妹的屍首永遠都得封存在雕像之中，永不超生吧。」在殷宇將話題拉回正事後，柳阿一這才說出了自己對於此事的想法。

坐在對面的殷宇這時將手伸進口袋中，取出一把車鑰匙丟給了柳阿一。

柳阿一愣愣看著做出此舉的殷宇，還未反應過來，便見殷宇站起身，指尖壓著反射冷光的眼鏡。

「既然如此，還杵在這裡做什麼？不快點行動嗎？」

△▽　△▽　△▽　△▽　△▽

深沉的夜色籠罩大地，月光昏暗，只有寒鴉低鳴，冷風吹過窗戶旁的小縫，發出駭人的呼呼聲。

在駿天美術館內，一名值夜班的警衛一邊吹著口哨，一邊拿著手電筒在黑漆的雕像館裡巡邏。他走到《雙生》的前方，原本他只是想藉機來欣賞作品，而當手電筒往作品位置一照的時候——

「我的天，《雙生》不見了！」

正當他訝異之際，又赫然發覺原先擺放雕像的地面上，有兩對鮮明且濕潤的紅色足跡。

警衛睜大了雙眼，愣了一下，心想難道雕像被踩到紅色顏料的竊賊偷走了嗎？

不可能！他以警衛的職責保證，今晚打烊關門後除了他以外，沒有任何人進入雕像館內，監視器上也沒有半點可疑的人闖入，就算真的有人想把雕像偷走，也一定會弄出很大的聲響。

接著他低頭一看，兩對鮮紅色足跡濕漉漉的印在地上，兩對足跡的大小恰好跟……少女的腳長似乎一致。

有那麼一瞬間，他居然產生「難道雕像會自己移動嗎？」這種可笑的念頭。

哈哈！怎麼可能有這麼荒謬的事情？一定是他平常看太多鬼怪小說了！

不過，他還是必須查清這一切，畢竟這是他身為警衛的職責，於是他開始沿著紅色足跡走，只見足跡越來越乾，想必他越來越接近對方了。

警衛小心翼翼拿著手電筒走著，心中卻越來越緊張害怕，整個氣氛也越來越詭異，感覺周遭的雕像都在注視著他一樣……

最後，他跟著足跡來到一個長廊轉角處前，只見紅色足跡轉彎了。

然而，熟悉整個雕像館的警衛再清楚不過，這個轉角通道是個死角……也就是說，真相即將揭曉。

當他懷著「終於讓我逮到你」的欣喜走入一看，當下卻看到了讓他屏住氣息的畫面……

隔天早上十點，駿天美術館開始營業，身為美術館館長的希科，一如既往的開門進入，當他「刷」的應聲拉開鐵製大門後，在他的正前方，地面上竟烙印著一條像被拖行過後的紅色長長的痕跡。

一條暗褐紅色的痕跡，彎彎曲曲延伸至前方轉角走道，紅色痕跡已乾枯，甚至出現結痂

的現象，並發出一股難聞的鐵鏽味，讓希科不得不懷疑這實為駭人聽聞的血痕。

然而，空氣中又出現另一種臭味……像是動物屍體腐爛後的惡臭。

希科心一驚，整個人僵愣在原地好幾秒。

怎麼會發生如此怪誕荒謬的事情？為什麼美術館內竟會出現血痕？為什麼美術館內又會有嗆人的屍臭味！

希科倒抽了一口氣，他心知絕對不可以將此事傳出去，這對新成立的美術館可說是相當大的打擊，但是再過十分鐘後，就會有民眾要來參觀展覽了！

他深知不能再這樣蹉跎下去，於是他鼓起勇氣，神經緊繃、心驚膽跳的沿著血痕走去……

希科順著血痕來到二樓的雕像館。

他未曾想過血痕竟然會長到這種地步！

暗紅色血痕是往上伸展的，整個階梯地毯被血水沾染得七零八落，在繞了幾個轉角後，希科走到展示《雙生》的位置前，血痕竟到雕像前就斷掉了。取而代之的，竟是兩對像是人的血紅足跡留在雕像前面，使得希科更是大為吃驚。

這一切都太不符合科學邏輯了！這、這一定是有人在惡作劇！

正當希科又驚又怒之際，眼角餘光無意間掃到《雙生》後方的一條轉角口，他赫然發現那裡竟有一大灘血水乾枯的痕跡！

於是他立刻上前一看……

轉角後就是一個死角，四周擺放著幾尊大理石雕刻出來的妖獸鬼怪，每個妖獸鬼怪都張著血盆大口、亮著尖牙，而在兩排雕像的中央……

一名斷了頭顱、身穿警衛制服的男屍慘死在地。

希科忍住大叫，雙手緊摀著嘴巴，然而在他活了近五十載的人生歲月中，再也沒有什麼比眼前此景更加可怕。

「太慘了……」

希科的這句話對現場狀況的描述還是太保守了點。

因為男屍頭顱不知掉落到何處，頸子像被咬斷，胸口則被挖了一個洞，心臟也不見蹤影，這可憐的受害人就這樣死在一灘乾涸的血泊中……

月夜朦朧，再一次的入夜時分，霧氣籠罩整個黑漆的夜幕，偶發的白茫大霧帶著迷幻色彩半遮了月光，枝頭上的銳利梟眼也因霧氣而若隱若現。今夜的駿天美術館內，包圍著一股詭異的氣息。

獨自一人身在館內的希科，終於忙完了美術館內的所有清理工作。

他今日仍無法在營業前處理好血痕，所以今早他不得已的暫休美術館一天，他知道一定有民眾抗議為何美術館無故關門，但他更怕要是疑似凶殺命案現場的事傳了出去，後果將會更加不可收拾。

希科深深嘆了一口氣，放下捲起的袖口……

身為駿天美術館長的他，無論如何都得扛下這起離奇怪事的責任，他今夜非得知道整個事件的來龍去脈，雖然感到一些畏懼，但這就是他的職責。於是他拿起了自備的手電筒，開始走動巡邏。

時間是午夜十二點。希科照著原本血痕的路線走著，手電筒光線直照著白天時已更換好的新地毯，雖然心臟仍是跳得七上八下、十分不安，但希科依舊堅持走了下去。

「鏗！」

這一聲，立刻引起了希科的注意。

他絕對不可能聽錯的，因為在這麼安靜的空間下，聲音是那麼的明確響亮！他小心翼翼又趕忙的走向聲源處，來到了《雙生》的展示區前。

「不可能！雕像竟憑空消失了？」

希科驚訝的直呼，手電筒光芒直打在原本擺放雕像的棺木上，裡面竟然什麼也沒有。他低頭望著地上，不知何時地上已出現兩對血紅色溼熱的足跡！

同時，他感覺有什麼東西正在咬著他的手。

「哇啊啊！放、放開我的手！」

希科像個女人一樣發出尖叫，反射性立即抽回手，因此還來不及看清楚，拿在手裡的手電筒便先重重摔落在地，他很確切感覺到自己的右手正被什麼溫熱的東西用力啃咬……

就像被野獸咬住了手臂一般。有了這種念頭的希科，不祥的預感讓他心跳猛烈加快。

「柳先生我真是服了你。」

殷宇在為柳阿一交付罰金後，用他一貫冷冷的諷刺炮火對準柳阿一。

「我就情急之下忘了啊……」

剛從警局保釋出來的柳阿一，既無奈又尷尬的扯了扯嘴角。

事情是這樣子的，昨晚柳阿一和殷宇兩人，因為勾魂冊的最新預告而開著車衝出門，當晚開車的人自是車主柳阿一，當他正一路以高速急駛向駿天美術館途中，卻好巧不巧遇上臨檢的警察杯杯。

聽到這裡不覺得有什麼不對勁嗎？

以為柳阿一因為超速被攔了下來嗎？

那就錯了，柳阿一雖然油門踩很凶，可是坐在旁邊的殷宇還是有幫忙監視時速，那又是為什麼會讓柳阿一有了今天如此下場？

答案很簡單。

「就因為覺得自己沒顧好妮娜，所以心煩意亂喝了點酒……誰知道當晚會遇到臨檢，就被當作是危險酒駕被抓去關了嘛……」

以上就是事情的真相，柳阿一正在對打電話來關心……不，更正說法，他正對打電話來訓話的方世傑說明原因。

「不過，好在過了一晚也沒聽說駿天美術館出了什麼意外……咦，什麼？你說已經持續兩天休館？」

還被關在警局留校察看的期間，柳阿一也是隨時注意新聞的動向，當他正對阿大說美術館方面沒什麼大事發生時，卻立即遭到對方的反駁。

「休館的原因不明，報紙上只提到是希科館長的意思嗎……好，我明白了，這方面我會再和殷宇多加注意……嗯？什麼？稿子？」

柳阿一話說到最後表情一僵。

「咦咦！阿大我的手機突然接收不良了！我什麼都聽不清楚了！我真的什麼都聽不到了

就這樣哦哦哦……」

將手機越拿越遠，聲音也故意縮得越來越小聲，最後柳阿一想當然耳將責任編輯的電話掛掉了。

「呼，哪有人家一被放出來就催稿的嘛……」在掛斷方世傑的電話後，柳阿一鬆了口氣，低頭就將手機的電源關掉。

「柳先生，你方才的所作所為，我都用手機錄影下來了哦，到時方編輯看了真不知會做何感想呢。」殷宇將手機鏡頭對準柳阿一，面無表情。

「嗚喔！你這個惡魔！到時我去枉死城做鬼也不會放過你！」

柳阿一吃驚的大喊，同時想要搶下殷宇的手機，兩個大男人就在警局前你一攻我一防，看得警察杯杯們煩躁的對他們倆喊了一聲。

「你們當警察局前是幼稚園操場嗎！」

△▽　△▽　△▽　△▽　△▽

待在家中的夏琳正翹著白皙大腿，手拿著咖啡品嘗中。

夏琳自從《雙生》獲選後，名利雙收，開始過著奢華的生活，她首先與林甄鈺解除租屋契約。現在的夏琳既不想見閒雜人待在自己家中，也不再敬重自己的恩師。

除此之外，她花了一大筆錢重新打造她的住家，使用最好的大理石作建材，建築風格則走華麗的哥德風，她的衣櫃也多出許多高檔美麗的晚禮服。每天每天，她都是過著十分享受的浮華生活。

她上網點開噗浪首頁，登入另一個新辦的帳號，她想向提供這次交易的那名神父，回報自己目前過上的生活有多麼棒、多麼好，得到想要的一切，全歸功於當初的那筆交易。

夏琳甚至想幫忙神父在網路世界宣傳，讓所有懷抱各種渴望的人都能找上對方，因為她曾聽神父說過還希望再多一點人進行交易……雖不知道神父想做什麼，也不管他是不是什麼奇異的宗教人士，總而言之夏琳確實感受到交易帶來的「神蹟」，並且也一直安分遵守神父所說的「條件」。

說到那個「條件」，夏琳覺得那簡直無須要她特別遵守，因為那是一定的嘛！她怎可能不那麼做？因此心想神父還為此特別叮嚀真是多餘了。

「夏琳小姐，您的掛號信！」

門外傳來一陣清脆的叫聲，來自總是固定送她家信件的郵差。

夏琳緩緩站起身，前去應門，她打開了用白銀作為邊框、用檜木做成的新大門，看起來是那麼的氣派，每當她開啟一次都會不由得多欣賞陶醉一會。

「這是駿天美術館寄來的，請簽收。」

門外的郵差遞出一封信，接著等夏琳簽完名後便迅速離去。

「今晚十二點前到雕像館等我……希科館長敬上……？」

夏琳打開了信件，低聲唸著，雖然她非常疑惑為何要挑在晚上十二點見面，地點還在這幾天莫名休館的駿天美術館……不過，既然是身為館長的希科的邀請，她實在沒有不去赴約的道理，畢竟這很可能攸關到她的工作。

△▽　△▽　△▽　△▽　△▽

十二點的鐘聲敲響，月光冷冷灑在地上，夏琳獨自一人來到半開著鐵捲門、卻不見人影的雕像館前。過了好久，夏琳完全不見希科的到來。

已經快要凌晨一點了！希科怎麼還沒來？

正當夏琳打算掉頭離去之際，她好像看見有什麼東西自館內滾了出來，夏琳困惑的走上前，定睛一看……

「嗚！」

見著的當下，夏琳忍住想尖叫的衝動，趕緊用手摀住嘴巴，因為她方才低頭一看，竟是一顆染滿血跡的男人頭顱！

男人面朝上，臉頰鬆弛僵硬，青黑色的屍斑浮現在他眼角下，十分明顯，男人唇色紫白，泛黃的牙齒微張，眼角空洞駭人，頭頂上的棕髮糾結在一起。

「啊……怎、怎會這樣……」

好一陣子，夏琳才稍微恢復了冷靜，纖細的手指抓著臉頰，朱紅的唇微動喃喃自語。

夏琳先是環顧左右，看有無人發現，免得自己被誤認為這顆頭的殺人凶手，接著再看了這顆頭顱好一會，夏琳微微瞇起眼來，她想自己大概知道這顆頭是誰，不就是駿天美術館之前的巡邏警衛嗎？

夏琳看著男人的面容，更是驚訝的在心中叫著。她之前要搬運作品到館內時，就是這名警衛幫忙她一起搬動的啊！

為什麼警衛死在美術館的消息會沒有登在報紙上？前幾天還活生生的人，如今竟成了死相悽慘、身首分離的死屍……到底怎麼回事？這難道是……把她約來此處的希科所為嗎？

夏琳全身顫抖起來，雙臂緊緊環抱著上半身。此時她害怕的想著，該不會希科叫她來這裡就是要殺人滅口吧？可是希科沒有理由殺害警衛和她吧？實在是太匪夷所思了！

「還是說……該不會是想把殺人的罪名嫁禍在我身上？」

夏琳猜想著，也許希科發現了關於《雙生》的秘密，知道她也有殺人的經歷，所以才將這起命案一併推卸給她……總而言之，在見到希科前，一切都不明朗，她還是最好進入館內找到希科問個明白。

於是，夏琳將跟前的這顆頭顱稍稍用腳踢到一旁，進入了雕像館。

或許旁人看來會覺得這舉動讓人髮指，甚至不敢去觸碰，但對「有經驗」的夏琳來說，這一點也不是什麼棘手的事。

夏琳在美術館內獨自一人走了一會，這時她似乎聽到一種怪異的沙沙聲……

在寬闊又別無他人的空間下，什麼細小的聲音都能聽得十分清楚，就算那聲音若隱若現很不清晰。

夏琳倒抽了一口氣，懷著一顆警戒又畏懼的心緩緩走向聲源處，她豔紅色的高跟鞋踩出響亮的聲音，夏琳走著走著來到了擺放自己作品《雙生》的展示區前，頓時再度驚訝不已，不過她強忍下了。

——《雙生》不見了，擺放人像的棺木內空無一物！

然而，此時夏琳的目標不在此，因為她更在意那斷斷續續出現的怪聲音，因此繼續朝聲音的方向走去……最後，她來到展示東西方妖怪鬼魅雕像的廊道。

「啊啊啊——！」

這一次，她再也忍不住的放聲尖叫了。因為她看到了……

倒在地上的希科身體像被啃咬一般，到處有著撕裂和軟爛的傷口，身體呈現不自然姿態，雙腳外彎，左手臂往內彎曲，右手臂直放，頸部有紅色的咬痕，身上殘留著紅紫色的屍斑，表面皮膚有腐敗並長出水泡……他的左手掌被斷開，手掌中還握有一枝沾上墨汁的羽毛筆，羽毛筆旁則有一張染上血跡的信件。

出乎意外的發展讓夏琳嚥下一口口水，蹲下身、撿起屍體旁的信件，她打開一看，信中的內容是——

親愛的母親，
我們不懂您為何總是溫柔的對待我們，
卻又咧著嘴笑著看我們抽搐、死去。
我們敬愛的母親啊，
您的殘酷，將換得我們無聲的報復。
我們摯愛的母親啊，
讓我們好好深愛您的一切吧！
深愛您那可口的咽喉，
深愛您那美味的頭顱，
深愛您那滋補的內臟。

親愛的母親，

我們就快能團圓了……

「這、這封信……！到底是……！」

夏琳退後數步，全身激動發抖，她面露惶恐，上排牙齒緊咬著下脣，信上的內容讓她聯想到了那對姐妹……

可是，這又代表什麼？

除此之外，還有另一點讓夏琳感到納悶。

之前她為了計畫殺死漢娜姐妹，專門去鑽研一些屍體死亡的現象，因此她十分明瞭希科身上顯現的情況全都是代表死亡時間至少超過一日以上！同樣的，她手上的這封信，信中也標明寫信時間為前一天……

但是，她明明是今天才接到希科「當天的限時掛號信」啊！

……難道會是靈異現象？

夏琳腦海頓時跳出這樣的想法。

無論這是否為靈異現象，她深知自己現在一定要儘快逃離這個地方！

夏琳害怕至極的想著，正當她要轉身逃走之際……

她看到兩個沒有外皮、胸膛被剖開的「人」，向她一步一步走了過來，一邊走著一邊還

有粉色顆粒從敞開的胸口中掉出。

從那兩「人」外型特徵上來看，夏琳湧上了令她全身顫慄的熟悉感……是被她剝去外皮、胸膛塞進粉色香料的那對姐妹！

對照信中的內容，夏琳更馬上聯想到——是漢娜她們要來報仇了！

「不、不要過來！求、求求妳們饒了我啊！」

夏琳驚慌失措的搖頭叫著，不停後退，前面兩個近乎已無人樣的東西，絲毫不理會夏琳的請求，繼續提起滿是鮮血的腳步……

「不、不要靠近我……啊！」

夏琳此時一個重心不穩，整個人往後倒了下去，她更因此壓到了希科的屍體，猛吃一驚的她想立即起身，可是全身血淋淋、裸露著筋肉線條的兩姐妹已站在她的跟前。

「夏琳媽媽……為什麼要害怕……我們不是妳最好的作品嗎？」

姐妹倆異口同聲，不知為何，包覆在她們身上的石膏顏料已脫落，但臉上仍留著些許白白灰灰的殘跡，隨著張嘴說話還使得粉末掉落。

「不……不是！妳們別靠近我！走、走開！快走開！」夏琳猛揮著手不想讓對方接近，表情極度驚嚇且充滿了厭惡。

「媽媽……媽媽不認為我們是乖孩子……也不認為我們是她最好的作品……媽媽，該怎麼辦呢？」

在她們開闔著嘴巴同時，兩股惡臭也從她們倆的口腔內散出，讓夏琳聞得更是反胃想吐，但即使如此，夏琳仍發狂的堅決否認。

「滾！給我滾！醜陋的東西們我不想再見到妳們！多麼噁心！多麼可怕！我怎麼可能做出像妳們這樣的作品……」

「話可不能這麼說哦，夏琳女士。」

出乎意料，夏琳從未想過會在這時機點上聽到的嗓音，赫然出現在她當前的處境之中，夏琳愣愣轉過頭一看，那優雅聲音的主人正是……

「好久不見了，夏琳女士。」

「是你……神父？」夏琳頓覺自己的喉嚨在這時候一陣緊縮，幾乎快要發不出聲。

「夏琳女士，還記得我們交易的時候做了何種約定嗎？」

有著一頭秀麗的黑色長髮、蒼白如雪的肌膚，以及一對彷彿能夠貫穿人心的深邃雙眸的男人，說話帶笑，笑裡藏刀。他莫名且無預警的出現在夏琳眼中，並且奇怪的是，在他說話的這段期間，那對姐妹竟露出猶如敬畏於此人的神情，不敢有所動作。

但是對夏琳而言，眼前這名神父的現身比起那對姐妹……不知為何，打從心底讓她更加害怕。

「約定……啊！」先是一愣，而後猛然想起所謂交易的「條件」時，夏琳臉色刷得更白了。

「看來妳現在終於想起來了呢……不過，已為時已晚了哦，夏琳女士。」神父輕輕一笑，繼續說著：「我們當初交易的時候就說清楚了吧？作為換取『一定會獲選的創作靈感』條件是，妳也同樣將一輩子視這個作品為『最好的作品』……我說的每一個字妳一定都聽過哦，夏琳女士。」

神父臉上的笑容越是燦爛迷人，看在夏琳眼中就越加森然。

神父一手抬起了夏琳牙關顫顫的下巴，「所以……妳的靈魂可不能被這個作品奪走……妳是屬於我的東西了，夏琳。」

他用再低不過的嗓音，對夏琳發出了最讓人毛骨悚然的占有宣言：「再見了，夏琳。」

神父做出劃十字的手勢，然後把掌心覆蓋住夏琳的雙眼，即將有所動作之際——

「等一下！」

對神父來說，一道是為不速之客的聲音硬是闖了進來。

「你這傢伙！想對夏琳小姐做些什麼……！」

衝到夏琳眼前的男人正是柳阿一，在他身後還跟著殷宇和特地趕來會合的方世傑，只是當柳阿一在見到沒了人皮、猶如怪物存在的那對姐妹時，他也嚇傻了。

「真是……意外的訪客呢。」

神父回過頭來看向柳阿一等人，但他的目光很快就轉移到最後頭的方世傑身上，臉上的神情頓時有了細微變化。

「你、你就是勾魂冊的主人……對吧！」柳阿一指著神父大聲叫道，直覺如此強烈的告訴自己，眼前這名身穿黑色神父袍的頎長男子，就是萬惡起源勾魂冊的主人。

只是對方出色的容貌和神職人員的穿著，讓柳阿一著實沒想到。難道說現在反派角色都非得長得這麼好看才有資格當魔王嗎？這公平嗎？這對像他這樣的好男人公平嗎！

相較於柳阿一表裡皆激動，對方保持緘默，視線仍直直落在方世傑的臉孔上，像是在打量，卻又像帶著一點挑釁的意味。反觀方世傑本人對此很是困惑，但當對方直視自己的時候，又有一種說不上來難以言喻的莫名感受，胸口一陣鬱悶。

「看來你是默認了，勾魂冊之主。既然如此，請你就地伏法吧！」殷宇這時快步上前，掏出預先攜帶在身邊填裝了鹽彈的短槍，瞄準了夏琳旁邊的黑髮男子。

一身神父袍的男子冷冷看了殷宇一眼，接著竟一副不以為然的失笑，感覺倍受輕蔑的殷宇二話不說立即扣下扳機，頓時槍聲響起、鹽彈射出，可目標身影卻在眨眼之間驟然消失！

「嘖！居然瞬間移動！這傢伙是《七龍珠》的角色嗎！」柳阿一眼見好不容易見著一面的勾魂冊之主消失，氣得握緊了拳頭。

然而勾魂冊之主一不見，全身沒了人皮的漢娜與妮娜便再次試圖攻擊夏琳。

「柳阿一！注意那對姐妹！」

方世傑立刻對最前線的柳阿一大喊，柳阿一這時想要掏出同樣裝有鹽彈的短槍阻攔對方，可是在他附近的夏琳竟往他的後頭跑，還反過身來用力推了他一把，使柳阿一整個人措手不及就往漢娜姐妹的方向倒去。

「柳阿一！」

方世傑緊張大喊，眼見柳阿一就像羊入虎口的獵物，將要送到姐妹倆的血盆大口中，這時，赫然又兩聲槍響，打退了本將狠狠咬上柳阿一的兩姐妹。

「柳先生，能麻煩你別對怪物那麼主動好嗎？」及時朝兩姐妹開了兩槍的殷宇，面無表情吐槽了根本無辜且差點成了俎上肉的柳阿一。

「誰主動了！沒看到我是被暗算的嗎！你的腦袋才病得不輕吧！」從地上趕緊爬起的柳阿一回瞪殷宇，雖然對方是他的救命恩人。

「你們兩個腦袋都有問題！夏琳逃跑了啊！」

方世傑本想阻止將柳阿一當人肉盾牌的夏琳，但誰知夏琳跑起步來速度之快讓人吃驚，一個閃身就躲過方世傑想要抓住她的手，這讓方世傑不禁猜想這女人該不會曾是哪裡來的田徑選手。

「什麼?夏琳難道不知道即使她跑了仍會被勾魂冊主人找上嗎?不行，得把她追回才可以!阿大、腹黑眼鏡!你們武力值比較高，那對變形姐妹就交給你們處理，我去追夏琳!」柳阿一快快將工作分配好，也沒等方世傑和殷宇的同意，便一個轉身掉頭跑向夏琳逃走的方向。

「為何我非得聽那傢伙的話!」看著柳阿一跑掉後，方世傑咬牙切齒握緊了拳頭。

「方編輯，現在沒時間抱怨那傢伙了，快快解決眼前的事，回去再加倍算帳吧。」殷宇將方世傑的目光從柳阿一身上勸回。

同一時間，那對姐妹自從被殷宇射中後，竟也開始玩起了捉迷藏——趁方世傑和殷宇一個不注意就在他們眼前消失!

「那對姐妹也和勾魂冊主人一樣會瞬間移動?」看著目標不見的殷宇問。

「不……我想她們應該只是躲了起來，因為地面上有她們留下的血痕。」方世傑注意到地面上殘留的紅色痕跡，指著道。

「那麼方編輯，我們就分頭去追，無論兩人是分開逃跑還是我們要進行夾攻包抄都比較有利。」

「我知道了，那我往這邊追去。」

方世傑向殷宇點了個頭後，兩人便分道揚鑣，各自追擊躲藏起來的那對姐妹。

△▽ △▽ △▽ △▽ △▽

方世傑拿出手電筒在黑暗的美術館內尋找目標。最開始進到館內是因為有打前鋒的柳阿一擎著手電筒，在柳阿一走後，換殷宇打開電源接替照亮，現在兩人分開尋找那對姐妹，方世傑便自己打光照清前頭道路。

老實說，第一眼見著那對姐妹的現況時，方世傑很是震驚，但由於當時勾魂冊主人的注視，讓他暫且忘了那份感受，注意力都被勾魂冊之主牽引過去。他不知道為何那個危險的男人要這般看著自己，讓他覺得比起柳阿一和殷宇，自己似乎才是勾魂冊主人最在意的人選。

只是，勾魂冊主人究竟在意自己什麼？

自己，又為何對勾魂冊之主有種莫名胸悶的反應？

「不……不能再想下去……」

眼前最重要的事就是要快點找到那對姐妹，將她們處理好後才能避免有更多無辜受害者出現，因為方世傑和他的同伴都知道，早在他們透過殷宇開鎖進到駿天美術館後，在搜索夏琳和姐妹倆的期間，他們發現到館內幾處有血跡殘留，追查一看便找到兩具男性受害者的屍體，其中一名由柳阿一認出是這間美術館的館長……

根據常理推測，身為女性的夏琳不太可能殺害得了兩名成年男性，其中一人的穿著看上去還是警衛，體型更加高大壯碩，夏琳應當沒有能力殺害對方，況且從兩名受害者的遇害情況來看，傷口多處，且有的經過截肢處置，殷宇更看出其中有撕咬的撕裂傷……

雖說夏琳心腸不輸妖魔鬼怪狠毒，但作為一名普通的人類女性，要將成年男子的手臂撕扯下來，恐怕也不是件易事；也就是說，這兩人肯定都是成為魔物的漢娜與妮娜所為，這兩姐妹因心懷怨恨而成為厲鬼，對人的血肉因此有了攻擊欲望……方世傑是如此推測。

方世傑沿著地面上的血跡追蹤，小心翼翼，將裝有鹽彈的短槍隨侍在旁，每走一步心跳就會加快一點，空氣的氛圍也會越沉重一點，他清楚自己正追著的目標是個怪物，殺人吃人的怪物……

但是，想到這個目標在成為怪物之前不過是個天真的小女孩，還是被如此殘忍的方式殺害而亡，方世傑就會有點不忍之情，他變得無法確定自己在等會見到對方時，能不能扣下手中的扳機。

在方世傑追到一個轉角前，他聽到了一聲聲狀似痛苦的哀鳴。

「啊……啊啊……嗚……嗚……」

方世傑躲在牆後偷看，映入眼簾的景象，正是姐妹倆其中一人——由於兩人的外皮都已被剝去，所以他無法分辨究竟是漢娜還是妮娜，只知其中一人現正倚靠著柱子，像在喘著

氣，淌著血，發出陣陣哀號。

明明已經死了，卻仍表現出一副負傷的模樣，方世傑更可從對方痛苦的聲音中聽出這仍是個少女嗓音，再加上想到她們姐妹倆生前的遭遇，方世傑不禁將情感投射出去，猜想對方是不是因為被射了一槍後在害怕，痛得難以忍受，甚至他更覺得，有沒有可能對方內心也為自己所為而難過？

一有這樣的念頭，方世傑似乎就更難對目標下手開槍了，儘管當下是個偷襲開槍射擊的好時機，可他就是掙扎著，看著目標的時候，甚至會出現對方生前少女的模樣，兩兩重疊在一塊。

就在這時，方世傑因為自己的分神而不小心踢到了旁邊的置物櫃，明顯的聲響一出，立即引來對方的注意，那張只剩駭人鮮紅色肌肉紋理的臉，轉向方世傑這邊，用骨碌碌的眼珠子一看。

「糟了！」

方世傑深知自己被發現，想轉身就跑，然而目標卻早一步反撲過來，一把抓住了方世傑的左手臂。

「血……肉……妮娜還不能消失……妮娜在殺了夏琳媽媽之前不能消失……所以……就把你的肉和血讓給妮娜吃下肚吧！」

身分揭曉是為妮娜，她正以出奇強大的力量緊抓著方世傑，張開的血盆大口就急著要往方世傑手臂咬去！

「妮娜！妳就算殺了夏琳又能如何！妳和姐姐一起放下復仇的執念，妳們的靈魂才能昇華，否則將永生以這種模樣在這世間徘徊！這樣的日子妳和姐姐會快樂嗎？」

不知為何，方世傑就對著妮娜說出這些話，有什麼東西在他腦袋最深處湧上來，像是他真的知道事情確實如此，可是他實際上卻不清楚自己怎會有這樣的想法，好像他打從心底了解一樣，不過就實質的效益來看，似乎因此暫緩了被咬的下場。

「可是妮娜……可是妮娜不能原諒夏琳！」

「不能原諒？因為一個念頭就打算過上永恆的痛苦折磨嗎？妳姐姐和妳，應該值得更好的下一生，然後遇上真正能夠愛妳們的人！難道因為不能原諒的念頭，就要放棄這一切嗎！」

方世傑雖然抵抗著，但不見他打算拿槍射擊妮娜的動作，因為他不想這麼做，他不想拿槍指著一名還有意識、還有想法的少女，用鹽彈轟了她的腦袋，因為即使對方已不是人類，可能是鬼是妖或是怪，但面對具有驅魔效果的鹽彈，仍會有致死一樣的痛楚。

對一個生前已遭受莫大的、非常人能夠承受死法折磨的少女來說，方世傑決定不再讓對方痛苦一次。

「妮娜，我現在就將這把槍丟下。」

雖然另一手還被妮娜抓著不放，可方世傑持槍的那隻手竟在危急當頭扔下槍。

因為這個舉動，妮娜愣住了。方世傑趁著這個空隙，改而一手反抓住妮娜的手，拋下槍的那一手則舉至妮娜臉前，掌心攤開。

「現在——就讓我來替妳解除這個痛苦！」

話音落下，方世傑集中精神，他想要像之前那次一樣——倘若他真像柳阿一所說的那般具有神奇靈力，也許就能用這種方式為妮娜的亡魂昇華！

「奇怪……？」

可是過了數秒，方世傑卻不見自己有任何超自然的能力出現，而這時的妮娜也已回過神來，開始發出咿咿呀呀、尖銳的掙扎聲，眼底再度露出凶光，想要攻擊方世傑。

眼見蠻力之大的妮娜就要掙脫開來，反咬方世傑一口之際，剎那間「砰！」的一聲，有道白色的物體以高速貫穿了方世傑眼前的妮娜，使她的手臂濺出血來。

「咚！」

下一秒，方世傑就見原先要攻擊他的妮娜痛得放開了手，下一秒便轉身逃離現場。

方世傑怔怔看著前方的景象，瞳孔微微收縮。

至於朝他走近的另一道身影，持著射傷妮娜的槍，另一手推了推略微下滑的眼鏡，對著方世傑道：「方編輯，你方才究竟想做什麼？你知道自己差點就要被咬下手臂了嗎？」

被呼喚的方世傑回過神來，他認出對方的聲音，知道來人就是殷宇，可是他的視線還無法離開妮娜留在地上那灘黏稠的血水。他沉默的咬著牙。

「方編輯？」

「殷宇，有時候我真不知該羨慕你的理智冷靜……還是要害怕你的無情冷酷。」

方世傑語畢後沒有多說，他只是默默轉過頭，抬起腳步要離開這個區域。殷宇看著方世傑的背影，亦是什麼話也沒回，只是他的眼神若有所思，狀似複雜，不過很快就被他抹除，換回平時的冷靜。

「漢娜你也用同樣的手法處理了嗎？」

靠著重新打開手電筒的光照，走在前面的方世傑頭也沒回的問向殷宇。

「你很在意嗎？還有，方編輯你似乎忘了將裝有鹽彈的槍帶走，我幫你拿起來了。」殷宇其實是明白對方不是遺忘，以他對方世傑的了解，他不可能忘了這麼重要之事。

「是嗎？那就交給你保管吧。」方世傑沒有回答殷宇第一個問題，他只是邁開步伐繼續向前走。

「不知道柳阿一那傢伙有沒有追到夏琳……」背對著殷宇的方世傑喃喃自語。

「追女人的功夫他是第一流。不過，夏琳也非一般的女子。」

「你想說柳阿一要是沒追到不是他的錯？」

「非也，或許是證明柳先生可能早已轉性對女人沒興趣了。」

「……殷編輯，我有時對你的腦袋也很感興趣，居然能這麼扭曲別人的想法。」方世傑嘆了一口氣，他大概能理解為何柳阿一總說殷宇是外星人來著的依據了。

「能讓方編輯感興趣是我的榮幸。」

「……你扭曲別人想法的功力已經達到出神入化、渾然不覺的境界了。」方世傑這次連嘆氣的力氣都不想費了。

之後是一片沉默，兩人就在昏暗的美術館內持續搜尋漢娜和妮娜的身影，然而方世傑的表情若有所思，像是有話想說，最後卻選擇閉口不談。

早上有光或開燈的時候，方世傑還不覺得這間美術館內結構複雜，現在夜間行走加上沒有燈光照亮，他打從心底認為這根本是一座擺了許多藝術品的迷宮，真不知這間美術館的設計者究竟在想些什麼。

這時，受過刑警菁英訓練的殷宇察覺到了異樣，指引他們一路走來的血跡，到了這裡已斷開消失，然而回頭看，他們身後的血跡依然存在，對比之下有如一條明顯的楚漢界線。

殷宇推測，在血跡消失之前似乎有兩道不同方向的血痕重疊交集，也就是說，方才逃脫的妮娜很可能和她姐姐會合了，而生前心思縝密的漢娜便將接下來的血痕處理掉，以防他們的追蹤。

也許這對沒經驗的常人來說，這招能夠奏效，但對擁有一對出色且經過訓練的雙眼的殷宇來說，他還是找出了破綻。

「方編輯，你不覺得有異嗎？在我們追蹤那對姐妹的路上，一直都有見著地上的血跡對吧？可是到了這裡，卻似乎被清理得一乾二淨。為什麼想到要清掉血跡以防我們追蹤的當事者不一開始就這麼做，而讓血跡一路滴淌到這兒才斷呢？」

「你是想說……這是一個引誘我們而來的圈套？」方世傑微微瞇起眼來，低聲回應。

「恐怕是如此。」

「那你也知道她們的計畫為何了？」

方世傑問話後，殷宇默默點了頭。

「我知道了。」

方世傑話音落下同時退到殷宇身後，不過他的表情看上去卻像是另有想法。

殷宇看著前頭的路線，在他們前方有三個路口，直走的道路上頭貼著通往展覽A區，左、右兩邊的路口則各標示展覽C區和文創商品藝廊。

殷宇的重點不在於這些路口通往何處，而是隱藏在路口之中的殺機。

殷宇舉起槍，側著身子，一步一步往前踏去。他評估了這個地形，無論要往哪個路口走都得經過一個交會處，站在這個位置上時，左右兩邊的路口都看得到。換句話說，這位置無疑是個會被左右夾攻的理想地點。

下一秒立即應證了殷宇的猜測，左右兩邊路口各衝出埋伏等候的漢娜兩姐妹，同時包抄攻擊站在路中央的殷宇。

殷宇準備扣下扳機，開槍射擊，但左邊衝出的身影卻先一步朝殷宇丟擲物體，命中殷宇握槍的那一手，導致短槍應聲掉落。

殷宇眉頭一皺，他心知這時再彎腰拾槍絕對來不及，只能在剎那之間轉變做法，為了抵抗兩姐妹的利牙直接傷其致命頸部，殷宇改用兩隻手臂硬是接下了夾擊的姐妹攻擊。

「殷宇！」

方世傑一看情況不對，不禁心急大喊，因為這時的殷宇雙手都被漢娜姐妹狠狠咬住，醒目的鮮血直流，在方世傑眼中的殷宇更是因此鎖緊了眉頭，咬緊牙根。

「方編輯……快……快拾槍對她們開槍射擊，趁我還撐得住的時候……」殷宇面露吃力的表情對著方世傑說，目光看向掉在地上那把裝有鹽彈的短槍。

方世傑抿緊雙脣，他看著那把殷宇所指示的槍，猶豫不決，再看看這時緊咬著殷宇的兩姐妹，腦海裡閃過她們明明曾是那麼可憐的孩子模樣後，方世傑倒抽了一口冷空氣。

「不，我不會那麼做！」方世傑下定決心的回覆了殷宇。

聽見答案的殷宇，瞳孔微微收縮，他難以相信眼前的這個男人竟會說出這種話。

「但是，請你相信我——我會用自己的方法救你，還有這對姐妹。」

「方編輯你到底在說些什麼……！」

因為被咬而且力抗那對姐妹的殷宇冷汗直流，但他話還未說完，就見方世傑舉起了雙手、攤開了雙掌。

「漢娜、妮娜，我不會再讓妳們一錯再錯，更不允許妳們再傷害我的朋友！」

方世傑的目光堅定，但讓殷宇和兩姐妹睜大雙眼的原因並非其眼神或話語，而是此刻自方世傑身上散發出的熠熠白色光輝，奪日璀璨！

「漢娜、妮娜，塵歸塵，土歸土，妳們就該回到亡者停留之處！」

話音落下，方世傑的掌中射出兩道刺眼光束，筆直衝向咬著殷宇不放的那對姐妹。

強烈的光芒湮沒了一切，所有景色都在瞬間被白光覆蓋、沉墜在光海之中，殷宇的眼睛更是睜不開，在這瞬間僅僅只能透過感覺來判斷——由被緊咬的痛楚逐漸消失來看，方世傑似乎實現了他對自己的承諾。

當令人睜不開眼皮的光芒退去後，殷宇張眼一看，這才發現本該在自己左右兩旁的雙胞胎姐妹已消失不見，連一點點殘留的痕跡都沒有，須臾之間徹底化無。

「剛才到底是……方編輯，這難道就是柳先生之前所說的……你具有能夠驅逐邪魔的靈力嗎？」比起自身被咬傷的痛楚，現在的殷宇更加在意方才所見的奇景，表情怔怔。

「坦白而言我也不清楚那是什麼……如果你們想如此認為的話，就這樣想吧。」

方世傑收回手，淡然回應臉上寫滿訝異的殷宇。不過方世傑注意到了，這一次他似乎沒像柳阿一所說那般，事後立刻暈了過去，甚至醒來時也將此事忘得一乾二淨，這到底是怎麼回事呢？方世傑很想知道，只是好像沒人能夠回答自己的問題吧。

「之前聽柳先生描述時還沒感覺如此震撼……此次有幸讓我親眼見著，真是我的榮幸哪……方編輯你介不介意讓我們超自然協會的同好研究一下呢？」

「我很介意，非常介意，殷編輯我對你參加的協會非常有意見。」

方世傑板著死魚一樣的眼神回瞪殷宇，他真沒想過自己有一天會和柳阿一那傢伙做出同樣的表情、面對同一個人。

「話說回來，柳阿一那傢伙到底把事情辦得怎樣了……」

方世傑回過頭去看向後頭，他總覺得這個時候那個男人會冒冒失失跑過來，對著他和殷宇大聲回報。

然後，事情很快就如方世傑所料想的一樣，柳阿一正匆匆忙忙，還差點跑到跌倒的來到兩位編輯面前。

「阿大、殷宇！你們聽我說——」柳阿一跑得上氣不接下氣，在方世傑和殷宇跟前停了下來，彎下腰來用雙手撐在膝蓋上，氣喘吁吁道：「那個……很、很抱歉，我把夏琳追丟了！」

「為什麼我覺得一點也不意外呢，柳先生？」面無表情的殷宇冷冷看著柳阿一道。

「柳阿一，你真是成事不足，敗事有餘！連個女人都追丟，你知不知道那女人可是個危險的殺人犯啊！」比起殷宇的淡然置之，方世傑顯然生氣許多，痛罵了柳阿一。

「我、我也沒辦法啊！夏琳太熟這座美術館了，追到一半，看她繞過一個轉角後就不見蹤影……對不起啦！人家已經盡力了嘛！」柳阿一抬起身子，一臉無辜哀怨的對著方世傑苦道。

「還人家！我才不吃你這種噁心的撒嬌！你要給我負起找到夏琳的責任，柳阿一！」方世傑還是氣呼呼，一點也不通融，柳阿一只得不斷向他求饒賠不是。

「方編輯，不是我想吐槽柳先生，我想就算你這麼向他要求，柳先生仍沒有辦法找出夏琳來的。」殷宇聳了聳肩，表情看上去很不以為然。

「什麼叫你不想吐我的槽，你根本吐槽得很高興好嗎！」柳阿一心想自己怎沒看過比殷宇還厚臉皮的人啊？

「老實說我也不指望那傢伙……殷編輯，不然你有更好的方法嗎？而且，我想勾魂冊主人一定也會在近期再次找上夏琳，我們得在這之前將夏琳找出來。」方世傑冷冷瞥了柳阿一眼，便應和殷宇的話。

「有的，因為有個人欠我一個人情。」

「哈啊？這跟有個人欠你一個人情有啥關係？還有，又是誰欠你人情啊？」柳阿一納悶的問。

「柳先生就這麼想和我在凶殺命案現場繼續談下去？」

「咦！對哦！」

因為殷宇的提醒，柳阿一才想了起來，自己可是還待在有死人的美術館內啊！想到自己很可能被貼上嫌疑犯的標籤，柳阿一二話不說還是快點腳底開溜的好，至於殷宇所說的話……總有一天會弄個明白的吧！

△▽　△▽　△▽　△▽　△▽

「你所說的好方法……就是來警局找人？」

柳阿一跟在殷宇的身後，和對方一起踏進了警局的大門。

他可是一點也不喜歡這個地方，前幾天才因酒駕被關入這裡的牢房一晚啊！但是比起自己喜不喜歡這個地方，柳阿一更納悶殷宇所說能夠找到夏琳的法子。

「你真的很多話呢，柳先生，安靜跟在我後頭看下去不就知道了。」

殷宇一邊冷淡回應，一邊站在原地等候，直到前頭有道高眺的身影快步朝他們倆走來。

「殷宇，真沒想到你會主動來找我。」

迎面走來的男人高興之情都寫在臉上。這個人柳阿一也認識，正是前陣子照過幾次面的高階警官、綽號孫經理的孫景禮。

擅於觀察的柳阿一可是注意到了，孫景禮一見到殷宇的當下立刻綻出笑容。

柳阿一真是搞不懂，看到殷宇這種生人勿近，甚至令人懷疑根本是外星人派來地球的間諜人選，怎會露出笑臉來呢？要不是自己工作需要加上勾魂冊的關係，他都想對殷宇避而遠之呢。

「別跟我裝熟絡，我只是來跟你討一個人情。」

相較於孫景禮的熱情，殷宇在見到對方後，表情更是一沉，臭臉程度可說是更上一層樓。雙手抱胸的殷宇目光幾乎不落在孫景禮身上，聲調冷冰猶如冬季來臨。

這讓旁觀者柳阿一看得很是有深究的興味，眼前的兩名男人，一個見著對方熱情如火，另一個看到對方冷漠如冰，柳阿一更記得這兩人的關係似乎從之前就不是很好……

不，該說是很微妙的互動，好像只有孫景禮一人拿熱臉貼殷宇的冷屁股。

殷宇冷淡回應了孫景禮後，孫景禮原先飛揚的神色立刻黯淡下來，換上了一抹苦笑，厚實的手掌拍了拍後腦勺，又對殷宇說：「是這樣啊……那你說吧，你希望我幫你什麼忙？」

「幫我找出一個叫夏琳的女人。」

殷宇這個時候才將視線移回孫景禮身上，不然他看上去好像都不怎麼願意正眼見對方。看在柳阿一眼中，這兩人真是太有戲了，他柳阿一明明就站在殷宇身後沒多遠，況且孫景禮應當也認識自己，卻到現在都沒有發現他的存在，是他存在感太低嗎？

不，怎麼可能，他柳阿一可是一介美男子，存在感怎麼會低呢？光是他的出現就把警局內所有女性目光都吸引過來……雖然這其中也有一部分是落到殷宇身上。

那麼，就是只有一種可能，孫景禮根本眼底就只有殷宇的存在，容不下別人了……等等，這麼說好像又有些奇怪，他柳阿一是不是被編輯部那些有奇怪嗜好的女編輯們影響了啊？

「夏琳……是那位近來爆紅的女雕塑家嗎？」孫景禮想起了最近報紙上常看到的名字。

「沒錯，我要找的就是她，憑你的權限可以調動監視器影像吧？我需要靠那個找出夏琳。」

「我想我應該有權知道這究竟是怎麼回事，對吧？正常來說你若想找這位夏琳小姐，直接登門拜訪就可以了，現在需要動用到監視器……夏琳小姐肯定發生了什麼事。」孫景禮立刻嗅出其中的不對勁。

被問話的殷宇推了推眼鏡，答：「你若能不追問我為何會知道，我就告訴你。」

「這真是強人所難呢！不過，因為是你，我相信你……好，我不追問就是了。」孫景禮再次苦苦一笑。

兩人對談至此，跟著殷宇而來的柳阿一還被晾在一旁。早就習慣被殷宇無視的柳阿一，對這位助理編輯沒啥意見，唯有意見的對象自是孫景禮，能對他柳阿一視若無睹至今還真是不可思議，讓總是被女人眾星拱月捧在手中的柳阿一，越想越不是滋味。

柳阿一在想，自己什麼時候才能介入這兩人之間出個聲呢？

只見殷宇向孫景禮解釋了夏琳目前危急的遭遇，不過聽在柳阿一耳中，殷宇很顯然避開所有和勾魂冊有關的事情，因此他的敘述聽起來多少有些讓人困惑不解之處。

不過，靠著殷宇強勢限制孫景禮的追問，以及孫景禮意外聽話的配合下，柳阿一最後聽到的結果是孫景禮點頭答應了要求，協助他們調度駿天美術館附近的監視器影像。

但調度影像至少需要一天的時間，孫景禮答應殷宇，會儘快弄好並通知他來看，於是兩人談話完畢。孫景禮看上去似乎想再留住殷宇喝杯咖啡，殷宇卻一點也不領情就一口拒絕。

這兩人的互動讓柳阿一看得是一頭霧水，肯定是過去發生過什麼事，才會造成男方想彌補，女方卻不領情、猶恨在心的情節發生……啊啊，糟糕了，直覺使用這種比喻的自己的腦袋很危險啊！

只是讓柳阿一更難過的……是從他踏進警局到踏離警局，孫景禮竟然完全沒有發現到他就站在殷宇旁邊！

「嗚……反正我就是沒有男人緣啦……」坐上殷宇的車後，柳阿一忍不住傷感的喃喃自語起來。

「柳先生你神智不清了嗎？」

發動車子的殷宇冷冷吐槽了坐在副駕駛座上，獨自沉浸在被忽視而心傷傷的柳阿一。

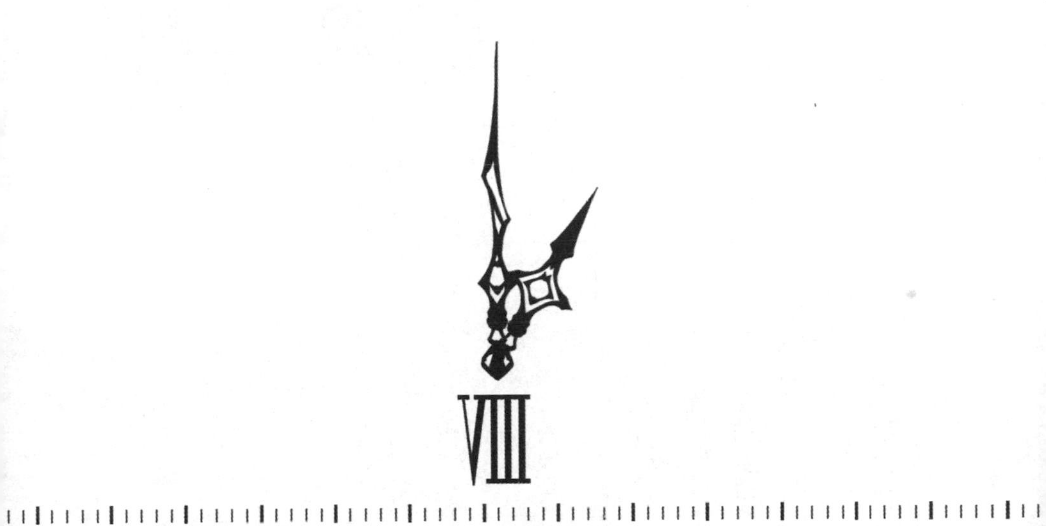


# 一較高下的忌妒

「主人，您看起來悶悶不樂。」

穿著修女裝的女人站在她所謂「主人」的面前，輕聲詢問著。她的一對眼眸大而美，卻不見任何的感情和生氣，活像是個漂亮真實的人偶，她的睫毛在日光照射下似乎隱約透明。

她所待的地方看上去是座教堂，外觀無庸置疑的教堂，屋頂豎立一座白色的十字架，教堂之內的前頭也擺著一尊耶穌釘上十字架的雕像，只是當陽光緩緩移開、不再落在這神情悲憫的耶穌神像上時……

原是聖子容貌的雕像，在陰影之下竟然換了一張臉，成了面目可憎、吐露獠牙的吸血鬼面孔。

「怎會呢，我反倒很開心呢，卑以亞。」

被稱作主人的男子坐在長椅上，穿著一身素黑、充滿禁欲色彩的神父袍，他的眼簾低垂，目光若有所思，眉頭皺了一下很快又化開。

「您是騙不了卑以亞的，主人，您的表情看上去就是有事……卑以亞很久沒見您露出這樣蹙眉的神情了。難道是沒順利將夏琳的靈魂取回，所以導致您不開心嗎？」

卑以亞很能觀察別人的神色，自己卻從無一點情感流露在臉上，僅能從語氣裡聽出對她對主人的關心。

「那倒不是……靈魂回收不過是遲早的事……」身穿神父袍的男子欲言又止。

「那麼……不，不可能，距離您上次露出這樣表情的時候是在『見到那人』時……請您告訴卑以亞，事情不是像我所猜想的那般，對吧？」

卑以亞像是想到了什麼，瞳孔頓時微微收縮，但見她的主人沉默不語，卑以亞恍然明白了，她因此倒抽了一口氣。

「您是真的……見到『那個人』了？」

語帶刺探，卑以亞其實內心有多希望自己的主人能否定她——但總是事與願違。

在她眼中，這名有著一頭黑色長髮、眼眸閃爍著異於常人的紫色光芒的男子，再度沉吟良久。

「我不確定是否為他……長相和我所知的『那人』截然不同……但是，那樣的氣息，我想我很難認錯。」

久久才吐出這句話的男子，一手托在自己的下頷認真思量，並且在提及「那人」時，眼中閃過一絲複雜得難以解釋的情感。

「可是……不可能是『那個人』，『那個人』不是由您親眼確認已經……」

「在這個世上，有很多出乎意外的事，卑以亞。別忘了，就連我們本身也是意料之外的倖存者。」

語畢，黑髮男子站起身，走到那因為被陽光重新照耀、又恢復成聖子容顏的雕像前，微



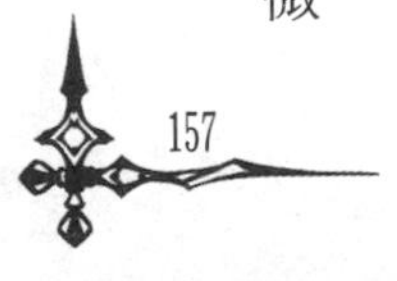

微挑起了嘴角。

「是你會繼續掌管這個世界……還是會由我主宰呢？你以為，就算派出『那個人』來對付我……就有一絲勝算的可能嗎？」

黑髮男子笑了笑，他彈指一聲，掛在教堂門口的數只鐵籠便開始晃動，甩掉原先覆蓋在上頭的黑色布料，露出關在裡頭每一隻顏色不同、模樣不同，卻都死命在籠子裡橫衝直撞的蝴蝶。

「你是來不及的，你是無力挽救的，就算『那個人』真的出現也罷……即使是你們也阻止不了我的。」

話音落下，是一陣揚長陰冷的笑聲，迴盪在只有他和那名修女的……矗立在墳墓之中的教堂裡頭。

「卑以亞。」

「是，主人。」

「從今天開始事情將變得越來越有趣了……不管那是否為『那個人』，有著相同氣息的他，居然和現在擁有我那本勾魂冊的男人在一塊，妳說，事情是不是比我們想像中還有趣呢？」

「是的，主人，如此巧合必定有其原因。」卑以亞回應黑髮男子。

「呵……造成這個巧合的原因只有一個……那就是一定有什麼人介入其中……不過，即使如此，也不會改變結果。」

黑髮男子將他白皙、近乎無血色的臉孔面向太陽，雙眼不因刺眼的陽光直射而瞇起，猶如在對太陽下達他的挑戰。

「讓我們等著看……我可是，由衷為再次見到你而高興呢……」

腦海裡浮現出當時在美術館內所見到那道身影，被他所注視的那個男人，黑髮男子用著再溫柔不過，卻又讓人感到毛骨悚然的嗓音低聲說著。

△▽　△▽　△▽　△▽　△▽

時間是在晚上八點，地點則在一位名叫柳阿一的人的家裡，身為這家主人的柳阿一，正端著一杯杯熱茶來到客廳，然後一杯杯遞到他的頂頭上司——特來催稿的兩位編輯，方世傑和殷宇手中。

「那個……兩位請喝茶……小店實在沒什麼能夠招呼兩位貴賓到來的……」

「把這種想要轉移話題的話給免了，柳阿一，我說過，即使一邊要處理夏琳的事，也不能荒廢你的稿子這句話你聽到哪裡去了？」方世傑一點也不領情的拒絕了柳阿一的熱茶，板著他素有鬼差編輯的招牌臉孔。

「方編輯，恕我直言，柳先生大概已將您的話連同失戀次數一起拋諸腦後了。」殷宇拿起桌前的熱茶，慢條斯理啜了一口，眼鏡因為熱氣而瞬間霧化。

「十九次！總共十九次！我才沒忘了自己的失戀次數……不對！我才沒失戀過！殷宇你這傢伙存心跟我作對吧！」柳阿一一聽，立刻激動的提出駁回，不過很顯然只是將自己的立場弄得更不堪。

「現在你才發現嗎？不得不說柳先生你真是太遲鈍了，難怪會被甩了十九次呢。」殷宇冷冷瞥了柳阿一一眼後，繼續喝他熱呼呼的茶。

「啊啊可惡啊！我今晚一定要替天行道，砍了你這外星人……！」

「吵死了！給我閉嘴！你以為我不知道你趁機又想轉移拖稿的話題嗎！」

在柳阿一即將和殷宇來個兩百回合大戰之際，方世傑勒令打斷了柳阿一的行動……嗯，又或者說想要拖稿的計謀。

「唉呦阿大……稿、稿子這種事情勉強不來嘛，就像生孩子一樣，一定得懷胎十個月才能生下小孩啊……」

「柳阿一，你知不知道恥字怎麼寫？把寫稿子的時間和懷胎十月劃上等號，你當我是白痴嗎？你最好給我皮繃緊一點，今晚至少要讓你生出個五萬字來，否則就別想踏出這個家門一步！」方世傑用著隔壁鄰居都聽得到的音量，向柳阿一下達了禁足令。

「嗚，阿大好可怕，居然對我占有欲這麼強，不讓我出門……」

「柳公阿一，你想早超生嗎？」

看來方世傑已被柳阿一氣得快動手製造命案了，同一時間，在旁的殷宇接起一通電話，神情認真的諦聽手機另一端傳來的訊息。

「該不會是有夏琳的消息了吧？」在殷宇結束通話後，柳阿一轉而向殷宇提問，似乎將責任編輯的威脅當成了耳邊風。

「是的，孫景禮剛來電，表示過濾了駿天美術館附近的監視器影像後，他們確定了夏琳的去向。只不過……」

「只不過什麼還不快說！」柳阿一心急的追問。

殷宇的兩指併攏壓著眼鏡，神色一沉，「只不過，結果顯示夏琳很可能逃往附近的山區躲避……如此一來，想要找到人就更費力了。」

「夏琳居然躲到山裡去……這可麻煩了，山那麼大，我們是要怎麼在茫茫樹海裡找到她啊？」聽到殷宇回覆後，不禁苦惱的咬起姆指，柳阿一的眉頭都鎖在一塊。

「關於這點，本公爵或許可以幫上忙。」

就在這時，出乎意料的回答出現了，在場的柳阿一、方世傑和殷宇立即將目光投向小飛

象……更正，是尊貴的尚‧溫徹斯特公爵大人。

「到現在我還是無法忍受小飛象的外表，大叔的聲音……」

「沒有人要你忍受！還有你這是嫌棄本公爵嗎！」像是被踩到了地雷，小尚立刻激動的向柳阿一提出抗議。

「柳阿一你給我閉嘴，現在不是你抱怨的時候，就算是事實。」

「你這麼說還不是一樣補本公爵一刀！」

今天還被關在小飛象玩偶裡的公爵大人，再次情緒不穩的向第二個人也就是方世傑提出抗議。

「方編輯、柳先生，我們還是好好聽小飛象怎麼說吧。」

「……就是看準本公爵完全鬥不贏你們對吧……」

被連開三槍的公爵大人很無奈，非常無奈，無奈到他已經完全心灰意冷、眼神已死了。

「不過話說回來，你真能幫我們找到夏琳嗎？」柳阿一無視小尚任何一句反駁，將話題重新拉回正事上。

「就憑你們這些平民剛才的態度，本公爵很不想幫你們……」

「別這樣嘛小尚，不然我介紹一隻母的小飛象給你？」

「殺了你哦！」公爵大人這次是真的生氣了。

「夠了柳阿一，別再擾亂正事，聽他怎麼說吧。」方世傑瞪了柳阿一一眼後，便回過頭來用正色的表情對著小尚。「溫徹斯特公爵，可否請你告訴我們，所謂的幫忙是怎麼回事呢？」

方世傑難得有禮的端正問向小尚，不過相較兩旁的柳阿一和殷宇，他的確是最接近正常人的一位。

「看在你如此誠心誠意發問了，本公爵就大發慈悲的告訴你們吧……」

「切，當自己是《神奇寶貝》裡的火箭隊哦。」

柳阿一這次的吐槽壓得非常小聲，因為旁邊的方世傑已先偷偷掐了他大腿一下，要他別再節外生枝。

「如果你們帶我跟著去山區搜尋那女人，我能感應到她的氣息，因為凡是殺過人的人身上，無論如何都會有洗不掉、或者一般人沒察覺到的血腥味，對我們這種陰界的靈魂來說，那種氣味非常明顯，容易讓我們找上她，這也是為何你們世間有罪孽深重之人更易引來鬼上身的說法依據。」

小尚說明了答案，聽聞的三人像上了一課般默默點頭。

「那事情就好辦許多了，小尚，明天一早就讓你和我們去將夏琳找出來吧！必須得在勾魂冊主人找上她之前找到夏琳，否則真不知勾魂冊主人會對她做出什麼事來……」

柳阿一想到過去和勾魂冊交易過後的那些人下場，即使事過境遷，仍會不由自主打起哆嗦，因為那實在是太過可怕森然的結果，若是可以，他真的不願再回想起來。

「勾魂冊之主會回收她的靈魂。」小尚的聲音降了一階，多了點冷冰的味道。

「勾魂冊之主倘若要殺交易對象，必定是交易對象打破規定或禁忌。對勾魂冊之主而言，他如此大費周章收取靈魂……背後一定有其目的，而且，他所挑選上的對象，他絕對會拿到手。」小尚的口氣非常肯定。

「這麼聽來，感覺小尚你真的滿了解勾魂冊主人呢……話說你也都還沒說過，自己是怎麼和勾魂冊主人牽扯上關係的哦，好、可、疑哦～」

柳阿一本是用開玩笑的口吻問問對方，想不到卻見當事者竟沉默一會，最後聽到一聲幽幽的嘆氣。

「本公爵無法離開原本的城堡，永世不得超生……甚至是本公爵的死，都和勾魂冊之主有關。」

沉默半晌過後脫口而出的答案，讓在場所有聽到這句話的人無不露出意外神色。

「抱歉……我沒想到原來你是因為這種原因才和勾魂冊主人……」

柳阿一話說得越來越小聲，他曾經起疑小尚會不會是站在勾魂冊主人那一方，畢竟小尚那麼了解勾魂冊主人，但現在他完全明白了，自己的猜測根本是多餘且可笑。

「未來，本公爵會將你們想知道的，關於本公爵的一切都告訴你們……你們現在只需要了解，本公爵是站在你們這方的，本公爵比誰都還想親手制裁勾魂冊之主，同樣的也比誰都想幫助勾魂冊的交易對象……一定要阻止勾魂冊之主，無論他收取這些人的靈魂有什麼樣的目的——本公爵敢保證絕無好事。」

即使外表還是十足可愛的小飛象身軀，小尚仍用比平時還要來得低沉許多的嗓音，說著和外在截然反差的嚴肅內容。

「你的決心，我們如實感受到了……既然如此，明天尋找夏琳的事就拜託你了。」殷宇用著和對方相等沉重的語氣回應。

「……我說，在拜託之前，是不是最好先將本公爵從這該死的身體內放出來啊？」

看來，至今公爵大人還是很不滿意人人都愛、人人都說可愛的小飛象啊！

△▽　△▽　△▽　△▽　△▽

車門關上的聲音清脆而俐落，在空寂的山林之中，如此聲響顯得十分突兀，柳阿一、方世傑和殷宇三人浩浩蕩蕩來到市郊的這座山中，他們不是來爬山，只是不務正業——編輯和作家一行人跑來當搜尋大隊。

「……想想為什麼我有工作不做，跑來這裡找人？」

現任蚩壬出版社編輯的方世傑，現年據說二十九歲，單身的男性，正用著毫無光采的眼神望著前頭這座山。

「那是因為阿大你有一位很優秀的作家，讓你有機會擺脫辦公室沉悶的空氣，出來踏踏青啊。」

現為蚩壬出版社某編輯旗下的作家柳阿一，現年據說永遠十八歲，單身（？）的男性，正用著光采熠熠的眼神望著前頭這座山。

「恕我直言柳先生，恐怕你下一秒將會受到方編輯無情的撻伐。」

現任蚩壬出版社助理編輯的殷宇，現年據說外星人不在人類年齡計算之中，單不單身都不是問題的男性，正用毫無起伏的表情面對前頭這座山。

「柳阿一，我一點也不介意將你塞進後車箱載回家趕稿。」

下一秒，果然應驗了殷宇的預測。

話說回來，這根本不是預測，而是必定發生的情節，素有鬼差編輯之稱的方世傑正摩拳擦掌，將握緊的拳頭亮在柳阿一面前。

「對不起我錯了，阿大我求求你別把我塞進後車箱，我是罪該萬死的作家對不起你了！」除了求人饒命以外，柳阿一似乎也別無選擇了。

「你們……」

就在這時，一道耳熟的聲音從後方冒了出來，不是在柳阿一的背後，也不是方世傑的身後，而是在殷宇的後背包中。

「為什麼要忽略本公爵！還有為什麼還不放本公爵出去你們這些該死的平民！」

差點忘了，在這三人行中還有一位……嗯，不能說是人，而是歸類在阿飄範圍內的尚・溫徹斯特公爵，現年破百歲，阿飄的交友狀態不在涉獵範圍的男性，正用他傾盡全力的嗓子對這群人大吼。

從坐上柳阿一的車來到這座山，公爵大人似乎都在咆哮的狀態，不過誠如他所說，完全沒人理會，甚至到現在下了車都沒人將他從毛絨絨的玩偶體內放出。

「工具當然要越好掌控越好。」殷宇還是不為所動的回應了公爵大人。

「工具？你、你這平民居然把本公爵說成工具！」

「不是嗎？你不是能夠找出夏琳在哪的指南針嗎？」

「殷編輯，我認為你說話收斂點比較好，不過對柳阿一就免了。」

「……為什麼對我就可以啊？」柳阿一非常無奈的問向剛剛發言的方世傑，他總覺得自己都在和某公爵輪流待在金字塔的最下端位置。

「先別說這些了，儘快找到夏琳比較重要。」

方世傑一如往常無視柳阿一的哀怨，轉而問向被殷宇從背包中拿出來的小飛象……再次更正，是尚．溫徹斯特公爵大人。

「麻煩你替我們帶路了，公爵。」

「……你還是壓根不想放本公爵出來對吧……」

在小飛象體內的公爵大人，用著大概心灰意冷的口吻回應了方世傑。

於是乎，三人加上一隻小飛象，開始他們在深山中的偉大冒險。有著小飛象 GPS 定位系統之稱的公爵大人幫忙下，三人照著他的指示，穿梭攀爬於山林之中。

周圍盡是蟲鳴鳥叫，放眼則是綠色樹海，清新的空氣讓人神清氣爽，如此幽靜的環境本該讓這三人放鬆，但隨著越走越深入，他們的步伐便隨同心情越來越沉重。

「到現在都還沒見到夏琳的人影……她會不會是已經被勾魂冊主人找到，然後遭遇不測了？」柳阿一擔心的問。

「你想太多了，平民。如果那名叫夏琳的女人真已喪命，那本公爵就無法再追蹤到她的氣味。」用著可愛的圓滾滾、毛絨絨的小飛象外表，搭配大叔的嗓音，公爵大人正經回答了柳阿一。

「但我想肯定有什麼問題。」方世傑雙手環起胸，「難道你們沒覺得奇怪嗎？在我們深入山區後，好像再怎麼走都是在繞圈子，走著走著又回到原本的地方……彷彿有什麼東西正干擾著我們，不知是不是我的錯覺……」

「這點我自是注意到了，方編輯。」殷宇蹲下身來指著地面的一個足跡，「這個腳印是我二十分鐘前在此做下的記號，二十分鐘後的現在，我又再次站在這個足印上……因此不是你的錯覺，方編輯。」

「這麼說來，就只有一種可能了……不，肯定是那樣的……」柳阿一倒抽口氣，「絕對是勾魂冊主人搞的鬼，為了不想讓我們找到夏琳。」

「這或許是其中一個理由……但是，若勾魂冊之主有心想要立刻取走夏琳靈魂，大可不必如此費事，基本上他讓夏琳還活到今天，就是一個讓本公爵費解的謎……」

「難道你是想說，勾魂冊主人讓夏琳還活著的理由，是因為我們？」柳阿一納悶又驚訝的睜大了眼睛。

「會不會是……把夏琳當作一個誘餌，設計我們到他布下的陷阱之中？」殷宇接續提出了自己的看法，一手托著下頷。

「可惡，該不會是想將勾魂冊從我手上拿回去吧？」柳阿一一手緊抓著肩背包的背帶，心念著放在裡頭、這陣子以來都隨身攜帶的勾魂冊。

「如果真是這樣，不認為以他的能力，現在就能立刻將你背包裡的勾魂冊取走嗎？何必讓我們困在這裡？」方世傑瞪了柳阿一一眼，這向來是他不認同柳阿一說法時的唯一表現。

「公爵，你有什麼看法？你是我們這群中最了解勾魂冊之主的人了。」

「這個……坦白而言，本公爵也不知曉他的目的為何……因為像這樣的事，似乎還是第一次。」

「你是說……勾魂冊主人正在打著即使是你也不清楚的主意？」柳阿一眨了眨眼，他越來越有種不祥的預感了。

「就目前的狀態的確如此……但是，現在我們還是得繼續聚焦在那名叫夏琳的女人身上吧，現在她的氣味本公爵還聞得到，我們不能放棄，得將她找出來才行。」

小尚如此堅定的說著，於是三人連同一隻寄宿在玩偶裡的靈體，重新回到埋頭尋找夏琳的工程。

只是膠著的情況沒有改變，柳阿一等人無論如何走，甚至也嘗試過改變路線，仍舊在原本的範圍內打轉、沒有任何進展。

就在這時，當柳阿一和方世傑東張西望查看之餘，走在最前頭的殷宇突然發出警告。

「大家小心！」

話音一落，柳阿一和方世傑立即轉頭過來，此時赫見一群黑壓壓的蝙蝠朝他們所在直飛而來！

「嗚哇！」

柳阿一驚呼一聲並趕緊蹲下身來，在旁的方世傑亦是，只有殷宇是敏捷閃過蝙蝠群的飛撞，第一次的突襲過後，那群不死心的蝙蝠大軍又掉頭飛來！

「這、這是怎麼一回事？為什麼突然有這群蝙蝠襲擊我們？難道我們侵犯了牠們的地域還是怎樣嗎？」

眼見黑漆漆又發出尖銳聲音的蝙蝠軍團再度襲來，柳阿一這次是拔腿就跑，在他開跑後，方世傑和殷宇也隨後跟著他跑，因為他們此刻心底都有個共同認知：除非找個有屏障的地方躲起來，不然是很難毫髮無傷的逃過此劫！

「一定是你，柳阿一！一定是你做了什麼蠢事招惹了這群蝙蝠！」

「咦！怎麼這樣！阿大你怎麼可以這麼說我！我剛剛明明什麼也沒做啊！」

可憐的柳阿一再次無緣無故被貼上罪魁禍首的標籤。

柳阿一心想為什麼總是他呢？為什麼好事就不會歸於他，壞事就非得由他扛呢？他柳阿一的人生會不會太過淒淒慘慘戚戚了？

「還是說，柳先生你的費洛蒙實在太過糟糕，惹得這群蝙蝠不高興……」

「殷宇，再怎麼說都是你這外星人的費洛蒙比較有問題吧？怎麼可能會是我！我告訴你，本人的費洛蒙可是香得很。」

「全世界會如此自誇自身費洛蒙的人也只有你了，柳先生。」

彼此都還在被蝙蝠追著跑的同時，柳阿一和殷宇兩人正你一言、我一語的互相吐槽。

「你們這兩人到底有沒有逃命的自覺啊……」再也忍不住的小尚站出來點醒這兩人，口氣自是相當無奈。

「別理這兩人了，公爵，依你之見，了解當前我們被蝙蝠追趕的原因嗎？」方世傑先針對自己的助理編輯和旗下作家嘆口氣，改問另一位還有理智和正常頭腦的公爵大人。

「是柳先生的費洛蒙問題，沒錯吧！」

「你是跟我的費洛蒙有仇嗎！還有那麼肯定個屁啊！」

對上殷宇，平常自詡優雅紳士的柳阿一也脫口說出個屁字了。

「你們兩個統統給我閉嘴好嗎？想到枉死城報到我很樂意助你們一把！」

「……對不起我們錯了阿大（方編輯）。」

面對鬼差編輯赤裸裸的威脅，即使感情再差（？）的柳阿一和殷宇都異口同聲道歉了。

「這兩人大概是前世結了什麼深仇大恨，到今生還在纏鬥吧……算了，關於你的問題，本公爵認為這大概也是勾魂冊之主的操作。」

仍在逃命中的情況下，被殷宇抱在懷裡的小飛象玩偶——小尚回應了方世傑前一個問題。

「又是勾魂冊主人幹的好事！我就說怎麼可能是本大爺的費洛蒙！」

「柳阿一，我真不知要怎麼說你才好了……你就這麼在乎自己的費洛蒙啊？」這下連方世傑都沒轍，就連想要握拳的力道都沒有了。

「勾魂冊之主是想置我們於死地嗎……」

殷宇低聲自語，同時他乾脆不逃了，回過頭來站定位置，直接和迎面而來的蝙蝠徒手搏擊，只見他左揮拳、右上勾拳，眨眼之間打掉了好幾隻撲來的蝙蝠。

「勾魂冊之主若真想置你們於死地，絕不只如此。」在殷宇忙著揮拳攻擊時，已先一步被殷宇塞回背包中的公爵如是說。

「那他到底是想怎樣啊？」

柳阿一看殷宇如此英勇善戰，自己也不希望落人太後，便跟著空手與蝙蝠軍團戰鬥，即使很吃力、很勉強，硬著頭皮上也要展現出不能輸人太多的男子漢氣魄啊！

「也許只是想測試我們的能耐。」裝在因為主人揮拳攻擊而晃動不已的背包中的公爵，回答了柳阿一。

「哈啊？有什麼好測試的啊！我們又沒什麼特殊能力……等等，特殊能力……」說著說著，柳阿一想到了另一個人，「該不會……勾魂冊主人想要測試的對象是阿大吧？」

想到三人之中擁有能夠驅魔靈力的人，就只有方世傑一個，柳阿一便有這個直覺——也許是勾魂冊之主想一探阿大的實力！



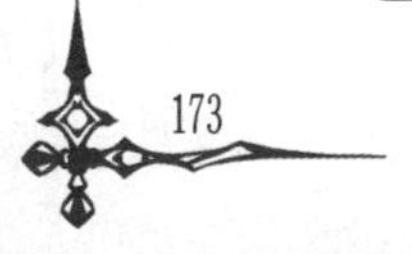

「這麼說來……我想起之前勾魂冊的主人一直盯著我看……莫非是察覺到我的能力……現在，就是要看我有沒有這個能耐驅除這些蝙蝠？」

方世傑的腦海浮現當時勾魂冊之主盯著自己看，那露骨又直接、彷彿要貫穿自己所有的眼神，就不禁起了一陣寒顫，同時方世傑也想起那時的另一種感覺，即是自己對勾魂冊之主有某種莫名難以言喻的既視感——好像在哪見過對方一樣。

「既然如此那就交給你了，阿大！」柳阿一說完馬上收手，轉身就跑到方世傑的身後躲起來。

「你這傢伙什麼叫交給我……柳阿一等我收拾掉這些蝙蝠後就會跟你算帳！」

方世傑扯著嗓子對著柳阿一勃然大吼，問題是他現在該如何處理這群棘手又不死心在旁邊轉啊轉，趁機要用利爪或獠牙攻擊他們的蝙蝠大軍呢？

他心想，倘若這真是勾魂冊之主的考驗，更是為了找到夏琳好拯救她的性命，那麼無論如何都得要試一試了。不知為何就是不願被勾魂冊之主看低自己，方世傑倒抽一口氣，他回想前幾次從體內逼出靈力的情況，好讓自己能夠再一次達到目的，並讓大家都脫離險境。

「……不能就此向勾魂冊之主低頭，不能讓那該死的傢伙看扁了我。」方世傑喃喃自語，沉著臉，舉起了右手、將手掌攤開對向蝙蝠群。

「阿大你這是要做什……！」

柳阿一話還未完全問出口，就先被一旁的殷宇使個眼色阻止，接著湊到柳阿一身旁要他幫忙掩護方世傑。

柳阿一這下才恍然明白，殷宇看出了方世傑的打算，同時方世傑的舉止之眼熟也讓柳阿一想了起來——阿大正試著將體內的靈力激發出來。

於是在柳阿一和殷宇忙著繼續用肉體驅走蝙蝠時，方世傑閉目凝神、集中思緒，回想著當初如何將靈力使出的瞬間，他知道在這往後的日子中，倘若要和勾魂冊之主對抗下去，他遲早……不，是得儘快將自己這身至今仍不知如何而來的靈力掌控自如。

隨著方世傑聚精會神，向下沉澱，冥冥之中似有什麼暖流自體內深處躥上，好像有個聲音在引導著自己，並且反問自己究竟要用這股力量做什麼。

方世傑起初為此感到疑惑，周圍的蝙蝠吵雜聲不斷干擾著自己，刺耳又尖銳，其中還伴隨著疑似柳阿一被咬到的慘叫聲……比起蝙蝠叫聲，他似乎可以更快忽略柳阿一的哀號。

方世傑自知就差一點了，那股力量在他身體中醞釀著，但需要一個出口，一個「究竟為何要使上這股力量」的出口。

方世傑深吸口氣，眼皮之下的眼珠子左右明顯轉動，他反覆諦聽內心那道提問自己的聲音，他之所以需要這股力量，不僅僅是為了驅走眼前的障礙——

「守護。」眼皮闔上的方世傑突然說出了這個詞。

「守護寶貴的生命，保護所有需要這個力量的萬物——」話音拉長，方世傑在這時用力睜開雙眼、露出如炬目光盯著前方。

「這就是我需要這股力量的理由！」

如獅子吼般，從方世傑的口中釋放而出，宏亮且堅定的答案，不只是一旁的同伴們聽到，好似連空中飛舞的蝙蝠都被這聲音所震懾，原先整齊劃一攻擊的牠們，頓時出現胡亂分散的狀態，尖銳又混亂的叫聲幾乎充斥了整個天空。

柳阿一和殷宇回過頭來看向方世傑，透過其中一位目擊者柳阿一的眼睛，並且經由他的口述，現場狀況是——

「這時只見阿大的天靈蓋射出一道光……不對，是阿大的手掌心射出一道刺眼光輝，儼然偷學萬佛朝宗的招式襲向空中蝙蝠大軍！」

「像悟空一樣的原氣彈一放出，邪惡的蝙蝠軍團頓時被光海吞沒，當光芒散盡之際，原先攻擊我們的蝙蝠大軍消失得無影無蹤，方編輯真不愧是超級賽亞人的後代子孫。」

「殷宇……我真不知道原來你也是這種腦袋跟柳阿一有得比的人，你跟柳阿一所說的到底是哪一國的敘述方式。」

在柳阿一和殷宇接連將目睹過程用旁白方式表達出來後，這時打完收工、成功驅走蝙蝠的賽亞人（？）方世傑，回過頭來用一種眼神已死的目光看向殷宇。

「阿大！你到底是怎麼辦到的！你會不會真是哪個大師的轉世啊！」柳阿一也不管方世傑對自己的鄙視，立馬像看到偶像明星一樣的小粉絲衝上前，一把握住自家責任編輯的手，並用閃閃發亮的眼睛對著人家說。

「快把手給我拿開！少在那邊閒扯，不是說過我什麼都不清楚嗎！現在既然已經將礙事的蝙蝠群趕走了，就趕快繼續動身尋找夏琳吧！」方世傑一把甩開柳阿一的手，面露嫌棄且沒好氣的白了旗下作家一眼。

然而方世傑並不知道，自從他對著蝙蝠使出靈力之後，某位寄宿在玩偶體內的公爵就對他有了另一種想法……

只是這位公爵心想，可能是自己的錯覺吧，將過去的印象套用在眼前的方世傑身上，似乎總覺得哪裡不太對勁……總而言之，還是再觀察下去看看。

不過，也因為方世傑，尚．溫徹斯特公爵更確認自己起先的猜測無誤……勾魂冊之主召喚出這些蝙蝠襲擊他們，為的是想測試這名叫方世傑之人的能耐。

然而，公爵卻不因方世傑通過了考驗而稍顯放心，他有預感，假使真如他所猜想的那般，這個叫方世傑的人，將會為這目前的現況帶來更多棘手狀況，因為勾魂冊之主似乎相當看重此人的關係。

選擇對自己的想法保持緘默的公爵，繼續做著指引方向的工作，就現在而言，他的確還

能嗅到那名叫夏琳的女人的氣味。

說也奇怪，在方世傑用靈力擊退了蝙蝠群後，他們本來像在繞死胡同的情況得以改善，往前探進的三人看見了別於之前的不同景觀，更因此重新燃起了希望和動力，加快腳步依著公爵指示前進。

「就在這裡，那個名叫夏琳的女人……應當就在這附近了。」小尚壓低聲音，用鄭重的口吻告諸三人。

「那麼……勾魂冊的主人，也可能在此處某個地方偷看我們對吧？」柳阿一嚥下口水，想到似乎擁有廣大魔力的敵人就在自己身旁，用冷冷的目光在暗處窺視著他們，他就不免想倒抽口冷空氣來振奮一下精神，以免被自己莫名心生的恐懼打敗。

「就算那樣又如何？」殷宇推了推眼鏡，面無表情且毫無懼意的邁開步伐。

「我們不是說好了一定會將夏琳帶回去？既然如此，無論待會遇到什麼樣的情況也無法阻止我們，不是嗎？」殷宇一邊說，一邊拿出放在背包裡的短槍，確認好彈匣都填滿了鹽彈，背影看上去多了一分恍若英雄不回頭的架式。

「況且，我們現在可是有方編輯罩著呢，沒錯吧，方編輯？」殷宇此時才轉過頭來，對著方世傑嘴角微挑，露出專屬的腹黑之笑。

「我可是把話說在前頭，要是救不了，你們可別怪我。」方世傑冷冷回看殷宇，他一點也不認為自己現在的靈力足以和勾魂冊之主抗衡。

「話說回來……那間小木屋很可疑啊，夏琳會不會就躲在裡頭？」

柳阿一將話題拉回他們要尋找的目標身上，目光則落在前方那座矮小又斑駁，似乎久未有人跡的木屋。

「公爵，你認為呢？」殷宇低頭問了一下拿在手中的玩偶，也就是委身在小飛象體內的尚．溫徹斯特。

「夏琳那女人的氣息……在那個方向的確是最為明顯。」

「很好，既然我們的搜尋雷達都這麼說了，方編輯、柳先生，等等看我的手勢，迅速一舉攻下那間木屋擒住夏琳。」

殷宇拿出他曾身為刑警的身段，話音落下就先自行快速潛行到木屋門旁，透過鄰近的窗縫窺看裡頭動靜，確定時機一到，立刻見他向後頭的柳阿一和方世傑揮動手勢。

收到指示的兩人倒抽口氣後直衝向門，兩人同時一起踢開門扉，手持裝有鹽彈的短槍進到木屋之內。殷宇緊接跟著進入，加入兩人的偵查行動。

「前方房間，Clear。」

前頭傳來殷宇的回報。

「左邊通道，Clear。」

左側傳來方世傑的回應。

「右邊通道，Clear。但是這裡……」

屋內的右側這邊，卻傳來柳阿一帶有躑躅的回答。

「怎麼了？」

另外兩頭的人趕緊跑來柳阿一身旁，無論是殷宇還是方世傑，都看到地上一條儼然是拖行過後的紅色痕跡，筆直通向前方一扇闔起的門。

「這是夏琳的氣味……」小尚低聲道出了答案，「但是，她還沒有死，她還存活著……而且就在這扇門後。你們三人最好做好心理準備，一旦打開這扇門，等著你們的很可能就是勾魂冊之主。」

聽了小尚的建言，三人彼此互看一眼，默默點了點頭後，便由最有經驗的殷宇打前鋒，轉開門把。

「歡迎光臨，我等你們很久了。」

率先出現的，是一道優雅且從容、魔魅又低沉的男性嗓音。當三人都進入房間後，映入眼簾的景象是：一名披著烏黑長髮、穿著神父袍，身材頎長的男人，面帶微笑，一手搭在一張木椅椅背上，此時被繩子綑綁在椅上動彈不得的人，正是渾身是血的夏琳。

「勾魂冊之主……你對夏琳做了什麼！」

柳阿一咬牙切齒瞪著面前的黑髮男人，看夏琳沒了意識的垂頭坐在椅子上，遍體鱗傷之外，嘴角還淌著血絲。即使夏琳是個心狠手辣的殺人犯，但以女性保護者自居的柳阿一看她傷成這樣仍是很不捨。

「她嗎？因為她不聽話，稍微吃了點苦頭……但你們放心，我可沒讓你們失望哦，至少現在還讓她活在你們的面前。」勾魂冊之主面對柳阿一的怒視，依然顯得從容不迫。

「你把夏琳當成引誘我們的餌……到底是想做什麼！」這次換成方世傑出聲怒問，他只要一見到眼前這名男人，胸口就會不自主漲痛，充滿怒氣。

「做什麼啊……我的回答是——下馬威。這個答案如何？」

語畢，揚起一抹邪魅的笑，勾魂冊之主一手挑起夏琳的下巴，手指輕輕劃過夏琳雪白的頸子，頓時綻出一條怵目的血痕。

「你這該死的變態！」

二話不說柳阿一馬上扣下扳機，將鹽彈射往勾魂冊之主所在，同一時間旁邊的殷宇和方世傑也一起開槍，數枚白色鹽彈橫世出空，直飛向前。

勾魂冊之主緩緩舉起手，掌心一攤，所有的鹽彈都如同電影特效一般滯留空中，最後應

聲掉落、化成粉末。

柳阿一等人面露震驚，但方世傑不死心，他一個箭步上前，同樣伸出手來，要像之前一樣施展靈力，卻見勾魂冊之主轉而將掌心對向方世傑，方世傑還來不及出手就被無形的力量反彈飛出，背脊狠狠撞上對邊的牆壁。

「阿大！」

柳阿一擔心的衝到方世傑身旁，殷宇見狀則蹙起了眉頭，轉而向勾魂冊之主再次連開數槍。

勾魂冊之主單單移動手掌，再度將殷宇開槍射出的鹽彈隔空擋下，此時無論殷宇、方世傑還是柳阿一，都知道情況早已一面倒去、無技可施。

「就讓你們看看自己有多麼無能，人類！」

勾魂冊之主語畢，掌心移到夏琳的臉上，夏琳像被什麼力量所牽引，無意識仰起頭，睜開雙眼、瞳孔收縮，猶如見著了相當令她害怕的事物。

「夏琳，為了能夠超越自己的老師，從我這邊得到創作靈感的妳，約定的條件是絕不拋棄、厭惡自己的作品……然而，妳卻當著自己親手製成的作品面前，說出了妳對她們有多麼痛惡的話。夏琳，妳應該再清楚不過……破壞約定將會帶來懲罰吧？」勾魂冊之主用著再溫柔不過，溫柔到反讓人聽出一身冷汗的嗓音，對著夏琳低聲喃喃。

「所以，妳再也無須掙扎……就將自己的一切都交給我吧。」

宛若對情人的耳邊絮語，勾魂冊之主將手掌覆蓋在夏琳睜開的雙眼上——當他將掌心移開之際，一隻色彩斑斕的蝴蝶翩翩飛出，最後被關進勾魂冊之主憑空變出的鐵籠之中，蓋上黑色布幔，自此不見天日。

「為了一較高下的忌妒靈魂……我確實接收了。」

薄薄的唇線抿出一條美麗上揚的弧度，勾魂冊之主提著裝有蝴蝶的鐵籠。

柳阿一這時想再展開第二次的攻擊，方世傑卻出手阻止想衝上前的柳阿一，改而問著前方的敵人：「將這些和你交易之人的靈魂取走……究竟有何意圖？」

被這麼一問，勾魂冊之主先是一頓，而後又綻放他最招牌的表情，溫潤優雅的淺笑。

「因為是你……我就特別告訴你一個提示吧。」

勾魂冊之主側著身子，眼神和交談的對象都只限定在方世傑一人身上。

「西法·斐迪辛——這是我那個已捨棄的全名，也將是你尋找答案的鎖匙。」

《娃娃雕像的嘆息》完

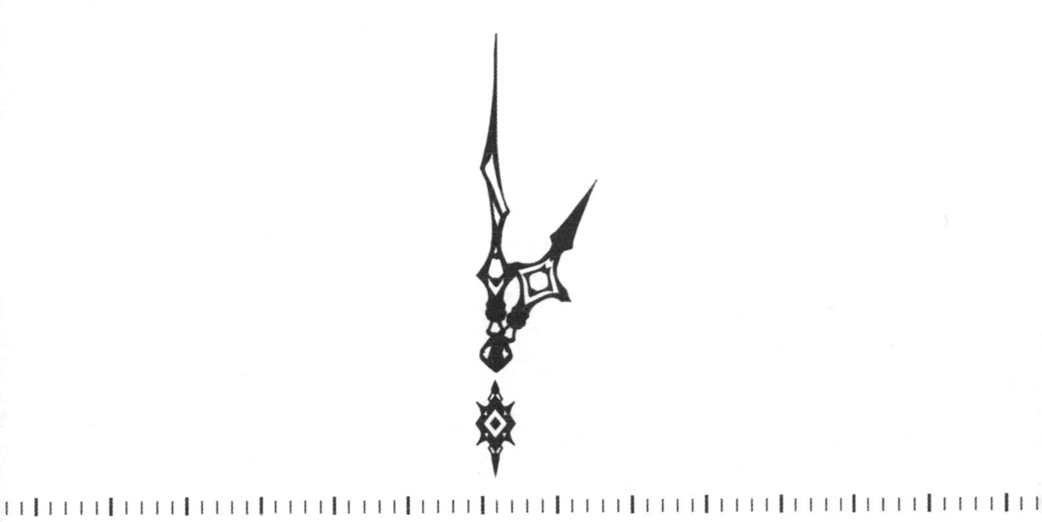

## 楔子

你聞到了嗎？
來自魚的腥味。
腐爛的魚身長滿蛆蟲，翻白的魚眼含冤瞪大。

你聞到了嗎？
來自魚的腥味。
魚口的血肉腥臭味，魚口的毛髮臊臭味。

你知道了嗎？
來自魚的秘密。
愉悅的遊客到哪去了？捕魚的漁夫到哪去了？

你知道了嗎？
白色魚身的秘密……

—《人魚的溫柔淚傷》—

「可惡！」柳阿一握緊的拳頭重重的搥了一下桌面，咬牙切齒。

在只有他一人的住家中，這一聲怒吼顯得格外宏亮。

讓柳阿一如此生氣的原因得追溯到那一天，為了救出夏琳而與勾魂冊之主——那名叫西法·斐迪辛的男子交手，無奈他們能力不足，既無法如願救下夏琳，最後甚至連勾魂冊都被對方奪回。

所謂賠了夫人又折兵就是如此吧。柳阿一這麼想。

「我一定要滅了西法那傢伙！」柳阿一忿忿不平的自言自語。

其實不只是他，當天目睹夏琳如何被凌虐、最後還親眼見她被奪走性命的其他人——方世傑、殷宇，以及尚·溫徹斯特，也和柳阿一有著一樣的想法。

現在這個時候，方世傑和殷宇帶著寄居於布偶身中的尚·溫徹斯特，到方世傑的住處研討往後對策。畢竟失去了唯一和西法有連結的勾魂冊，若要再找到此人並且阻止他的交易，恐怕將是件棘手難事，再加上他們都有了那天慘痛的教訓——力量懸殊讓他們根本無力反擊，於是乎他們得更小心謹慎的規劃、尋找日後對付的方法。

至於為何沒將柳阿一拉進他們討論的行列裡，原因再簡單不過。因為他們都知道，柳阿一這個向來直腸子又正義感十足的笨蛋，目前的情緒極為激動，所以方世傑等人決定要柳阿一好好待在家裡、冷卻一下頭腦。

「我到底該怎麼做才好……到底要怎樣才能再找到西法那傢伙……該死……該死！」

看來柳阿一沒能照自家編輯的希望冷靜下來，他越想越生氣，更憤怒的隨手拿起一個櫃上東西，也沒看清楚那是什麼就用力的往地上砸。

清脆的破碎聲響起，因為這一聲反倒稍微回過神來的柳阿一，這才看清楚自己方才扔下的物品為何。

「這個……」不就是他之前無論如何都打不開的那個木盒子嗎？

柳阿一怔了怔，彎下腰，撿起地上那個似乎受到毀損的木盒。

「能、能夠打開了？」

柳阿一將已有裂痕的盒蓋打開，盒中之物映入眼簾中。

那是一封看上去已被拆過的信。但讓柳阿一倒抽口氣、瞳孔微微收縮的原因，卻是位於那封信的黏貼處……蓋有一個暗紅色的、蝶翼分離的標誌。

「這、這到底是怎麼回事……這不是……與勾魂冊之主交易對象才會有的信件嗎？」

錯愕的柳阿一嚥下口水，他戰戰兢兢的從木盒中取出信件，可在打開之前，他的手卻踟躕了。若他沒記錯的話，裝有這封信的木盒，是打從自己失憶之前就放在家中的吧？也就是說，這個木盒裡的信……是他失憶前和外界有所聯絡的最後一封信。

為了能夠幫助自己找回失去的那段記憶，柳阿一在這段期間翻過自己家中的所有信件，



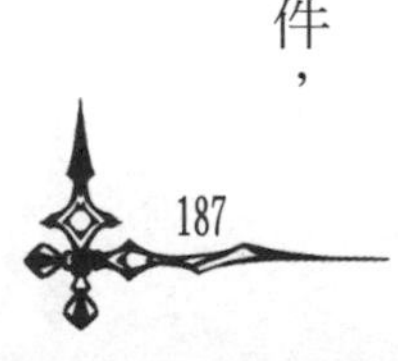

然而除了廣告信和水電費等等通知單外，並無其他和外界人士有所交流的信。

倘若……這是自己失憶前最後收到的一封信……

「那麼……我之所以失憶……難道是和勾魂冊的主人有關？」

再說，若照以往處理勾魂冊的事件經驗來看，假使他收到了這封由勾魂冊之主寄來的信，代表失憶之前的自己，也很有可能跟對方做了某種交易……

思及至此，柳阿一的心跳得更快，胸口也更加緊縮了。

雙手不受控制的顫抖，柳阿一膽顫心驚的拆開了信，跳入眼中的字跡，一如過去在勾魂冊上所見到的一樣，只是，寫在信裡的內容不再與自己無關。

「致柳先生……這、這真是寫給我的信……」

柳阿一看到信件的開頭稱呼，心臟猛然用力的抽了一下。這下不只是雙手，連身體也開始不由自主的發抖，柳阿一能感覺到自己的血壓正在升高、臉色逐漸刷白，整顆頭都有種頭皮發麻的感受。

但是他知道不能退縮，他一定要得到真相，就算已有預感答案將遠超過預期的可怕，他還是要鼓起勇氣、不逃避。

現在，拿在他手裡的信件內容如下——

致柳先生：

很高興和你有交易的機會。

接下來，請你詳讀並熟記這封信的內容，在讀完信後請將之銷毀。

柳先生，如你所願，在你簽下了與我的契約後，契約之力即刻生效，你很快就能達成你所渴求的願望，但僅有一點須注意且配合。

契約生效之後——

請你絕對不能向目標做出任何警告、援手，甚至一點提示。

請記住這點，切勿嘗試去做，一旦破壞了這個規則，將如同契約所說……將得到應有的懲罰。

西法　筆

「原來我在失憶之前，當真和勾魂冊主人做了交易……！」

全篇信件讀完後，柳阿一愕然的頓失力氣、雙腿癱軟坐在沙發上，一對眼珠微微收縮、震懾不已。但讓他更想搞懂的，是自己究竟和勾魂冊之主做了何種交易？信中提及「渴求的願望」到底為何？

「可惡，我竟然會和西法那種人做了交易……失憶的那一整年我到底在想什麼、做什麼啊！」柳阿一將信扔到一旁，兩手摀住了臉，在掌心之下的表情扭曲且痛苦懊悔。

想到自己曾和勾魂冊有所勾結，自己竟也是為了追求某種欲望而不惜代價的人，就覺得痛心、就覺得後悔。除此之外，還有對自己的怒氣和不諒解。

冷靜。他必須冷靜下來……一定還有什麼線索自己還沒發覺。

至少就目前來看，勾魂冊之主要他銷毀這封信，當時的自己卻沒這麼做，表示一年前的自己肯定有想到要留下這個訊息；而以柳阿一對自己的了解，他這個人若想留下線索的話，絕不只一樣，肯定還會再留一手。

於是靈機一動，柳阿一將信翻到背面，果真在信紙背後發現另一行文字——

我不能讓他找上門，絕不！至少，要終結在自己的手裡。

柳阿一一眼就認出這是自己的筆跡。很快的，他的腦袋從未如此快速的做出結論，他顯然和過去每一位接觸到的勾魂冊交易對象一樣，破壞了規定或禁忌，引來了懲罰將至。只是和其他人不同之處，他當時的下場恐怕就是——

「自殺……」

顫抖著聲音說出了這個詞，柳阿一甚至不敢相信自己將之脫口而出。他很想否定自己的這個猜測，想洗腦自己這根本是不可能的事，可是他的心底在這瞬間忽地湧上了什麼。

即使在腦海裡一閃即逝，可腦袋中的影像……是疑似他服藥自殺的畫面。

結局，正是自己倒臥在冷冰的書桌上，瞪大瞳孔，嘴角流出了服下的液體。

「不可能……」喃喃自語後，柳阿一怔怔的看向平常放置各種藥品的儲藏櫃。他站起身，走向眼神所望向的櫃子，打開櫃門一看，翻找片刻，目光最後落在一瓶透明瓶罐上。

柳阿一很清楚這瓶罐子裡本該裝的東西是什麼。

強烈的毒藥，只是已不在原本的瓶子之中……柳阿一頓時聽到有個聲音在告訴自己。

——是的，是一年前的自己將這瓶毒藥喝光殆盡。

「怎麼會……！」柳阿一手中的玻璃瓶鬆脫、應聲破碎在地。

——他服毒自殺了。

這樣的聲音自腦海深處浮現，像回音一般不斷在柳阿一的意識裡徘徊、放大。

那麼，當初一年前的自己有死成嗎？

柳阿一雖抵抗著不敢去想，可是思緒像脫韁的野馬，控制不了的繼續深入探索下去。

他想，倘若當初的自己服毒自殺後被人救了，那麼，以勾魂冊主人的能耐和過去對付交易對象的手法來看，絕對會將他沒死成的靈魂取走吧？況且鬧了這麼大的事，當時作為他責任編輯的方世傑難道會不知道嗎？為何從未聽方世傑提起過？

可是無論如何，至今他還在這裡。擺在眼前的事實就是，他沒有被西法攝走魂魄，成為勾魂冊之主關在鐵籠內的那隻可憐蝴蝶。

「也就是說……我其實已經死過一次了吧……」柳阿一用沉重的嗓音、用沉重的心情，

說出再怎麼無可奈何卻已經成為事實的答案。

因為一個盒子意外的碎裂，而得知自己一年前曾遭遇過的震懾真相。

只是這還不夠——遠遠的還不夠！他還不知道自己找上西法交易的動機，也不清楚在他自殺前期間發生的種種事情，最令他無法接受的是，即使如此，他依然沒有能夠找出勾魂冊之主、找出消滅對方的法子。

「更不能原諒了……更不能原諒西法那傢伙了！」

怒火再次襲上胸口，柳阿一握緊拳頭。

為此，他有了一個想法，那即是既然自己能夠死而復生——就目前推測來看應是如此，否則他也找不到其他的理由——那麼，代表在他死後到復活的這段轉捩點上，一定還有什麼事物……或者說是第三者的力量在幫助自己！

於是柳阿一做了一個決定，前所未有的大膽決定。

就是讓自己再死一次，回到原點找尋解決的辦法！

「對不起了，阿大和殷宇……我相信……不，是一定，我一定會再回來見你們。現在，請原諒我得做出對這社會來說最不良的示範……」柳阿一堅定的低聲訴說，同時從抽屜裡取出一把美工刀，將銳利的刀鋒對向手腕內側。

然後他狠狠的倒抽一口氣，將刀片劃下……

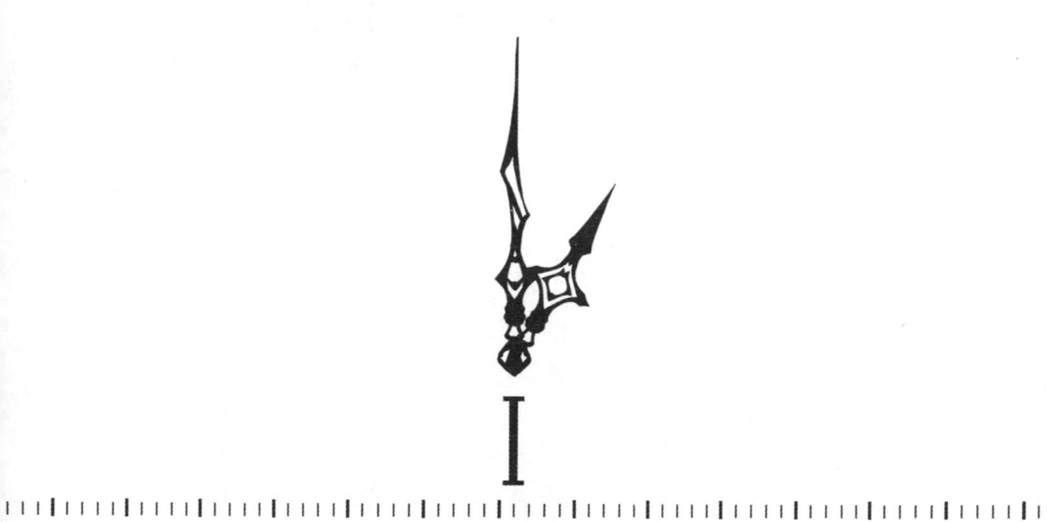

# 蘿莉閻王颯爽登場！

這裡是……哪裡？

好暗、好黑。是關了燈嗎？感覺真是糟糕透了……

渾身冰冷，腦袋好沉，他想試著動動手指，這時卻傳來一道自己未曾聽過的聲音。

「終於醒來了嗎？」

……咦？有人在自己身旁嗎？

他循著聲音的來源轉頭一看，只見一名衣著奇異的女孩，一雙嫩白的雙手托著腮幫子、正笑咪咪的注視著自己。

「妳……是誰？」他納悶的蹙起眉頭一問，現在的他只覺得還沒有力氣從平躺狀態坐起身，只是說也奇怪，聽到那女孩的聲音後，眼前的景色好似漸漸明亮起來，不再那麼昏暗。

他稍微掃視了四周，以為會發現什麼東西，很遺憾的是這個房間內近乎空無一物，只有自己正躺著的這張床，以及眼前這名女孩所坐的椅子，連一點裝潢擺設都沒有。所以他只能這麼問，大概也只能將解答希望寄託在女孩身上。

「嘻嘻，與其問我是誰，你還記得自己是誰嗎？況且，我們也不是第一次見面了，這麼快就把人家忘了，真是個負心漢啊。」女孩將兩手從臉頰上移開，鬆手後，臉上的兩團肉丸子也就變得平坦，不變的是那張可愛笑臉。

「我是誰……咦……我是誰……我、我怎麼想不起來自己是誰！」他原先還發怔的表情，立即變成了錯愕且激動的臉孔。

該死，為何他會想不起自己是誰？叫什麼名字？為什麼他會忘了這麼重要的事啊！

「嘻嘻，別急，這是正常現象，你第一次來的時候也一樣如此……嘛，應該說每個人初來此地都會這樣，只是你短時間內造訪了兩次，這點和其他人不太一樣就是了。」

笑起來兩頰會綻放梨花般的小酒窩，氣色紅潤，有著水汪汪大眼睛、還有一頭烏黑俏麗短髮的女孩，卻身穿奇裝異服，像中國傳統戲曲裡的服裝……不，更像是以往在廟宇裡所看到的那些神祇所著的衣裝。

「什麼第二次造訪……妳到底在說些什麼我完全聽不懂……比起這些，我更想知道自己是誰！」

「哎呀呀，就這麼想知道？有些事情不知道的話會更好過哦，一旦想起自己是誰，又得重新背上沉重的枷鎖呢……你確定想搞懂？」女孩面向躺在床上只能側過頭來看的男人，想要確認似的眨眨眼。

「我……我想。」他一開始雖有所遲疑，最後還是握緊了拳頭、點點頭。

即使不知道自己是誰，也聽到了可能得知自己身分後的結果，但他不想過得這麼不明不白。總覺得肩上還有什麼責任壓著，他雖然說不上為什麼，可是若不這麼做的話，他認為自己會因此永遠遺憾。

「……好吧，既然你都這麼說了，我也只好按照你的意願告訴你答案。老實說，你願意的話我還比較好辦……畢竟，當初想讓你辦好的事情至今還沒處理完畢。」女孩收起笑臉，取而代之是正經八百的神情，她清了清喉嚨，道：「柳阿一，性別男，二十九歲，死亡時間是今天晚上八點十一分，生前職業是不負責任專職小說家。」

「喂喂，不負責任這四個字是多餘的吧？」

總之先吐槽再說，不過在這瞬間，他——也就是柳阿一，完全想起自己是誰、經歷的種種，甚至想起自己最後停駐的記憶。

「看來，我真的再一次自殺成功啊……」感嘆著，柳阿一的嘴角撐起了苦笑。

「是的，一年前的某一天你為了躲避某人，選擇自我了斷。一年後的今天，你同樣為了同一個人再次自殺，不同的是，你此次是為了找上他而回到這裡。」

女孩清楚了當的把柳阿一內心所想的話都說出來，於是柳阿一不免更好奇的問：「妳懂得可真多啊，小妹妹，這麼說來妳又是誰？」

「嘻嘻～小妹妹～已經好久沒聽人類這麼稱呼我了。我就說嘛，我在你們這些人類眼中看起來就是小妹妹沒錯啊！牛頭先生和馬面先生真是太沒眼力了。」

小女孩說著說著像是自我陶醉起來，兩手捧著臉頰轉圈圈，看得柳阿一一頭霧水……特別是當柳阿一聽到對方最後提及的兩個名字。

「牛頭先生和馬面先生……牛頭馬面是妳的誰啊！」柳阿一驚呼了。

「欸？當然是我的屬下啊。」

「哦，原來是屬下啊……等等屬下？！難、難道妳是——」

「討厭啦～你又不是第一次見到閻羅王本人了，幹嘛那麼吃驚。」自稱閻羅王的小女孩向柳阿一搖了搖手，嬌滴滴的笑了一下。

「咦咦！妳就是閻羅王？妳這個不滿一百五十公分又貧乳的小蘿莉居然是閻羅嗚哦！」

「吵死了！不滿一百五十有意見啊！貧乳又有意見啊！信不信我讓你永世無法超生！」

顯然，柳阿一踩到了閻羅王的地雷，除了馬上招來對方一記粉拳之外，還外加可能無法超生的威脅。

「……對不起閻羅王大人我再也不敢了！」柳阿一只好做出「OTZ」的跪拜謝罪姿態。不過說也奇怪，被閻羅王招呼了　拳後，他就能起身活動了。

「知道不敢就好。呼，真是太久沒有活動筋骨了……咳，還是回頭來說正事吧。事到如今，當初我特意給你的勾魂冊已被西法奪回。沒了勾魂冊，就算是我也很難掌握到西法的行蹤……只好祭出最後手段了。」

「等一下，妳剛剛是不是說……勾魂冊當初是妳特意給我的？對了，說到這個，我失憶這件事也和妳有關對吧！」

「沒錯，現在我就來說明一切……」閻羅王一邊說著，一邊又重新坐回椅子上。

經過閻羅王的說明，柳阿一終於了解整件事的來龍去脈。

在一年前，柳阿一第一次自殺身亡後，閻羅王就表示自己鎖定了柳阿一，因為柳阿一是至今以來唯一一位未被西法收回魂魄、自殺成功的勾魂冊交易對象。閻羅王當時就推測柳阿一肯定會對西法心有不甘，於是便將她所保管的勾魂冊交給柳阿一，打算讓柳阿一回魂後依循勾魂冊的提示找出西法。至於失憶的部分……

「因為我不能讓你還魂後意識到自己曾死過，這樣會違反閻羅殿的規定，加上倘若你還記得一切，你可能在處理勾魂冊的事件時，心情會受影響，可能想到以往的經歷而做下不理智的行動，所以我就替你消除了一年前的記憶囉。嘛~反正是你的記憶又不是我的記憶。」

閻羅王一邊低頭玩弄自己的頭髮，一邊不以為意的解釋。

「為什麼我覺得妳好擅作主張……不是妳的記憶就能這樣哦……」柳阿一有種「這種閻羅王沒問題嗎？地獄交給她真的大丈夫嗎？」的念頭。

「嗯？你說什麼？想要永世不得超生嗎？」

「……對不起請當作我什麼都沒說。」柳阿一再次對著這位小小隻的閻羅王行拜跪。

「呼~話說回來，到目前為止，你對西法的了解如何？」閻羅王問道。

「不是很多……只聽說過他可能是名吸血鬼的傳說。」

在閻羅王問話後，柳阿一想起了曾聽說過的那個吸血鬼故事，關於貴族子弟因為研究黑魔法走火入魔、反成了吸血鬼的傳說……其實他深信那即是事實而非傳言。

「那是真的哦，勾魂冊主人的過去。」閻羅王繼續說：「只是，即使如此還是無法得知……他利用勾魂冊與人類進行交易的目的。」

「咦？想不到神通廣大如妳，居然也不曉得勾魂冊主人的企圖？」

「關於西法的現況，我所能掌握的不多，因為自從他入魔以後，就懂得用邪門歪道隱藏蹤跡和行動，他比幽靈還要飄忽不定、難以掌控。」

「這麼說來，不管人間或地獄，都沒有人了解勾魂冊主人嗎？」柳阿一納悶的問。

「如果把地獄也算上的話……有的。也就是我之前所說，最後不得不使出的殺手鐧。」閻羅王的表情沉了下來，抵著下頷若有所思。「倘若想要制裁西法，只能找出當年打敗他的驅魔人卓格了。」

「驅魔人卓格？」柳阿一愣了愣，因為第一他沒想到勾魂冊主人居然曾被打敗過；第二，這世界上真有驅魔人這種傢伙存在？他不是在讀哪一本自己所寫的小說吧？

「他是至今所有紀錄中，唯一一位將西法打敗、僅差一點就可以將他繩之以法的最強驅魔人，他生於和西法同個時代，距今大約兩百年前的溫徹斯特州……當初也是因為他的關係，我才能取得勾魂冊，是他將勾魂冊委託我保管。」

「只是按常理來說，現在他也死了對吧？這樣我是要怎麼找出他啊？該不會是要我去找他的轉世吧？」

這個時候，閻羅王說出了讓柳阿一大為震驚的話語——

「不，實際上他並沒有轉世……他的靈魂和肉體至今還保存著。」

「這、這是什麼意思？」柳阿一驚訝之餘也更困惑了。

「意思是，這位卓格先生早在兩百年前，就已經來向我報到了。只是考量到會有再需要他的這一天，於是我將他的靈魂釋回，並且一併讓他保有原本的肉體，他的肉體與靈魂至今一起封印沉眠在某個地方。」

「哦，我懂了，那這樣就好辦了啊！現在就去那個地方將這位最強驅魔人喚醒，不就可以輕鬆對付勾魂冊之主了嗎？」

「唉……事情才不是你這種凡人想的這麼簡單。」閻羅王小蘿莉搖了搖頭，「因為我根本就不知道卓格沉眠的地方位於何處。」

「哈啊？妳又不知道了？妳這個閻羅王到底是怎麼當的啊！」

「怎麼當的？讓你永世不得超生留在地府就會知道了哦。」

「……英明的閻羅王大人請原諒我。」她怎麼老愛用這招啊！心裡吐槽完，柳阿一還是很傷腦筋，「唉，可是這樣該怎麼辦？不知道卓格在哪，又要怎麼打敗西法嘛……」

「還是有辦法的。」閻羅王的眼神收起威脅，透出認真的光采。「不過，這就要靠你了——正確來說應該是靠你的那位好編輯，方世傑。」

「哈啊？為什麼會是靠阿大來找卓格啊？」柳阿一向來秉持著打破砂鍋問到底的精神。起初他還以為阿大搞不好就是卓格的轉世，但是閻羅王都說了，那位最強驅魔人根本沒投胎，那麼阿大和卓格之間究竟有何關聯啊？

「我說你，真的有夠囉嗦耶！」閻羅王鼓起她圓潤泛著微紅蘋果光的臉頰，沒好氣的白了柳阿一一眼，「這種事還用得著問我嗎？難道你到現在都還沒察覺嗎？你家的方編輯其實是——」

正說到最緊要關頭之際，閻羅王停止出聲，只因這個空間內忽然響起了一道敲門聲。

「閻羅王大人？閻羅王大人您在裡面對吧？您是不是又想將那名叫柳阿一的死者還魂重回人間？屬下不是告訴您不能再這麼做了嗎？地府有地府的規矩，您不可以這麼亂來啊！」

「糟了，是馬面先生！又被他發現事情要來阻止我了！柳阿一，接下來我說的話你可得聽好了！」

閻羅王一把抓住柳阿一的手，倉促之間不知拿了什麼東西就往柳阿一的手中塞；反觀柳阿一，心思似乎還專注在關於方世傑的真實身分上，尚未反應過來。

「我現在給你的東西非到了逼不得已的時候才能使用！千萬記住了！要是沒記住的話，

我就讓你永世不得超生聽到沒！」

「啥?等、等等!先別說這個了，我想聽阿大的事啊……」

完全沒給柳阿一說完話的餘地，閻羅王似乎啟動了某種機關，只見柳阿一所坐的那張床頓時消失，柳阿一就這麼掉進那看似無底的深淵之中……

當然，還伴隨著柳阿一驚人的慘叫就是了。

△▽　△▽　△▽　△▽　△▽

頭好痛，糟透了。

這是柳阿一近兩天的心情寫照。目前依然一人待在家中的柳阿一，一邊撓著連續痛了兩天的頭，一邊看著自己腕上的傷痕。

「啊啊，真的不是在做夢呀……」看著已經癒合的傷口，柳阿一嘆口氣，他知道這曾是一條用美工刀劃下、深可見骨、足以要他一命的刀疤——實際上也的確要了自己的命，只是因為「特殊遭遇」他又再次起死回生了。

倘若只是看到這條深紅結痂的痕跡，柳阿一也不會如此斷定自己曾經死過又復活，主要是由於另一個因素，讓他確信自己真的從鬼門關前走一遭回來。

「這到底是什麼東西啊……」柳阿一看著自己從口袋裡取出的一個物品，繡著金色華麗圖騰、紫色緞面底的錦囊，不解的喃喃自語。

也是看到這個錦囊，柳阿一才確認自己真的死過，而且不只死了一次，兩次的死亡都靠那名蘿莉閻羅王才得以復活。

「我現在給你的東西非到了逼不得已的時候才能使用！千萬記住了！要是沒記住的話，我就讓你永世不得超生聽到沒！」

「逼不得已的時候才能知道錦囊裡頭裝什麼嗎……嘖，這種武俠小說的既視感好強烈啊！」回想起閻羅王曾經對他說過的鄭重聲明，柳阿一忍不住吐槽。

至於現在最困擾他的頭痛，大概是還魂後的副作用吧。他至今仍不明白自己到底是如何還魂，只知道自己恢復意識後就躺在自家床上……算了，至少他整個人都還完好無缺就好，追究太多說不定又觸怒閻羅王，他才不想永世不得超生呢！

除此之外，對於自己失憶的部分雖有一半答案明瞭，但最重要的記憶仍舊沒能找回，只是他想就現況來說還不那麼急迫，眼前最該率先處理的事，就是要如何找出閻羅王所提的那位最強驅魔人——卓格，他被封印沉眠的所在。

「閻羅王說這件事要靠阿大……那就先打電話問阿大看看吧。」柳阿一拿起電話，開始撥號。「喂，阿大，是我，關於如何對付勾魂冊主人的事，我有一個重要的線索……」

「你打來的真不是時候，柳阿一。」

「欸？怎麼說？」

「因為我已經先答應要幫殷宇的忙了。」

電話另一頭傳來方世傑沒好氣的解釋，電話這一頭的柳阿一面露訝異的回問：「殷宇找你幫忙？你們不是本來在討論如何處理勾魂冊之主的事嗎？怎會突然改了方向？」

「哼，你不知道吧？這兩、三天你都沒和我們聯絡，所以都不曉得對吧？殷宇本在國外旅遊的妹妹，突然失聯了。」

「什麼？殷宇那個外星人居然還有妹妹……他妹妹失聯，該不會是被外星人抓回去祖國了吧……」

「柳阿一，知不知道你有時候真的很失禮？現在殷宇可是著急得很，你也快過來殷宇家一起幫忙吧，詳細情況等你來了再讓殷宇向你說明。」

不給柳阿一考慮的餘地，方世傑掛斷了電話，留下空蕩蕩的嘟嘟聲流連在柳阿一耳中。

「唉，都什麼節骨眼了才發生這種事……不過，看在殷宇向來為勾魂冊衝鋒陷陣的分上，就算西法的事情很急也只好暫時停下了。」

柳阿一嘆口氣後，目光變得嚴肅且正經。他是個講義氣的人，這種時候他當然得伸出援手了。於是，柳阿一便駕車前往殷宇的住家。

哦，他差點忘了，那隻小飛象……某位公爵也還待在殷宇的家中吧，不知道那傢伙能不能幫上忙呢？柳阿一邊開著車，一邊如此想。

來到殷宇家門前，柳阿一還沒按下門鈴，眼前這扇門扉就先開啟了，開門的人正是殷宇。柳阿一有些意外時機怎會如此恰巧，但看殷宇的表情比平時來得凝重，便覺得現在不是問這種閒話的時候。

「殷宇，你還好吧？」脫了鞋進到殷宇家中的柳阿一，眉宇間的皺褶夾帶著一絲擔憂。不過話說回來，柳阿一也不禁在心底暗自讚嘆殷宇的居家環境，實在比他想像中的還要好上許多，整潔、明亮、簡約又帶點時尚感，雖然面積不大，但由於擺設裝潢的關係，視覺上仍有加大且寬敞的感受。

起先他還以為殷宇的家一定很陰暗，垂吊在天花板上的燈搖搖欲墜，廁所傳來滴滴答答不斷的滴水聲，地面肯定長著青苔，還會有一個房間鎖上門但裡頭發出詭異的非人類叫聲……好吧，他承認自己在此之前是把殷宇的家當成《超自然檔案》的拍攝現場了。

反觀男主人殷宇沒有回頭看向柳阿一，答：「沒事，只要能儘快找到殷婷就好。」

殷婷，就是殷宇的妹妹吧？柳阿一心想著，同時這是他第一次聽殷宇提起的陌生名字。

「哼，你這平民終於來啦？本公爵還以為你又人間蒸發了呢。」

「……沒有人間蒸發讓你失望了真是不好意思哦。」柳阿一沒好氣的白了坐在客廳沙發上的尚．溫徹斯特一眼，看來這傢伙被人從小飛象體內放了出來。

「兩個幼稚鬼都別吵了，想吃拳頭嗎？」方世傑從廚房走了出來，比起柳阿一更沒好氣的瞪著旗下作家和作家的玩偶（？）。

「對不起請原諒我們。」

不只是柳阿一，連貴為公爵的小尚也懾服在鬼差編輯的氣勢之下了！

「殷宇，現在柳阿一這個蠢蛋來了，你就快跟他說明事情的嚴重性吧。」方世傑也挑了一個位置、坐在長沙發上後，便轉頭對著這家的主人道。

「開口就說我是蠢蛋……阿大還真是不給我情面啊……」

柳阿一黯然神傷的嘆了口氣，接著就聽此次的委託人殷宇娓娓道來……

殷宇推了推眼鏡，今天鏡片下的雙眸看起來更加嚴肅，但多了點平時不會有的情感波動——肯定是相當擔心吧，柳阿一想。

殷宇表示，妹妹殷婷是個很迷怪力亂神的小迷糊，最近獨自跑去一座位於歐洲一個小國的村落——尼斯特村。因為該村落近來有個頗富盛名的鬼怪傳說，有關「邪魚」的出沒。

在有邪魚的傳說出現前，尼斯特村本是個靠湖泊產魚維生的小村莊，當地盛產鮮美的魚類、清毒的蟒蛇，熱情又勤奮的村民幾乎都以這兩類生物維生，吃牠們、養牠們、賣牠們。

這個村落有著和該國不同的異教信仰，每年都會舉辦祭典，並以血腥儀式聞名，特殊的風俗民情吸引不少人來觀光，尤其是在祭神大會的期間，遊客人數更是擠滿了每間狹小的旅店，因此祭神大會也是尼斯特村村民另一個重要的金錢來源。

後來，邪魚的傳說自此成了當地的新賣點，居民開始販賣這個傳說，只要付錢就能夠由當地人帶遊客前往邪魚出沒的地點——尼斯特湖。

聽到此處，柳阿一納悶的發問：「那麼關於『邪魚』的傳說，究竟是怎麼一回事？」

「網路上查到的資料說不準，我想保險起見，加上殷婷是在到達尼斯特村後才與我失聯……所以我打算直接前往當地勘查，並找到殷婷。」殷宇兩指抵著眼鏡，正色的回答了柳阿一的問題。

「以你作為哥哥的立場來說，這麼做的確是最乾脆且直接有效的……不過，我說小尚，難道你對此沒有其他話想說嗎？你不是有靈力可以感應一下嗎？」柳阿一聽完殷宇的答覆後，轉而問向另一旁看起來閒閒沒事做的公爵大人。

「又不是只有本公爵有靈力，你家的鬼差編輯也有啊！不過，既然你都誠心誠意的發問了，本公爵就大發慈悲的告訴你這個平民。就我所感應到的殷婷氣息，她至今若無意外，應當還活著。當然，這點本公爵早在你來之前就告訴殷宇了。」

「因此，這讓殷宇更加確定非要前往尼斯特村一趟。」方世傑在小尚說完後接著發言。

的印象。

「啊啊，我知道了，意思是我們即將搭飛機出國一趟了，對吧？」柳阿一聳了聳肩道。

「不是『我們』，平民。本公爵沒打算跟著你們去，本公爵最討厭坐長途飛機了。」

小尚會這麼說，是因為之前被殷宇從國外帶回來的經歷，讓他自此對搭飛機留下了不好的印象。

「以現實考量當然不是很願意啊，一來窮苦人家的我要支付昂貴的機票錢，二來跟著你們出國絕對把不到洋妞……」

「後面那句才是你的重點吧，柳阿一。」方世傑眉頭一皺，同時他的拳頭也一握。

「嗚哇！阿、阿大別衝動！我、我還沒說完啊！我其實還要說——但為了殷宇，雖然他平常總是對我欺人太甚，可既然發生這種事，我當然也要義氣相挺啊！」

「所以廢話少說，你明天就是要跟我們飛一趟尼斯特村。殷宇在你來之前就先訂好機票了，透過他以前作為刑警的關係，很快就訂到三人的位子，柳阿一你就快點滾到一旁休息一下，因為明天一大早就要起程了！」方世傑說完話站起身，像是一點也不想再看到柳阿一的蠢臉似的，轉身自行離去。

柳阿一莫可奈何的嘆口氣，明明急著想找到那位名叫卓格的驅魔達人，現在卻得分神去處理另一件事……算了，就當作是出國轉換心情吧，他也是該趁這段期間好好整理腦中混亂的思緒，無論是自己死而復生的事，抑或是自己和勾魂冊主人之間的關係。

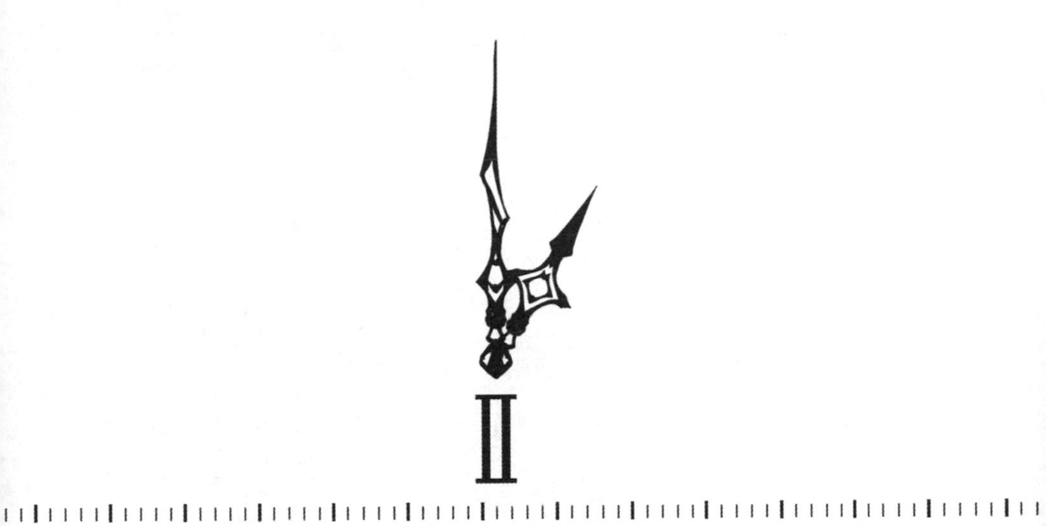


# 沉重的異國之旅

搭乘飛機，千里迢迢來到遠在世界另一端的異國，柳阿一跟著自家兩位編輯來到尼斯特村，據說以奇異宗教信仰和血腥儀式聞名的小村落。

肩背一個大包、手裡又拖一個行李的柳阿一等人還沒進到今晚落腳處，打算先在村內四處打探一下，說不定會有殷宇妹妹的消息。

「這裡真不愧是觀光勝地啊……」柳阿一環顧四周的景象後，不禁如此嘆道。

一如所有出現在旅遊指南上的景點，就是無可避免有人擠人的現象，老實說這裡的景色還不如自己家鄉優美。

尼斯特村看起來在文明水準上較為落後，房子大都是簡樸的木屋或茅屋，眺望遠一點的地方似乎還有一些水上人家；不過氣候卻沒有東南亞如此濕熱，這裡是乾爽的，村民也都是有著歐洲人種的濃眉大眼以及高挺鼻子，不過柳阿一可是自認自己一點也不輸外國人，要眼眸深邃有、要高挺鼻子有，更重要的是組合起來可是個英俊小生……

正洋洋得意的柳阿一，視線瞄到身邊的殷宇已走向別人打聽妹妹的下落了。撓撓下巴，柳阿一決定回歸正事、打算用破爛的英文和國際共通語言——比手畫腳來幫忙打聽時，旁邊傳來了不小的騷動聲。

「好、好可怕！我再也不敢去遊湖了！」一名操著中文口音的男性遊客，驚聲失色的叫著。

只見他神色恐慌、全身濕漉漉，頭髮全凌亂的糾結在一起。他的臉色慘白，嘴脣毫無血色，身子還不停的發抖畏縮，穿著的休閒衣褲更是有許多破洞……無論看在任何人眼底，都會想知道他究竟發生了什麼事。

「請問到底發生什麼事了？」一名從外表看上去推斷為當地居民的年長老人湊近對方，意外的使用中文詢問。

他的打扮和一般村民有很大的不同，相較於當地村民，他的服飾裝扮上是華美中帶著一種高貴的莊嚴，就旁觀者柳阿一的推測，他應是尼斯特村中地位聲望頗高的人物吧。

「村、村長！我我我、我今天在尼斯特湖遊湖時，坐船坐到一半……看到不得了的東西！」有著東方臉孔的遊客神色惶恐、激動的抓著被他稱為村長的老人，他用力的倒抽口氣後高呼：「你一定不會相信但這是真的——我看到一群魚在啃食人的浮屍！」

「這、這怎麼可能！」

老人大呼，錯愕不已，在旁的眾人更是掀起了一陣喧譁。

「天知道我怎會遇到這種事！我那時還被暴躁凶殘的魚群攻擊！我完全不知道手掌大小的魚群力量居然那麼凶狠！牠們群體弄翻我的船、飢餓的撕咬我的身體……嗚！」

說到一半，那位遊客竟然像發狂的瘋子、大力的用手重搥自己的心臟部位！只見他大吐鮮血，隨即咚的一聲，便僵硬垂直的倒了下去，應聲倒在自己剛吐出的溫熱血泊中……

目睹這一幕的眾人，個個不禁尖聲驚叫，嚇壞的他們趕緊一哄而散，唯有柳阿一他們怔怔的佇在原地。

「這一定是……邪魚……他看到邪魚而受到了詛咒！」

獨自一人站在屍體正前方的老人，揪著領口，不安且害怕的低聲喃喃。

△▽　△▽　△▽　△▽　△▽

柳阿一從沒有過如此沉重的異國之旅。

剛下飛機、抵達尼斯特村沒多久就遇上了離奇命案，一夥人還親眼目睹了該名遊客死前怪異的舉止和言語，柳阿一開始認真的懷疑自己了，無論他到哪都遇得到命案……難道他是現實中的毛利小五郎嗎？

「看你那副德性就知道，肯定又在想蠢事了。」

這個時候打斷柳阿一思緒的聲音，來自於在旁邊冷冷睨了他一眼的方世傑。

「什麼蠢事！我可是很認真的思考耶……」柳阿一鼓起雙頰來，不甘的回應。

「比起認真思考你的蠢事，還不如想辦法幫殷編輯的忙。還是說你需要我來一拳醒醒腦？」都近三十歲了還是那顆蠢腦，居然還擺出那種表情，他越看越想扁下去啊！

「不了，阿大您的好意我心領了。」柳阿一立刻雙手抱住自己的腦袋瓜子，身體更下意識的往後退去、拉開與方世傑之間的距離。

既然提到了殷宇……不得不說那傢伙平常就夠陰沉的臉，現在看起來更可怕了。打從回到住宿的旅館後，柳阿一就見對方的臉沉得跟什麼一樣，眉頭皺到都連在一起了，又不是兩津勘吉……啊不是，總而言之，殷宇的狀況很令人擔心就是了。

柳阿一猜想，以殷宇那說好聽是心思縝密，說難聽點是想太多的個性，恐怕是將自己下落不明的妹妹和那名遊客的遭遇做了聯想。

難怪殷宇的心情會更不好啊，但這也是人之常情。不過既然阿大都用拳頭威脅他了……不對，是開金口要他想辦法解決殷宇的煩惱，他柳阿一當然也只好試著用三寸不爛之舌去跟殷宇搏感情。

「我說殷宇兄弟啊……」柳阿一先是不知從哪裡弄來了一杯飲料，走到已經坐在椅子上好一陣子沒動、再不動就要懷疑是沉思者雕像的殷宇旁，用語重心長的口吻呼喊著殷宇，一手還伸到對方的肩膀拍了拍。「這種時候就先什麼都別想，喝杯酒解解悶吧，想開點，明天會更好，天涯何處無芳草……」

「你那是開導失戀的說詞吧！還有，你拿的那杯明明就是可樂！」一旁的方世傑真是聽不下去，握緊了黃金右拳。

「哎呀，不好意思啊說得太習慣就……啊，總之，殷宇你別把事情想得太糟糕，至少我們現在還沒聽到任何關於你妹不利的消息啊。」

旁人以為是要遞給殷宇的可樂，柳阿一居然直接打開瓶蓋自己喝了，一口灌下可樂的他露出一臉舒爽表情，好像他才是該藉酒澆愁的人……而且還不是真的酒。

「……不利的消息？難道還不夠不利嗎？」原本在沉思著的殷宇，鏡片下的目光冷冷的抬起來看向柳阿一。

「像是我們打聽到的，近來尼斯特湖連續出現浮屍……這還不夠糟嗎？」

「嗚哇，馬上就被自打嘴巴了嗎！」柳阿一驚呼一聲。

「柳阿一你真沒用！哪壺不開提哪壺！」方世傑從後方走來，一拳朝坐在沙發上的柳阿一頭頂敲下。

「痛！阿大！禁止使用暴力啊！」他柳阿一的心靈是很脆弱滴，更何況才不是他沒用，只是因為對方同為雄性，他的費洛蒙起不了作用，不然女人們都很吃他這一套的啊！

「真是的……我說殷編輯，這麼消極可真不像平常的你。」

這次改換方世傑出馬，他繞過柳阿一來到殷宇的面前，雙手環著胸膛，用下巴對著殷宇的角度繼續說：「雖然柳阿一蠢是蠢，但溫徹斯特今天也重新再感應一次，你妹的氣息還在，表示她人還活著，只要活著就還有希望，別太意志消沉了。」

方世傑這麼一說，殷宇的眼裡果然閃過一絲希望之光，但是很快又轉為暗沉，用毫無起伏的音調回：「即使如此……壞事可是活生生在我們眼前上演。至少確定有遊客被魚群攻擊，而且還奇異喪命……」

「真是拿你沒辦法啊，看你平日理智得很，怎會在這個時候反而如此鑽牛角尖呢？」聽了殷宇的回應後，柳阿一也忍不住再次跳入規勸行列。

「那是因為你們不知道……不，是我自己現在也才想起來……是聽了尼斯特湖的事後，才憶起小婷曾跟我說，到尼斯特湖參觀遊湖是她的行程之一，而且就是在她與我通訊失聯的那一天。」殷宇抹了抹臉，「所以你們才不懂我有多擔心她……雖然我放心陽世間沒人也沒任何事物能傷害到她，但若是超自然的因素我就難以保證了。」

「為什麼我聽下來，反而覺得你妹才是真正的怪物呢……」柳阿一板著臉孔，死魚般的眼神重出江湖。

什麼叫陽世間沒人也沒任何事物能傷害到她……喂喂，這樣已經不是普通人了好嗎！

「柳阿一你給我閉嘴！」方世傑立刻肘擊了旁邊的柳阿一。

「不然這樣吧，殷編輯，我們明天早上顧船到尼斯特湖搜查，如何？」將日光從柳阿一身上移回殷宇那邊，方世傑面色改為認真的詢問。

「真是好主意，就這麼決定了！」

「沒人問你，給我閉嘴柳阿一！」方世傑立刻瞪了回話的旗下作者。
「咦咦！難道就不用徵求我的意見嗎！」
「誰管你的意見，反正到時候都一定會拖著你去。」
「阿大，你真的很無良。」柳阿一的死魚眼莫可奈何的看著自家編輯。
「哼，對付你這種人還需要用上道德良知嗎？」對著柳阿一說完，方世傑馬上回頭再問向殷宇：「那你呢？決定好了嗎？」
被問之下，殷宇推了推眼鏡，隱約可以聽見他深深吸氣的鼻音。最後見他站起身、雙手插入長褲的口袋，背過柳阿一和方世傑。
「……就這麼做吧。」
讓落寞的身影映入柳阿一與方世傑眼中，殷宇便踏著沉重的腳步回到自己的房間。咿咿呀呀的關門聲，聽在目送殷宇進房的那兩人耳中，帶來了再深沉不過的無力感。

△▽ △▽ △▽ △▽ △▽

隔日一早，太陽都還沒露出頭，徹夜近乎難眠的殷宇便放棄了掙扎，睜開了雙眼。
躺在床上的他如此早起的原因，一方面是對於殷婷的掛念……另一方面則是此刻旁邊同他一起占領這張床的某人。

「……我不知道你有這種癖好，柳先生。」

殷宇墨黑的眼珠子移往身旁的某人，是的，就是那位「柳先生」柳阿一，現正和他擠在單人床上的高個子大男人。

「咦……你醒啦……早安……」柳阿一揉揉惺忪的睡眼，用著沙啞的聲音回應對方。

「還沒意識到自己做了什麼嗎？是柳先生你睡昏頭了，還是你原來真有這種意思？」

「什麼睡昏頭跟什麼真有意思……欸欸！」當撐著沉沉眼皮的柳阿一順著殷宇所指方向看去，這才驚覺自己和對方共享同張床的情況。「怎、怎麼回事！為什麼我會和你睡在同張床上！是你下的手嗎！還是說其實是我下的手！」

馬上跳起身跑離床的柳阿一，還驚慌失措的一手揪著被單，好像他是酒醉夜宿的閨女，醒來後發現身邊竟然躺了個跟自己同睡一張床的男人！

「這是我想問你的話，柳先生。還有，你衣著完好，用不著擔心、糾結誰才是受害者或加害者的問題。」殷宇緩緩的坐起身，沒戴眼鏡的他看起來比平常似乎年輕些，也少了一點菁英強悍的氣勢，多了些淡淡憂鬱小生的美感，因為剛睡醒而眼眶微微發紅，看上去更有種說不出的誘惑。

「什麼啊，我還以為自己屁股不痛所以是加害的那一個……啊不對！我想這個幹嘛！」

柳阿一開始混亂的用雙手撓著自己的頭髮，本來剛睡醒而亂翹的髮型因此更亂糟糟了。

「你的腦袋還能想什麼呢？柳先生。」殷宇將放在床頭櫃上的眼鏡拿起，用拭鏡布擦拭一番戴上後，雙腳著地準備起身離去。

「等等，聽我解釋一下啊！」大概終於想起整個案發經過的柳阿一，伸出手叫住殷宇，不過他的另一隻手還是揪著被單。到底是在揪心酸的嗎？

「用不著解釋了，柳先生有這方面興趣我不會說出去的。」

「太好了不會說出去啊……不對！根本就不是這麼一回事啊混蛋！你聽我澄清一下啦！」柳阿一總覺得自己一早就被這傢伙牽著鼻子走，而且還是走向歪斜的道路去……這真的很不妙啊！

「總、總而言之！就是我昨天看你一副失魂落魄的回到房間，阿大見狀也擔心著你會不會在我們沒見著時做出什麼蠢事，於是他就推我潛入你的房間來守著你，誰知道你早早躺下去睡了，我本來在旁邊盯梢，看著看著我也就睡著了……然、然後天知道是身體本能作祟所以我就爬到床上去睡了啦！」

「所以呢？」對比柳阿一激動認真的想釐清真相，殷宇只是淡然的挑了一下眉頭。

「哈啊？什麼所以呢？不、不就說明清楚了嗎！」

「總之，我還是不會把事情說出去的，柳先生你就放心吧。」

「為什麼我說了一大堆你還是要誤會我啊！你是故意的吧！」柳阿一都想把手中的被單朝殷宇的方向扔過去了。

「柳先生，不是說好要一大早就去尼斯特湖搜查嗎？」不理會柳阿一的話，殷宇已經著手準備今日即將展開的行動。

「對、對吼，差點就忘了這件事……話說回來我幹嘛還跟你待在同一個房間內啊，真是的。」柳阿一又煩躁的抓了抓頭皮後，快步和殷宇擦身而過，一手已握上門把。

「我什麼都不會說的，柳先生。」

「……你煩不煩啊！」

一早起來就爆發出男子漢憤怒的吼聲。柳阿一心想，他的人生絕不能留下汙點讓殷宇抓住啊！

△▽　△▽　△▽　△▽　△▽

今日的天氣一如昨天，一大清早太陽已全部露出，正璀璨的高掛在湛藍無垠的天空中。

顧了一艘水上人家的船和船夫，柳阿一、方世傑和殷宇三人現正坐在有著異國風情的木舟上，看著船槳輕划，在蔭綠色的湖面上掀起陣陣漣漪，迎面更有徐徐的涼風吹來，若不是懷抱著沉重的目的而來，這倒不失是種令人享受的悠閒輕鬆時光。

「你們兩個，今天怎麼看起來莫名的詭異？」

方世傑蹙起眉頭看向彼此背對而坐的柳阿一和殷宇——正確來說應該是柳阿一故意背向殷宇，殷宇看起來仍舊從容。

「我再也不發好心去盯梢那傢伙了。」柳阿一還是用存有怒氣的口吻說。

「這種說法聽起來就像是你們昨晚發生了什麼事一樣。」

「嗯，不過柳先生要我不能說。」

「誰要你不能說了啊！還有根本就不是那麼一回事好嗎！」柳阿一再度爆怒。

方世傑看著這兩人你一言、我一語，保持了一會的沉默，雖然眼中的他們看上去蠢極了，不過……看殷宇似乎稍微恢復成平常的模樣，那就夠了。

稍稍的為此鬆了口氣，方世傑轉而看向周圍的湖面，就目前看來似乎沒有什麼異狀，只是繼續觀察下去卻有一件事讓他略有疑惑。

「船夫先生，請問一下那座島沒有開放觀光嗎？」用英文詢問操著船槳的當地船夫，方世傑伸手指向不遠處那蒙上一層迷霧的湖中小島。

「啊，你是說『森島』呀？」船夫用著富有濃濃口音的英文回應方世傑，「森島是不開放觀光的哦，因為我們都認為那裡是個神聖又危險的地方。」

「神聖又危險？」方世傑瞇眼一問。

旁邊聽到他們對話的殷宇也回過頭來、認真諦聽。唯有英文不太好的柳阿一手忙腳亂的看著他們，一副不知如何加入行列的窘態。

「森島是我們以前進行牲禮獻祭的地方，是只有在祭典時才能進入的聖地，後來這幾年因為尼斯特湖水平面持續上漲，淹沒了大半的面積，顧慮到村民的安危，所以村長下令禁止開放觀光，就連祭典儀式都移到別的地方舉辦了。」船夫邊划著船槳，邊頻頻回頭向方世傑答覆。

「也就是說不能用正當方法進入森島嗎……」用中文喃喃自語的殷宇，似乎在盤算什麼不當的主意。

「不要欺負英文不好的人，快告訴我你們剛才到底在說些什麼？」

柳阿一再也忍不住的發出聲音央求自家的兩位編輯，很可惜他小狗般眼淚汪汪的攻勢對這兩人完全沒用，素有鬼差編輯之稱的方世傑老大，立刻甩掉拉住自己的柳阿一之手。

「吵死了，反正就目前來說不關你的事。」

「目前？咦咦！那以後就可能關我的事嗎？既然如此我當然要知道你們說了什麼啊！」

「柳先生，你激動什麼呢？即使你不知道將發生什麼事，到時候我和方編輯也會拖著你去的。」

回話的人正是殷宇，他好整以暇的回答了柳阿一，讓柳阿一頓時有種被弓箭射中後背的打擊感。

「我就是你們呼之即來、揮之即去的那種可憐蟲就對了……」柳阿一頹喪的垂下肩膀，萎靡不振。他覺得此時此刻，自己的頭頂上籠罩著一層烏雲。

「你現在才認清這個事實不會太晚嗎？」

不愧是給槍之王殷宇，人家都已經中過一次槍倒地不起了，還又無情的補了一槍。

於是，時間就在柳阿一持續低迷，方世傑和殷宇用目光探索尼斯特湖的狀態下飛快流逝。直到將整個尼斯特湖都遊覽過一遍、船夫表示要回去接第二攤生意後，本來懷抱著可能搜尋到線索的三人，以一個無功而返、什麼斬獲也沒有的結果作為收場。

殷宇對此耿耿於懷。時間一點一滴的耗去，他所擔心的親人的生命安危也在一點一滴的消磨，今日的尼斯特湖別說會有邪魚攻擊，整個湖面甚至是安靜得可以，卻也安靜得詭異。

在柳阿一和方世傑又為了點小事吵吵鬧鬧時，殷宇默默的做了一個決定。

# 殷宇的決定

傍晚的夕陽餘暉洋洋灑灑的落進窗櫺之內，待在旅館內的柳阿一正被方世傑壓迫寫稿，說是趁空檔閒暇之餘要柳阿一還稿債，不然這次出國歸來恐怕又要開天窗。

「阿大你就饒了我吧！我最近心情亂糟糟寫不出好文章啦！」將本來放在筆電鍵盤上的手索性往後一甩，柳阿一連連搖頭。

「什麼叫心情亂糟糟寫不出來？你是耍賴的小學生啊？你那芝麻綠豆大的腦袋還會有什麼東西影響你心情？」方世傑拿著捲成圓筒狀的報紙朝柳阿一後腦勺敲下。

「痛……是真的嘛，這說來話長啊……」柳阿一皺起眉頭，一手摸著他可憐的腫包，一副哀怨的小媳婦臉。

「哼，別說我不給你解釋的餘地，你要是能說出讓我同意的影響心情理由，我今晚就放你一馬。」

「哦哦！是真的嗎阿大！」柳阿一的眼睛立刻亮了起來。

「你說還是不說？三秒內不說出來我就取消機會。」

「唔……其實有點難以啟齒……也許這麼說你會不相信，但實際上……我死了兩回。」

「……柳阿一你好大的膽子居然敢跟我開玩笑？」方世傑手中的武器——報紙君又在蠢蠢欲動了。

「沒沒沒！我怎敢拿自己的性命和阿大您開玩笑！是真的，我是真的已經死過兩次！還請阿大聽民女娓娓道來……」柳阿一先是一陣驚慌，後來又轉為眉毛下垂的小媳婦臉。他慌亂到完全沒注意自稱民女會有何「笑果」。

趁著報紙君還沒再行攻擊，柳阿一終於向方世傑坦白了這陣子以來困擾自己許久的「起死回生」經過，就連自己和蘿莉閻羅王的種種談話，也都告訴了現在正擺出一臉凝重神色的方世傑。

「我發誓以上所言為真，如有謊言我柳阿一願下地獄……啊，雖然已經去過兩次又回來了。」柳阿一說完後還舉手發誓，就怕方世傑不相信他所言。

「得了，換作是以前的我，一定會覺得你在編小說，但自從和你們歷經了勾魂冊的事情後，我也就相信了……話說回來，若是想找到那位驅魔人，就得靠我是嗎？」

「嗯，蘿莉閻羅王是這麼說的，雖然具體而言我也不太明白她說的是什麼意思。」柳阿一點點頭，回應了方世傑的問題。

「但是，直到現在，你也仍想不起當初為何會和勾魂冊之主做交易的原因吧？」

「沒辦法，就是想不起來，因為蘿莉閻王把我那時的記憶消除得很徹底，大概強灌我好幾口孟婆湯吧，而她本人似乎也沒打算將消除的記憶還給我……」

「你很介意嗎？關於自己那一年的記憶。」

「怎麼可能不介意！不如說比去見蘿莉閻王前更在意了……」柳阿一垂下眼眸，目光深



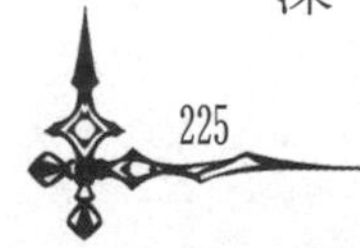

沉的低望旅館的地板。

看著柳阿一消沉的側臉，方世傑沉默了一會，再開口時就說了這句：「……好吧，看在你理由充足的分上，就免除你一晚的稿子進度。不過，是我這邊免除你了，殷編輯那邊可還沒通融你喔。」

「哦哦——咦咦！」柳阿一原先喜上眉梢的臉色又轉為鐵青。

「話說回來，殷編輯去哪了？」

「阿大不知道嗎？他說他去外頭買個飲料喝。」

「買個飲料需要一小時都還不回來嗎？」方世傑蹙起眉頭，隱約感覺到了一絲不對勁。

△▽　△▽　△▽　△▽　△▽

天色已徹底轉為濃墨一般的黑，入夜後的尼斯特村少了觀光客的喧譁，沉靜許多，甚至到了一種讓人在夜間行走會感到害怕的安靜程度。殷宇獨自一人走在寂寥無人的小路上，這是通往尼斯特湖的捷徑，是他偷偷向當地居民打聽到的情報。

鏡片下的雙眼觀察四方，冷靜睿智的目光掃過周圍每一角落，殷宇發現到，尼斯特村在早上時因為有觀光客而熱鬧非凡，這一點他能夠理解，但是為何一入夜後，街上的觀光客沒了，就連當地人也像是消失一樣，是治安的問題？還是……另有隱情？

殷宇蹙著眉頭深思，一步步走向尼斯特湖的所在，最後映入眼簾的是月光下的尼斯特湖，幽靜而清涼，湖面深深幽藍且閃爍湖光，伴隨夜風的吹拂撩起了漣漪，此時一看甚至比白晝時分更為神秘美麗。

在無其他人跡之下，從這個角度觀看夜裡的尼斯特湖，殷宇覺得很美，就像在欣賞一幅大地之母的美妙作品，一點也不覺得恐怖，何況還有徐徐的涼風迎來，幾乎要讓殷宇忘卻自己前來的目的。他提振精神，拍了拍兩頰，提醒自己可不是一名真的觀光客，而是前來調查真相的探險者。

殷宇走向湖邊，開始著手工作，他首先挑了一艘停靠在湖岸的小船，開鎖技巧熟練的他要撬開船鎖是輕而易舉之事。跳上船後，殷宇馬上感覺到湖水帶來的搖晃，不過別忘了，他可是身手矯捷的殷宇，這點搖晃程度根本不成問題，他很快就拿起船槳，搖起船槳讓小船漸漸向前行駛。

殷宇一手划著船槳，一手拿出口袋裡的手電筒，不然入夜後要在周圍沒燈火的尼斯特湖上活動，的確是件有點危險的事。

緩緩划著小船，手電筒那說不上是強力的光探照著前方，殷宇要航向的目標只有一個。

「森島……就讓我來揭開你的神秘面紗。」

殷宇低聲喃喃，眼裡只有前方那座蒙上更多霧氣的小島。今天早上去不得這座小島讓他很介意，老實說他會如此在意的原因，是由於自己對於殷婷的了解。

身為對怪力亂神愛好程度不亞於兄長的狂熱粉絲，殷婷追根究柢的好奇心與冒險心也絕不輸給兄長。殷宇想，會不會殷婷她得知有座禁止進入的小島後，也像自己今晚所為一樣，自行偷偷潛入了森島？

因為如此，殷婷可能遭受了什麼危險或障礙，進而被困在那座小島上、就此斷了音訊？

以上當然只是殷宇自己的猜測，只是現在對身為哥哥的他來說，什麼可能都要去嘗試，為了能夠尋回他的親人，哪怕危險重重也要試圖前進。

搭乘的小船隨著湖面波紋推進越來越靠近森島，殷宇也越來越繃緊神經，雖然他萬年撲克牌臉上仍看不出半點感情浮動，但內心的情緒起伏自己是最為明瞭。

深吸口氣，殷宇已打算準備登岸之際，船身周圍的湖面有了騷動。

「嗯？」殷宇回頭看向右手邊的湖面，在與船身不過距離一公尺的位置上，那塊區域的湖面忽然產生了許多氣泡，咕嚕咕嚕密集且急切似的冒著。有種不祥的預感激生，殷宇下意識的想將船身快快駛離，但下一秒就見有什麼東西從氣泡中躥了出來。

——是一群露出銳利尖牙的食人魚群！

「這就是那天襲擊遊客的魚群……人稱『邪魚』的真相嗎？」

一隻隻像發了狂的食人魚猛然跳上船，張開充滿利牙的嘴要撲咬殷宇，殷宇不斷用船槳打退凶暴的食人魚，但對方的數量是超乎自己想像之多，任憑殷宇身手極好也無法全面防範大軍攻來的食人魚群。成功跳上船的食人魚毫不留情的咬傷殷宇，隨著血腥味散開，殷宇知道這下更不好了，血腥味將會引來更多的食人魚！

殷宇的身體各處都被咬得皮開肉綻，疼痛襲擊他的知覺，他不懂這群食人魚明知跳上船將會缺水而死，為何還是殺紅眼似的要襲擊位於船上的他？而隨著食人魚堆疊在船上的數量越來越多，殷宇恍然明白了。

「船身的重量開始不平衡了！」看著船身越來越傾向另一端，以及那些堆疊成小山的食人魚群，殷宇知道這群魚打的算盤是要將他的船弄翻！

殷宇一邊趕緊要去除那些堆在船上的魚，一方面還要注意不時又會跳上來攻擊他的食人魚，另一方面又看見更多因為嗅到血味而來的魚群……即使平常強悍冷靜如他，在這種情況下也分身乏術。

「這些魚群怎會有如此智慧！」

忍著痛和不斷來襲的攻擊，即使已盡最大的能力去清除船上魚群的殷宇，船身依然禁不住重量的失衡而一個劇烈搖晃、翻了過去！

「唔！」

船一翻，殷宇也跟著墜入水中，他想抓住船身作為浮板，可是在他落水之後魚群的攻擊就更加猛烈，泡在水底的身體部分全都被圍過來的魚群攻擊，鮮紅的血如墨汁在水裡渲染得越來越多，殷宇的失血量越來越大，沾滿水的臉孔已轉為蒼白。

糟了——他就要在沒人知曉的狀況下死在這裡了嗎？

力氣逐漸隨著失血持續的狀態下一併流失，他已分不出是湖水的冷，還是自身體溫的下降，痛覺漸漸麻痺了，視線也漸漸渙散，他本想掙扎的手已不再有攀附力量，垂進水中，整個人就要成為食人魚群的一頓大餐……

殷宇即將失去意識前，卻隱約感覺到有什麼東西將魚群隔開，輕柔的碰觸了自己，只是殷宇再也沒有力氣去思考，也無從思考了……

△▽　△▽　△▽　△▽　△▽

「咳！咳、咳咳！」

房間內傳來一陣連續的咳嗽，像是被水嗆著般，這時有人湊了過來，欣喜道：「太好了，他醒來了——殷宇醒來了，阿大！」

聽到這再熟悉不過的男性嗓音，躺在床上、剛剛發出咳嗽之人——殷宇緩緩的撐開了眼皮，映入眼簾的臉孔，即是露出滿懷感激和鬆口氣表情的柳阿一，以及很快就靠了過來、見著自己之後面色從凝重轉為釋懷的方世傑。

「是你們？到底……發生什麼事了……我不是應該已經……」

殷宇睜開雙眼後視線仍略帶模糊，他將右手緩緩的舉至額前垂放，看到了已被包紮的手，那是看起來很胡來又醜陋的包紮方式。

啊，一定是柳阿一那傢伙做的吧……殷宇的腦海馬上就有了答案。

「我們才想問你發生什麼事了！真是嚇死我了殷宇！要不是阿大察覺到你可能瞞著我們去尼斯特湖，我們也不會剛好在岸邊見著你！而且天知道你全身是傷，當場看到的時候我差點沒用巴掌打醒自己！」劈里啪啦就說了一堆話的柳阿一，反應相當激動。

「你是說……我被你們發現的時候……就已在岸邊？」殷宇的眼珠子移向柳阿一，微微瞇起眼看著對方。

「是啊，你就像一具屍體一樣躺在岸邊被湖水拍打。難道你記不得自己怎麼回到岸邊的嗎？難道不是你自己奮力游回來的？」

「柳阿一你這笨蛋給我安靜點，在傷患面前還這麼吵像話嗎？你是不會讓殷宇自己好好慢慢說嗎！」方世傑毫不留情的又朝柳阿一的後腦勺重搥一拳。

「我……不是自己游回來的……至少在我失去意識之前，我不認為當時的自己有那個能

力。」殷宇試著回想起那時候的記憶。他依稀記得，被食人魚團團圍住的自己根本沒有辦法掙扎，更遑論有辦法自個兒游回岸邊。接著，他想起了一個奇怪的關鍵點。

「在當時……有個奇怪的觸感……以很輕柔的方式……」

「哈啊？什麼奇怪的觸感？輕柔？該不會是摸了哪個女人的胸部你就昏倒在岸邊……痛！」柳阿一歪著頭納悶的問。

「柳阿一，我總算知道為什麼閻羅王都不收你的原因了，因為你太笨嘴又太蠢！怎麼可能是這種原因啊！」再次揍了一拳在柳阿一後腦勺上的方世傑大罵。

「……我把我能夠記起來的、當時所經過的遭遇，都和你們說吧。另外……」殷宇深吸口氣後，用正色的表情對著面前兩人道：「謝謝你們，無論如何都謝謝你們包容我的私自行動和欺瞞，與救了我。」

「殷宇……」

在殷宇說出這句話後，柳阿一和方世傑都怔怔的看著床上的他。

「你是不是腦袋也撞壞啦？」柳阿一誠惶誠恐的問。

「你才腦袋撞壞，噢不，早就壞了！」

果不其然，柳阿一馬上招來自家編輯的痛罵。

接下來又是常見的編輯與作者吵鬧畫面，已經悄悄坐起身的殷宇看著這兩人，聽著他們紛鬧不休的聲音，他忽然覺得心裡很踏實，比起當時泡在水裡、無人搭救的狀態，能看著這兩人你一言、我一語的攻防，也許其中還參雜著某人的哀怨哭啼……殷宇真覺得再也沒有什麼比這些畫面更讓他心安。

曾幾何時自己都快忘卻這份「信任」。

因為出自於對這兩人的信任，才得以從他們身上得到踏實、得到安頓……真不可思議，明明這輩子都以為自己再也找不回這種感覺了。

殷宇閉上雙眼，微微的笑了。

「喂……阿大，殷、殷宇在笑耶……萬年冰山撲克牌臉的他居然在笑耶……」柳阿一注意到殷宇的表情，愣愣的道。

「真的，殷編輯居然在笑……」聽聞柳阿一的話轉過頭來，方世傑見到這一幕也怔住。

「你看，就說我沒騙你吧！殷宇真的撞壞腦袋了啦！」

「真的撞壞了……不對，為什麼你到現在還堅持這種愚蠢想法啊！而且害我差點也相信是怎樣！」方世傑又是一拳揮去。

「嗚——痛！」他的後腦勺是阿大的專屬沙包嗎！他是不是該保個意外險比較好啊？

「你們兩個，到底要不要聽整件事情的經過呢？」

雖然看著這兩人吵架對殷宇而言是種莫名享受，但讓這兩隻天敵繼續鬥下去也不是辦

法，於是他開口了。

被殷宇抓回注意力的兩人默默的收斂，乖乖的坐回椅子上、端正姿勢且聽殷宇將當晚在尼斯特湖的種種經歷娓娓道來……

「被食人魚攻擊……看來那個遊客所言不假……」聽完殷宇的敘述後，方世傑認真的托著下巴思索著。

「可是這麼聽來，殷宇搞不好是被那個『輕柔的觸感』救了吧？說不定是有人發現你的情況，將你拉住、一起帶回岸上？」柳阿一馬上抓住敘述中最奇異費解的癥結，進行推測。

「但是，若一個有心救殷宇的人，又怎會將殷宇丟在岸邊自行離去呢？況且當時的殷宇狀況你不是不知道，渾身是傷啊，再怎麼說也會通報一下附近村民來緊急處理吧。」方世傑搖搖頭，否定了柳阿一的推論。

「那麼，殷宇的恩人究竟是……？」

「看來，又是一個可以堪比勾魂冊程度的謎了。」

方世傑想起了那本會發出青光、現今已被勾魂冊之主奪回的小冊子——因為在這個世界上，有太多常理無法解釋的現象，說不定這次的事件也是如此。

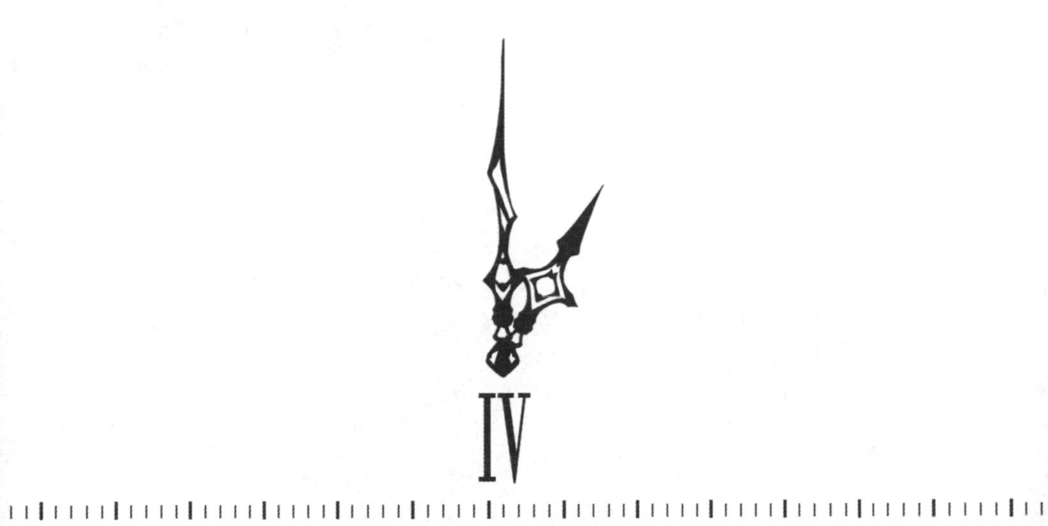


# 湖面與森島的異狀

「尼特羅村長！尼特羅村長！我要找尼特羅村長！」在村長的家門外，突然傳來一道急迫男聲和連連敲門聲，那聲音又急又尖，其中還帶有些微的沙啞。

原本躺在床上熟睡中的尼特羅，被這麼一叫睡意都驅散了，他雖然疲倦，但仍是撐起沉重的身子，提著一盞油燈前去應門。

「這位先生……您這麼急著找我有什麼事情？」

尼特羅重重的嘆息一聲，那雙疲憊的眼眸正無精打采的看向男子。大半夜的時間找上門，尼特羅已有預感絕不是好事，不過他還是基於禮貌開口問。

「村長您忘了嗎？您答應過今天午夜前會告訴我父親的下落啊！可是現在都已過了時間！」站在門前的男子激動的大喊，雙手握拳。男子有著一身健康的小麥色肌膚、結實肌肉和還算俊俏的面容，可此時神情卻十分的焦慮。

對方這麼一提，尼特羅這才猛然想起似乎確有此事。

「喔，我差點忘了，真是不好意思。你是傑尼斯先生吧？關於你父親的下落……很抱歉，我已派人搜查了一個禮拜左右，仍沒有你父親的消息……請你要有心理準備，傑尼斯先生。」尼特羅無奈的搖了搖頭，白眉深鎖。

「怎會這樣……怎麼可能……我……我不相信！我不相信！我要自己到尼斯特湖尋找！

就算父親死了，我也要見著他的屍體！」傑尼斯更加躁動，全身還不停的抖顫，一個轉身他就悲憤的跑離村長家。

「回來啊，傑尼斯！你明知入夜後的尼斯特湖去不得啊！」

大聲叫喊卻無法換得傑尼斯回頭，深知自己無能阻止傑尼斯的尼特羅又大嘆一口氣，現在的他只能站在原地，目送傑尼斯衝動的背影越離越遠……

△▽　△▽　△▽　△▽　△▽

「可惡……我才不相信沒有父親的下落！父親失蹤前最後來到的地點是尼斯特湖……相信那裡一定有我要找的答案！」

很快來到尼斯特湖岸的傑尼斯，在月光的注目下，血氣方剛的他獨自一人划著一艘獨木舟，前往目前已毫無人跡的尼斯特湖。

「嘩啦……」

死寂無波的湖水被船槳撥弄。這裡安靜到幾乎連微小的砂礫落入水中都聽得到，在穿過一條短小狹隘的水道後，前方便是一望無際的寬廣的尼斯特湖中央，湖的最西邊有一座小島，就是當地人所稱呼的森島。

獨木舟駛到一半，傑尼斯突然驚叫一聲！他的雙手緊握著船槳，嘴巴張大，因為他眼簾反映出來的前方景象——

竟是一大片漂浮在水面的魚類死屍。

傑尼斯忍住驚愕的情緒，他告訴自己別這麼大驚小怪，作為靠捕魚維生的他，遇上魚類群體暴斃也是偶有的事。他倒抽一口夜裡的冷空氣後，繼續划船向前進。

夜幕仍是如此深沉，湖邊的樹林安靜無聲，今日連平時會有的冷冽梟聲都聽不見。月光被烏雲吞噬，慘白的光線試著想掙脫出來，儘管如此，湖面還是一貫的平靜，除了方才讓傑尼斯撞見的死魚群外，湖面如同死水一般連一點波紋都沒有，唯有傑尼斯一人駕著破舊的獨木舟漂浮在湖面之上。

「終於要到了……尼斯特湖的森島……我得快點找到答案才行！」傑尼斯喃喃自語。

想著父親說不定進到森島的可能性，懷著這份猜想而前來的傑尼斯，由於方才見到那噁心至極的魚類浮屍群，害他多少受了視覺上的刺激而更為忐忑不安，光是一想到剛才那可怕懸疑的景象，他就會有種至少三夜難眠的感覺。

傑尼斯抬頭望著一時間被雲層吞沒的月光，皺著眉頭，心中滿是焦慮。他加速滑動手上的船槳，但總覺得速度好像沒什麼改變，在這麼空曠的大湖之中，他竟是如此的微小，到目前為止，他還未看見關於父親下落的一絲線索。

正當疑惑之際，船身好像碰到了一個東西，傑尼斯立刻拿出火把一看，發現那是一個破爛的捕魚網，半沉半浮在水面。

「真是怪了，竟然有捕魚網……」

傑尼斯又是滿頭霧水，納悶的歪著頭，好奇心此時正在急速跳躍，似乎正鼓舞著他把捕魚網拉上來一看全貌。

「啪拉……」

正當傑尼斯費了一番力氣把捕魚網拉上船後，他突然驚愕的雙手一放！

「怎、怎麼會是……捕魚網上竟有人的殘肢！」

傑尼斯看著那只剩下一半的小腿感到驚慌，是的，他相信自己不會看錯——那是人，而且應該是女人的小腿部位！

傑尼斯抓著自己的頭，釐不出個所以然來，再次受到打擊的他，呆愣在木舟上。

「為什麼？為什麼捕魚網上會有……一雙女人斷掉的小腿？」傑尼斯不停的喃喃自語。他不斷問著自己，也不斷的在腦海中思索。一般而言，一個正常的漁夫會笨到被自己的捕魚網纏住、甚至死亡嗎？而且捕魚網這種東西，人類就算不小心纏住還是可以掙脫掉，更何況為何只剩一雙小腿呢？難道說，其他部位已被魚群吃光殆盡……？

這時，傑尼斯的大腦又不經意將那雙小腿隨著捕魚網載浮載沉的畫面重現，因此突然有



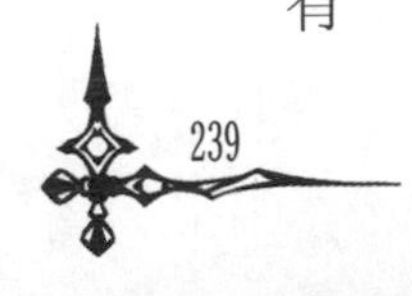

了一種念頭：「那雙腿該不會是來自……之前失蹤的漁夫或遊客吧？」

傑尼斯一想到這裡，怔忡在船上好幾秒，臉上的表情是瞪大雙眼，嘴微微開著。

他記起這陣子，常聽說過幾名漁夫到尼斯特湖捕魚後，就再也沒有消息、從此音訊全無的事情；之前也傳出有遊客來尼斯特湖搭船遊覽，聽說不是被莫名風浪捲走、就是翻船；再加上自己的父親也是來了尼斯特湖就失去聯絡……越想越毛骨悚然的傑尼斯此時唯一想法，就是趕快找到父親下落，然後迅速離開這裡。

「嘩啦嘩啦……」

傑尼斯將船身閃躲過那具半沉半浮的捕魚網，由於速度加快而逐漸接近森島的位置。

他拿起小型手電筒往前方一照，發現島上不遠處有個小岩洞，他似乎隱隱約約看到岩洞附近被什麼東西環繞。

傑尼斯當然不敢貿然上島，於是他快速的划動船槳，至少繞到附近一看究竟。然而，當他越靠近岩洞的同時，一股刺鼻的腥味傳來，隨著與森島的距離拉近，味道也越來越明顯。

「碰！」

突然間船身好像碰觸到了什麼東西，傑尼斯立刻低頭一看，在昏暗視線當中他所看到的景象是……

竟是一種不知為何物的紅色物體。

傑尼斯再將燈光打在遠一點的地方，才赫然發現……整個岩洞前一尺處都是這種不明的紅色物體。放眼整個岩洞附近一圈，湖面上全漂浮著這種詭異的紅色物體，而那撲鼻的惡臭就是來自這裡。傑尼斯用手摀住鼻口，慌恐的張大雙眼仔細一看……

原來這些「紅色物體」，根本就是紅白色相雜的肉塊！

來歷不明的肉塊們腐爛泡水膨脹，還有部分黏著橘黃色和象牙白的外皮，甚至可以在這團紅色物體中找到兩顆乳黃色的牙齒……

——直覺強烈的告訴他，這是人類的屍體！

船上的傑尼斯嚇得倒退數步，全身發毛，寒意從腳底顫抖到頭頂！

他第一次看到肉塊可以多到環繞一座小島！

這如此駭人聽聞的景象，嚇得傑尼斯說不出話來，大腦似乎都在剎那停擺。良久，傑尼斯猛搖著頭使自己清醒，心中也不斷默唸告訴自己：「傑尼斯！傑尼斯你別慌！你歷經過那麼多波折，現在折返回去可不好！你不是想找到父親的下落嗎？清醒些！」

「呼……」

傑尼斯深深的大吐一口氣，眼睛眨了眨，看起來自我意識灌輸已有點成效，他再次鼓起勇氣，將探照手電筒的光打在漂浮在湖面的肉塊上。

在白光慘烈的照映下，在成堆成群的可怕腐爛肉塊中，傑尼斯更進而發現些許人類的眼

珠子……最後還見到了人類的頭顱。
見著人頭的瞬間，傑尼斯差點沒作嘔。不過好在他確認了一件事，至少這顆頭不是屬於他的父親，光是想著這點就讓傑尼斯稍稍能夠振作、忍住噁心和維持最基本的理智。
照這樣的情況推測，他斷定兩、三天前還有人命喪此地，畢竟倘若死亡的時間很久，屍體面容不該如此清晰可見，早就會被魚群啃食得不成人樣。
為了滿足內心的好奇，傑尼斯忍住腐臭味，低頭詳細一看，才驚覺這些人幾乎都是之前失蹤的漁夫或遊客，原來這些人全死在這裡！
但……到底是為什麼他們會群體死在這兒呢？
傑尼斯反覆思考著，但他心情仍是相當害怕緊張，因為很可能在他思索答案的同時，意外就會突然發生了。他只能再次執起船槳繼續前進，那些逐漸被他疏遠的腐屍肉塊，哀怨的漂浮在冰冷湖水上，在無人知曉的狀態下持續發臭、變爛……
卻沒人知道他們為何而死。
為了能靠近森島，傑尼斯只能硬著頭皮驅船進入，用船槳將肉塊往外排開，因為恐懼使他的動作變得緩慢，只要想到這些曾可能是自己見過、接觸過甚至熟識的人，傑尼斯的內心既是害怕又是不捨與難過。
為了再一次鼓起勇氣，也是為了排解自己心中的一份罪咎——因為他將這些「人」的屍塊不禮貌的一一打散——因此他用著只有自己能聽見的音量低聲喃喃。

神呀，請原諒我的罪過，
我踏著死者的亡魂前進。
神呀，請原諒我的罪過，
我的船身壓著人頭滑動。
神呀，請原諒我的罪過，
我踩著死者的軀幹行走。
神呀，請原諒我的罪過，
我的靈魂充滿了無知。
神呀，請原諒我的罪過，
我只不過想找到——
親愛父親的下落。

「呼呼……」

傑尼斯划著船，慢慢挺進那堆紅色的腐爛肉塊之中，他很吃力的撐著船槳，因為船身幾乎難以動彈，都是由於那些屍塊過於密布的關係。

雖然害怕，但傑尼斯的雙眼仍忍不住再看向那些肉塊，不過他相信、也不斷告訴自己，父親絕對不在這堆浮屍之中。

傑尼斯雖然無法完全分辨出屍體生前的模樣，父親倘若真的遇害，失蹤一星期的他也可能早就面目全非，但傑尼斯卻異常的堅信，父親不可能在這群死屍之中，那是一種說不出的直覺，他認為那一定是父親傳達給他的意念。

「這樣到底要花多久時間才能登上森島……」

傑尼斯低聲抱怨，他的雙手其實已漸漸加大力量划動船槳，但無奈船身只能一點點微微的前進，彷彿整艘船卡在屍塊海中、難以掙脫。

傑尼斯咬緊牙根，不放棄的繼續駕船航行，接著他無意間發現，眼前森島上的那座小岩洞裡，剛剛好似閃過一道黑色的身影。

會不會是可能生存下來的父親？傑尼斯這般猜想著。

「看來，那個岩洞就是最後的線索了，說不定父親就在裡頭待著……我非得設法上去才行！」

傑尼斯喃喃自語著，口氣更趨堅定了，只是他現在苦惱著一件事，假若繼續用划船的方式前進到森島，似乎太過耗時，因為此時擋在他前方的障礙物，是在屍塊海中難得一見的一具「全屍」。

當然，傑尼斯已先以遠眺的方式確認這並非父親，因此他更加確信自己的直覺沒有錯，不過若想光靠船槳就將這一具因為泡水而變得更重的屍體排開，讓出一條能夠讓船身進入的空隙……實在是有點困難。

於是，傑尼斯忽然間有了一個想法：「那就不如冒險點，踏著屍體跳到森島上吧！」如此駭人的念頭自腦袋裡蹦出，當這個念頭浮出後，傑尼斯本身也相當吃驚訝異，自己怎會想到如此毛骨悚然的方式！

不過，他認為在這種情非得已的狀況下，這的確不失為一個快速捷徑。

「……只好這麼辦了。」

傑尼斯將已經充滿惡臭、黏著些許猩紅色殘渣的船槳收回放在船上，接著他深深的吸一口氣，雙眼睜大注視著前方的那具浮屍，提醒著自己若不想沉入水裡就得一次成功！

傑尼斯做好準備後，在內心倒數到一時，雙腳用力往前一跳。

「撲通」的聲音瞬間傳出，眨眼間傑尼斯已快速踩過浮屍、順利著地。成功登島的傑尼斯大吐了一口氣，現在他正努力壓抑自己的思考，因為他怕想起剛才踏到浮屍的噁心感覺。

「咳咳！這裡的味道好像更重了！」

一登上森島、吸入島上的第一口空氣時，傑尼斯率先被一股惡臭嗆著。

「這裡的味道又和之前所聞的不太一樣了……」他緊摀著口鼻，表情扭曲的喃喃自語，他一時之間無法分辨出這是何種氣味，不斷反覆思索後，腦袋才分析出答案：「……好像是

魚腥味和屍臭混合出來的味道！」

答案浮出腦海後，傑尼斯更不停的咳，作嘔程度更勝。他只要一吸到這噁心嗆鼻的味道就受不了，斷定這是此生聞過最令他無法忍受、一聞就想反胃甚至寧願窒息的境界！

可是為了找到父親的下落，自己無論如何都得強忍著！他提起精神，腳踏著濕滑還帶點黏的岩地，然而一股寒氣卻突然從腳底往上竄……

「洞窟裡面一定有著什麼……」

目光鎖定前頭的幽黑洞窟，傑尼斯雖然很厭惡那臭味，但他的好奇心反倒像是越燒越烈、越燒越旺的大火，征服過他的害怕，促使傑尼斯一步一步小心翼翼的向前走，終於進到了洞窟之中，握在傑尼斯手上的手電筒白光也跟著往深處照。

「噗滋。」

就在這時，傑尼斯不小心踩到什麼東西，發出一種黏液的怪聲，正當傑尼斯將手電筒的燈光往下一照——

「這、這是到底什麼！咳、咳咳！」

看到真相的瞬間，傑尼斯就像快失去最後的理智一般驚慌，更由於驚駭而大口吸進岩洞內的惡臭，瞬間被嗆得頭昏腦脹。讓他如此驚恐失措的畫面，自他瞳孔反映出來的是——

竟是一具濕濕黏黏、爬滿蛆蟲、只剩半身的人屍！

人屍的下半身已經不見了，而軀幹斷面處也已乾枯結痂，上半身到處都是肥大的蛆蟲，蛆蟲們正貪婪的鑽往腐肉深處；人的雙眼，空洞露骨的睜大，好似在控訴自己不得好死的命運，而屍體附近更是比其他地方來得潮濕、惡臭；人屍周圍除了蛆蟲和黏液之外，還多了幾片折射燈光的銀白色魚鱗。

「為什麼屍體旁會有這些魚鱗？」

這些銀白色魚鱗，比一般的魚鱗要來得大上許多，大概每片魚鱗都跟人的拳頭一樣大小。

為此，傑尼斯越來越困惑也越來越感到費解了，究竟在這個由詭異爬滿蛆蟲的人屍、滿是黏液的地面、魚腥味和白色魚鱗所構成的一切背後……隱藏著什麼驚世駭俗的秘密？

嚥下一口口水，傑尼斯繼續往洞窟的深處走，行經路上盡是遍布一些令人不敢去猜想的物體，腳底一直有著黏黏的感覺，又濕又滑，他告誡自己步步都得小心翼翼。

這個洞窟似乎遠比外觀看起來還狹長，傑尼斯不知道自己走了多久，都還沒看到真正的盡頭。就在他快放棄的時候，左手邊不遠處的地方，傑尼斯好像又見到一具倚著牆的屍體。

他走近一看，這具死者從體型上來看應該是名男性，容貌則早已被不知何物啃食得差不多，剩下的部分也已腐爛，大概已經死亡一段時間了；而當傑尼斯的視線不經意的轉移到那腐屍手腕上……他看見一條銀灰色的手鍊，失去光澤的垂在地上。

「那是……！不可能！不可能的！」

猛然倒抽口氣，傑尼斯彷彿錯亂般的大叫，他銳利的指甲亂抓著頭皮，指尖用力的劃破他頭皮，沒有自覺已有鮮血慢慢的流出。

「不可能……那手鍊絕對不是父親的！」

——眼前這個死狀淒慘的人怎麼可能是父親！

傑尼斯完全不想接受這個事實，這個令他想一刀了斷自己生命的震驚訊息。父親慘死的畫面對他太過衝擊，如此噁心淒慘的死相是他未從想過的！傑尼斯一邊無頭緒的呻吟，一邊感覺到滾燙的淚水從眼眶中流出。

「我要離開這裡……我一定要離開這裡！這不是父親……這不可能是！」

傑尼斯大聲的在洞窟裡自言自語，然後他掉頭、邁開步伐快快前進。此時他踏到一片散布在地上的銀白色魚鱗，那黏稠滑溜的感覺令他反胃至極，但他已不願意管那麼多，當然也無暇注意到自己抓破的頭皮仍流著細小血絲，那些鮮血現已慢慢流到他小麥色的額頭上。

他現在滿腦子只想離開這鬼地方，越快越好！甚至他有種打從一開始就不要來的悔念！衝出洞外，他再度面臨到前方圍成一圈、浮在水面上的死屍肉塊。

「只不過要再踩一次罷了……」

傑尼斯倒抽一口氣，雙腳再次踏到離他最近的浮屍上時，不知是不是眼花，他竟看到浮屍伸出長滿屍斑的手抓住他！

「不！我不要！放開我！嗚嚕——」

傑尼斯死命大叫，但不到一秒鐘的時間，他整個人就失去重心掉入湖水中！

「咕嚕！咳、咳咳！嗚——」

不停傳出的嗆水聲，伴隨著水波一陣又一陣的震動，傑尼斯的行動已失去方寸，喉嚨進水的感覺快令他窒息，他雙手緊握著脖子，為了活命他必須得儘快逃出這些腐屍的掌控，那些「手」是否為真，對他而言現在都已不重要。

「我不能死……咳咳！」

好不容易掙出水面、逃脫那可怕的拉力後，身體卻又突然失力的往下沉，再度嗆到水，傑尼斯趕緊努力的游動身體，好讓自己能夠繼續平衡的游向前方，雙手則不斷持續往前划動，他是那麼的想為自己找出一線生機。

然而浮屍伸手拉他的景象，仍霸占他整顆腦袋，忘不了、甩不掉，傑尼斯使出全身吃奶的力氣，只想趕快回到船上逃離尼斯特湖。

傑尼斯拚命的向前游了一會後，他自覺終於看見了一絲希望。當他的手掌終於扣到了木舟船板，他總算可以稍微鬆口氣之際……

他的下半身，好似被什麼東西絆住動彈不得了。

傑尼斯回頭看卻什麼也沒看到，大概那東西是沉在水底下的關係，於是他只能猛力踢腳，想脫離被卡住下半身的困境。他那種不斷的掙扎、想活到下一秒的行為，彷如臨死前的白兔仍不停掘洞。

就在傑尼斯費了好大力氣才掙脫而出，他的右臉頰則貼上另一張……從未見過的冰冷人臉。

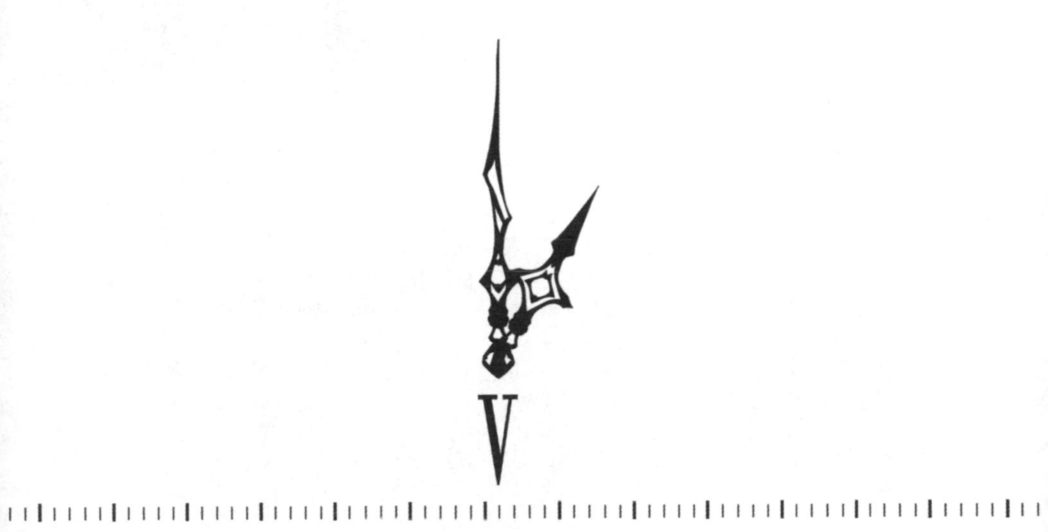

# 傑尼斯的日記

好在都只是皮肉傷，殷宇在柳阿一和方世傑的一晚照料下已沒什麼大礙。根據柳阿一的觀察，自家的助理編輯今天開始又是一尾活龍了。

雖然歷經昨晚的驚險，但殷宇想儘快找到妹妹的決意仍未動搖，當柳阿一和方世傑為了誰先使用浴室而吵鬧不已時——由於入住的旅館相當廉價，除了寢室分開外，衛浴設備仍是公用——相較其他兩人早早就起床的他，已經準備妥妥的坐在椅子上，一手拿著熱咖啡啜飲，一邊看著今早剛入手的當地報紙。

「柳阿一你給我聽清楚了，下次膽敢在我沐浴時衝進來我就殺了你！」

這個時候，殷宇的房門前，由遠而近傳來了熟悉的怒罵聲。

「阿大你何必害羞呢，都是男人有什麼好在意的，就算看到了也不會少塊肉啊！還是說阿大難道你真的會因為我而害羞嗎！」

想當然耳，與之對話的另一道聲音殷宇也很耳熟，同樣正朝殷宇的房間方向接近。

「柳、阿、一——我現在就讓你一輩子都說不出這種噁心的話來！」

「嗚哦！別掐我的脖子啊！咳、咳咳！」

門外兩道吵雜的聲音持續到門扉被打開，這時進到殷宇眼簾之中的，疑似是現在進行式的凶殺案畫面，柳阿一被自家編輯用兩手掐住脖子，臉色發青、死命的掙扎。

「日安，兩位的感情還是一如既往的好呢。」

對比之下，悠閒坐在椅子上的殷宇，抬起眼來平淡的看向對面的兩人。

「誰跟這種傢伙感情好了！殷編輯就算是你也不准亂說話！」方世傑鬆開掐住柳阿一頸子的手，怒氣沖沖的指著柳阿一的鼻頭，外加滿臉的鄙視。

「阿大你就別再害羞了啦，連旁人都看出來了我們又能否定什麼呢？」柳阿一訕訕的笑了笑。

「柳阿一，你當真以為我不敢掐死你？」

「……對不起，我閉嘴了阿大。」被方世傑充滿殺意的目光一瞪，柳阿一乖乖的闔上嘴巴了。

「兩位，你們看過今天早上的報紙了嗎？」殷宇也依然如同往常，自動忽視自家上司和作家的吵鬧，話題一轉。

「怎麼，難道又發生什麼事了？」方世傑拋開柳阿一的糾纏，自行快步走到殷宇面前、拿起殷宇放在桌上要給他看的當地報紙。看完了用英文書寫的報導，他吃驚的問殷宇：「尼斯特湖又傳失蹤案……這是今日的頭條？」

「又發生失蹤案？喂喂，尼斯特湖到底是什麼鬼地方？百慕達三角洲嗎？」柳阿一聞之趕緊湊上前，明明看不太懂英文，他硬是要從方世傑手裡搶報紙來看。

「村長尼特羅表示，當地居民傑尼斯昨晚凌晨一點前往尼斯特湖，就再也沒有回來

過……看來我們有必要再去拜訪那位村長了。」殷宇先是照著報紙上的敘述唸著，接著毫不猶豫的起了身，顯然打算要立即行動。

「也許村長那邊還會有我們想得到的訊息。」方世傑也跟了上去，尾隨在殷宇之後雙雙出門。

「我說你們，能不能不要把我晾在一旁無視我啊？」

眼看自家兩位編輯都拋下自己離去，沒時間換穿鞋子的柳阿一便踏著夾腳拖鞋追出門。

△▽　△▽　△▽　△▽　△▽

尼斯特村雖然在物質文明上不是那麼進步，環境上仍保有還未開化的聚落模樣，但由於觀光的發展，在當地也有了租賃交通工具的商業服務，於是三人向住宿的旅館租了兩輛機車——方世傑堅持自己一人騎一輛，另一輛由殷宇載柳阿一。

向旅館老闆打聽清楚了村長的住處，三人就這麼浩浩蕩蕩的騎車前往。

從旅館到村長家的路途並不長，由於尼斯特村還有大半的路未鋪上柏油，因此總能在騎車途中不斷看到黃土被捲起、飄揚於空中。只不過在這短短的行車期間內，某人還是可以發出吵鬧的聲音。

……不，正確來說應該是發出求救的尖叫。

「殷、殷宇拜託你騎慢點啊！我要飛出去了哦哦哦——」坐在機車後座上的柳阿一，死命的抓緊車尾，面露被勁風強襲而扭曲的表情。

「柳先生真是沒用呢，這不過是推嬰兒車的速度。」

「時速一百二十公里最好是嬰兒車的速度啦！」

老實說，柳阿一真的很不想命在旦夕時吐槽殷宇啊。

「你說什麼呢！方編輯不是騎得比我還快嗎？」殷宇透過後照鏡冷冷的瞥了柳阿一一眼。

「你不能拿他做比較啦！阿大年輕的時候是飆車暴走族啊！」

哎呀，他是不是爆了什麼不該爆的料？

未等柳阿一反省自己的大嘴巴，某人的鬥志似乎被這句話激起了。

「原來如此，那麼身為前刑警、更曾作為前交通大隊警隊一員的我，怎能輸給方編輯呢？柳先生，請你坐好了。」

「不要給我擅自競爭起來啊喂！」

於是乎，就在車輪和引擎急速運轉聲下，以及來自柳阿一的死命慘烈叫聲中，三人總算平安無事的來到他們的目的地——尼特羅村長的住家前。



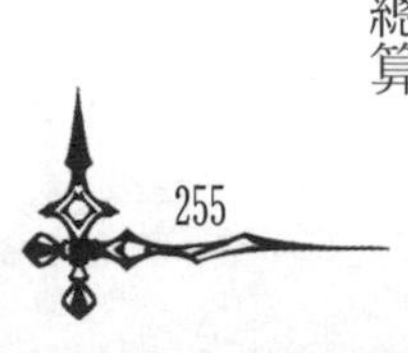

分別以帥氣的甩尾之姿停在村長家門前，方世傑和殷宇下了機車，唯有柳阿一還心有餘悸的撫著胸口緩緩下車，他真的很慶幸，自己方才沒死在車輪底下真是老天有保佑！

「柳先生你還好吧？」殷宇回頭注意到了臉色蒼白的柳阿一。

「我、我沒事……嘔！」

看吧，這就是逞強的下場。他前一秒才說沒事，下一秒就馬上吐出他的早餐了呢。

「什麼？坐個車也能吐成這樣？柳阿一你還真是有夠廢柴。」聽到嘔吐聲的方世傑回過頭看向自家作者，只是他當然是沒好氣的斥責了柳阿一。

「的確，真難理解呢。還是說柳先生這是在孕吐？」

「孕吐你個頭！」

你那句話才是最難理解的吧！柳阿一真心不想在身體羸弱時吐槽殷宇……

「真沒用啊，孕吐的柳阿一。」就連方世傑也加入歪理的陣容了。

「拜託阿大你也別頭腦不清醒啊！」他都快吐死了，為什麼還要讓他吐槽連發啊！

「方編輯，是不是先該問一下村長如何處理柳先生的孕吐呢？」殷宇推了推眼鏡，他好像很認真的問。

「管他這麼多做什麼？最好讓他孕吐死。」

方世傑壞心的勾起嘴角一笑，讓柳阿一明白這傢伙其實清楚自己在說什麼，不像殷宇是真的打從心底確信他是在孕吐。

好個惡毒的編輯啊……柳阿一在內心如此含怨的想著。

「拜託你們……求求你們放過孕吐話題吧！我只是個男人傷不起啊！」

終於，柳阿一在大庭廣眾下講出他生平最恥的話了。

柳阿一最終的下場，依然是被自家兩位編輯以無視帶過，柳阿一頭一次覺得這樣也好，能被無視真是太好了，至少他不用再被冠上奇怪的話題。

這時殷宇已走上前，敲了敲村長的家門。

「請問尼特羅村長在嗎？」

由於事先知道尼特羅會說中文，殷宇便直接以中文詢問。

殷宇出聲後，沒多久門內傳來逐漸接近的腳步聲。當門開啟時，就見尼特羅出現在三人面前，一臉困惑的看著他們。

「請問有什麼事嗎？」

同樣以中文做出回應，但從尼特羅略顯不安的臉色來看，殷宇有種直覺——一種前刑警的直覺，告訴他今天也許能夠從村長這邊取得想要的情報。

「是這樣的，我們是從今天的報紙頭版上得知……」

殷宇開始對著尼特羅說出來歷，尼特羅沉默的深思一會後，便對殷宇等人道：「這說來話長……你們先進來坐坐吧。」

由殷宇代表回應、率先進入後，柳阿一和方世傑也跟著進到村長家中。

村長家內的擺設很簡單，乍看之下似乎唯一電氣化的設備只有電燈、暖爐，其他像是柳阿一賴以維生的電腦和電視全都沒有，柳阿一心想倘若自己生活在此肯定會無聊到瘋掉吧。

「關於失蹤的這位傑尼斯先生……村長你應該有什麼話想對我們說吧？」方世傑從尼特羅欲言又止的表情做出推測。

「該怎麼說……實際上，事情並沒有像報導所說那麼單純……傑尼斯他是因為另一起失蹤案才前往尼斯特湖的。」

尼特羅將傑尼斯因為父親一個月前也在尼斯特湖消失、這段期間不斷到尼斯特湖尋找父親的事情告知他們。

「環環相扣的失蹤事件嗎……」柳阿一表情嚴肅的托著下巴思索著。

尼特羅在他們面前所說的種種，都是報導上未曾揭露的部分，因此殷宇針對此點特別問：「很感謝村長向我們透露這麼多資訊……不過請恕我冒昧一問，為何這些事你沒有向記者坦言？而選擇和我們訴說呢？坦白而言，我們跟你可說是素昧平生，嚴格上算是初次見面，而且還是外地人，你怎會如此信任我們呢？」

這不只是殷宇的疑問，也是作為同夥前來的柳阿一和方世傑內心的疑惑，他們的眼神此時都集中在尼特羅身上。

「確實……比起報社，我似乎更傾向相信你們。一來是報社不過只想挖掘新聞，製造話題和銷售量，況且倘若和記者說這麼多，到時寫了渲染誇大的情節，對目前以觀光為主要產業的尼斯特村來說，恐怕不會是件好事。」

尼特羅繼續說：「至於為何我會向你們第一次見面的人透露這麼多……是種直覺吧。你們三人是看完報導最先來找我詢問的，態度似乎也很認真，我總覺得如果是你們，也許會幫忙找到現在下落不明的傑尼斯。」

「倘若有我們能幫得上忙的地方，我們會盡量去做的，這也是為了回應村長你對我們的信任。」方世傑正色說道。

「別這麼說，其實是我有愧於傑尼斯那孩子，要是當初我能阻止他去尼斯特湖就好了……對了，說到他，我曾請他到家裡幫傭，他有一本日記忘了帶走，不知道這日記的內容會不會對失蹤案有幫助？」尼特羅的眼神在提到傑尼斯時稍稍黯然，但在想起日記的事後，眼底又看似重燃希望。

「請務必給我們看看，我想多少會有線索可查的。」刑警出身的殷宇非常了解日記對於案情常常扮演重要的關鍵角色，因此他相當認真的向尼特羅請求。

「好的，那麼請稍等我一下，我這就去拿來……」

尼特羅起身，讓客廳裡的三人看著他蒼老的背影進到臥房之中，再緩緩的從中走出，手上多了一本看似不起眼的日記本。

「之前一直想將這本日記還給傑尼斯，但人老了總是記性不好，想起來時又認為這是個人隱私而沒翻閱……」

尼特羅將手中的日記本交給了殷宇，四人當場翻閱查看起來。

八月二日星期三，天氣晴。

今天和平常一樣跟著父親到尼斯特湖打漁。

我從小看到大的尼斯特湖，近來成為了發展觀光的重點區域，遊客變多了，攤販變多了，汙染也隨之變多了，我和父親都在抱怨湖水的品質受到了破壞，漁獲都大量減少，真不知道將咱們村莊發展成觀光小鎮是否正確……

尼斯特湖周圍總能看見來自世界各地不同的觀光客，以及導遊……其中有一位導遊讓我印象相當深刻。

我從沒看過長得如此漂亮的人。

只是這名導遊帶隊參觀的重點好像與一般旅行團不太一樣，那個人美是美，但看上去卻總有種我說不上來的奇怪。

九月二日星期四，天氣晴。

今天父親忽然斷了音訊，明明一如既往到尼斯特湖捕魚，卻沒有再出現在我的眼中。

會不會是出了什麼事？

拜託，我就只剩下這麼一個親人了，千萬別再讓我失去他……

對了，去向尼特羅村長尋求幫忙吧？

九月十一日星期六，天氣陰。

今天依舊沒有父親的下落，我越來越擔心。

村長雖然號召了不少村民一起幫忙搜尋，可是卻沒有半點收穫，再這樣下去是不行的……在這個禮拜日前，若村長仍沒給我任何消息，就只好自己去找父親了！

他們那些人肯定沒有去找過森島，說不定爸爸就被困在島上啊！

即使島上有人人畏懼的「魚之淚」的詛咒……

為了唯一的家人，我也要登上森島！

傑尼斯的日記到九月十一號就沒有了後續，眾人的目光也就此停留在日記的最後一頁。

最先開口的人是柳阿一，他喃喃自語：「不知為何我也很在意那個導遊……」

「哼，我看你只是在意那個人的美貌吧。」

「哇，真不愧是知我者阿大！不過為什麼覺得你好像有吃醋的口氣……痛！」

柳阿一話還未說完，就理所當然的吃了方世傑的一記鐵拳，柳阿一的後腦勺拳頭練習場又開始營業了。

「我倒是想問問村長，你知道日記裡所提到的『魚之淚』為何嗎？」無視於柳阿一，方世傑收回剛痛下殺手的拳頭後，轉頭問向尼特羅。

「這個……」被問及「魚之淚」的尼特羅欲言又止，似乎有什麼難言之隱，他別開目光、眼眸低垂看著自己的手背。

「所謂的『魚之淚』，我猜應當是某種與你們信仰有關，神聖又危險的物品對吧？」眼看尼特羅一臉為難，殷宇更進一步的說出他的猜測。

此話一出，尼特羅的表情更加沉重了。

「村長大人，你放心吧，我們會遵守你們當地的禁忌與規則，所以能請你向我們說明一下『魚之淚』嗎？我想這可能是近來失蹤案非常重要的一條線索哦。」柳阿一則用柔性的規勸和放低身段方式來打動對方。

「重要的線索是嗎……唉……實際上，關於『魚之淚』最開始也不過是一個傳說，只是接連有人應驗，進而從傳說變成了詛咒……」

尼特羅深深的嘆了一口氣，用低沉且略帶無可奈何的口吻道：「早在森島還有祭祀活動時，有居民聲稱在島上發現一顆晶瑩剔透、如同鑽石般漂亮的寶石，據說那寶石像是眼淚的形狀。由於森島基本上無人居住，再加上森島本身古老的傳說就是有人魚出沒——甚至是人魚的誕生之地，因此發現這顆寶石的人就將之取名為『魚之淚』……」

「但可想而知，在發現了『魚之淚』後，就出現了不幸的事件吧。」柳阿一幾乎用篤定的語氣道。

尼特羅點了點頭，「是的，那位居民在將『魚之淚』入手後，七天之內家人就離奇的一個接著一個死亡。深感害怕的居民趕緊再將『魚之淚』送回森島上，但似乎已經太遲了，聽說那位居民從此再也沒從森島歸來，大家都說詛咒同樣降臨到他的身上……」

「嗯，聽到這裡我大致上明瞭了。也就是說，由於在舉辦祭祀的森島上發現了這顆寶石，『魚之淚』就自然有了神聖的色彩，但是又因後來貪圖它利益的居民受到詛咒關係，『魚之淚』自此就多了危險的元素在。從傑尼斯的日記來推測，他說不定懷疑自己的父親有可能登上森島，就是為了尋找那顆『魚之淚』。至於為何甘願冒著這種風險……八月份的日記裡有提到了，關於漁獲量減少導致收入也變少的現實。」殷宇拄著下頷，將他經過一番深

思熟慮過的言論說出。

「也就是說，傑尼斯失去音訊前有可能也登上了森島。我想，我們有這個必要到森島上一看。」方世傑做下此判斷，這是他認為當前最有效且必須的決策。

更何況倘若能得到村長的許可進而正當的前往森島，理論上就不會受到其他居民的阻撓，而殷宇也能順道一起在森島上尋找妹妹的下落……畢竟殷宇昨晚也是想偷偷登上森島一探究竟。

除此之外，更或許能夠揭開殷宇昨日「被不知名物體輕柔碰觸」的謎底了……一切的線索都交錯集中在森島之上，是該去正面迎擊的時候了。

「好，現在就前往森島吧！村長，我們登島的資格沒問題吧？」柳阿一拍了自己的大腿一下後站起身，衝勁十足。

「我知道了……比起入夜後的森島，我想白天去也比較安全點。我會特別交代附近的居民不阻擾諸位，若是可以，還會拜託他們盡可能提供協助……傑尼斯那孩子的下落就麻煩你們了。」尼特羅也跟著起身，點頭同意柳阿一的提問。

於是在尼特羅以村長身分的幫忙下，柳阿一三人這次便能正大光明的前往尼斯特湖中的森島。

各自上了租來的機車，發動引擎，三人抱定要將真相查個水落石出——以及要將傑尼斯和殷婷找到的念頭，車輪再次以極高的旋轉速度衝出，瞬間揚起了一片土色的滾滾塵埃。

陽光經過一夜的休憩之後，今日又再次以刺眼的熱辣強光照臨大地，尼斯特湖面上更因此閃爍著猶如繁星般的光澤。

然而，今天尼斯特湖前的某一個區域，平常總是較為隱密且少有遊客前往的地方，卻一反往常的圍了一票群眾在此議論紛紛，剛騎車抵達的柳阿一等人立刻前往一看。

柳阿一懷著一種莫名忐忑的心情，發現眾人眼神全放在一艘停泊在岸旁的木舟上，並聽到有人高喊那艘船是失蹤的傑尼斯所有。

「對不起，借過一下！」

柳阿一用最簡單的英文喊著，身體向前推進想看個究竟，後頭的殷宇和方世傑也跟著一起行動，挨著人群來到了最前頭。

他們終於見著了那令人毛骨悚然的答案——

有一隻斷掉的小麥色手臂，姿態僵硬的抓緊船緣。

柳阿一倒抽口氣，方世傑睜大了眼睛，殷宇沒有表情卻緊緊的握起了拳頭。側過頭來的

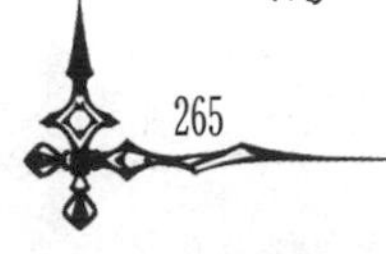

柳阿一無意間發現殷宇此時的反應，他不禁略微有擔心的看著對方。

「走了。」

殷宇掉頭就走，他的動作極快，讓柳阿一和方世傑有些反應不過來。

「殷宇，你還好吧？你的臉色很不對勁……」匆忙跟在後頭的柳阿一忍不住出聲詢問。就見快步行走的殷宇垂著頭、背對著他低聲道：「倘若那真是傑尼斯的手，恐怕他凶多吉少，斷掉一隻手臂的出血量若沒及時處理絕對能夠致死……但是，殷婷還有機會。」

殷宇深深吸了一口氣，讓因為心跳加快而變得沉重的胸膛塞滿空氣。

「哪怕尼斯特湖死了多少人，只要我沒親眼見到殷婷，我都不會放棄希望——我一定會找到她。」

語氣無比的堅定，可是看在柳阿一和方世傑眼底，他們都發現殷宇的肩膀正微微顫抖。

柳阿一和方世傑互看一眼，像是達成了某種默契，他們一同走上前，各自將手按在殷宇的肩上。

「沒問題的，別忘了還有我們能夠幫你。」柳阿一手搭著殷宇的左肩，對著殷宇肯定的點了點頭。

「所以，不要什麼事都往自己身上攬，讓我們也分擔一些吧——你妹妹的事我們答應你一定會將她找到。」方世傑也點著頭。

聽了兩人的話，殷宇急急前行的腳忽然佇足。他抬起頭，分別看了左右兩旁的柳阿一和方世傑，鏡片下的雙眸剎那閃過一道錯綜複雜感情，隨後他又低下頭來，雙脣微啟。

「別指望我會對你們露出期待中的感動表情，不過……」

當殷宇再次抬起頭時，原本緊繃的臉部已放鬆不少。

「相信你們倒是可以考慮——走吧！」

殷宇這次邁開的步伐輕盈了許多，柳阿一和方世傑似乎也在方才那瞬間看到殷宇微微的笑了。

「真是的，這傢伙就是如此不坦率，真不可愛的人啊……」柳阿一不禁搖搖頭，莞爾一笑，隨之也快步跟上殷宇。

「男人哪需要什麼可愛的形容詞，你就省省那吐不出象牙的狗嘴吧，柳阿一。既然都信誓旦旦的答應了殷宇，你也得認真幫忙別扯後腿啊！」方世傑兩手插在口袋中向前快走，嘴角也挑著淺淺的笑。

「啊啊，你想被我稱讚可愛就說一聲嘛！至於殷宇的事你放心，我柳阿一說到做到。」

柳阿一朝方世傑咧嘴一笑，雖然表情輕浮了點，但與柳阿一共事好幾年的方世傑明白，對方最後所說的話是再誠摯不過。

走吧！縱使前方的道路跌宕凶險，哪怕現在所看到的一切都充滿危機，但走在最前頭的

殷宇不知為何總有一種想法。

——只要這兩人在他身邊，他就能夠無所畏懼。

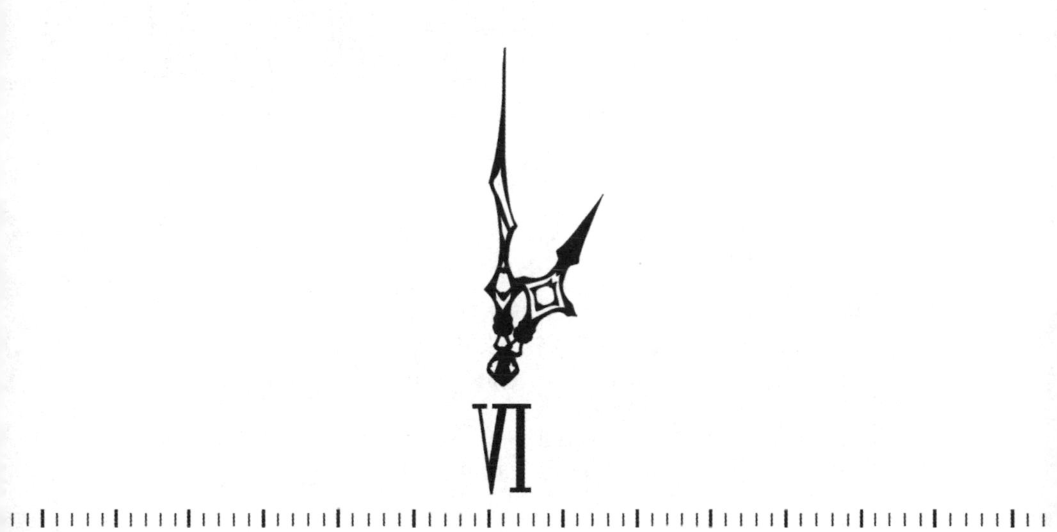


# 陰影到來

今日尼斯特村的氣氛比平時還要來得忙碌。

早上就有失蹤案登上當地報紙頭版，沒多久就在尼斯特湖旁見到該名失蹤者斷掉、遺留在船上的手。因此有部分居民放棄了商業活動，暫停與觀光旅行團配合的工作，他們認為一定是村裡受到了什麼不祥的詛咒，而這詛咒是他們當地的神靈無法化解，於是他們其中有人找來了外地的幫手，現正準備迎接這位能夠為村莊消災解厄的人物。

尼斯特村此時吹起不尋常的西風，樹葉啪咂啪咂吵雜響起，被吹起的黃沙漫無目的隨風飛去。一名身穿一襲黑色神父制服、頸間戴著一條銀白色十字架的高眺男人緩緩走著，他手遮著頭頂上的烈陽，一頭烏黑亮麗的長髮反射著閃耀光澤，藍中帶紫的深邃眸子凝視著遠方，蒼白的肌膚毫無血色，朱紅的脣角微微揚起……

「我想要的那個東西……就在這裡吧。」

男人淡淡的說著，他提起腳步，踩踏出沉重的聲響。

尼斯特村，中央小廣場——

「大家動作快，神父快來了！趕快把牲品準備好呀！」

作為此次驅邪儀式負責人的男子正忙著調動人手，如此奔波就是為了等會到來的神父，也就是被他聘來主持驅魔的人。

狹小的廣場、平常總是擠滿觀光客的廣場，今天卻不對外開放，只有參與這場儀式的當地村民能夠進入。到場的人比負責人預期的還多，彷彿所有的村民都聚集在這裡一般，相當擁擠。這也難怪，因為村內這陣子真的發生了太多離奇怪事。

「大家注意，西法神父來了！」

從前方不遠處傳來呼喊聲，而尾隨在呼喊聲之後登場的，正是西法。

「感謝各位的盛情歡迎，我心領了。神的救贖，將拯救你們。」

西法優雅緩慢的走入廣場中央，他手持著一本紅色牛皮聖經，那張俊臉在瞬間迷惑住了一切，所有見著他的人不是流露出對美的強烈讚嘆，就是為此怔忡而一時無法自拔清醒。

「好帥的神父……我第一次看到這麼俊美的神父……好像天使下凡一樣呢。」

女人的稱讚聲立刻傳播開來。可她們不知道，這位被她們詠讚成天使的男人，實際上卻是再危險不過的人物。

「西法神父，我就開門見山的說吧！請您幫我們解決尼斯特湖的魚怪吧！」負責人上前與西法談話，他懇求的語氣中帶著些急躁，似乎想讓這場惡夢快點結束。

他之所以認為……不，正確來說是所有在場的人們都認為尼斯特湖有邪魚，一定是因為有人對「魚之淚」做了什麼而招致災難降臨，甚至引來邪魚攻擊前往尼斯特湖的村民與遊客，而這就是「魚之淚」的詛咒，在村民的認知中，這是難以消除的強大力量。

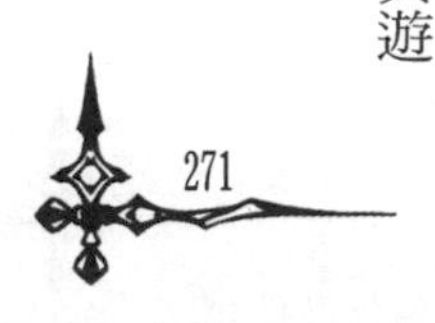

「我知道，這是我來的職責、我來的目的。放心，你們的願望神已經聽到了。身為神的代理者，我一定會替你們解決惡夢。」西法展露迷人的微笑，回給眾人一個明確的答案。

然而，這群人殊不知他們為自己的村莊……不，是為這個世界招來更可怕的惡夢。

△▽　△▽　△▽　△▽　△▽

「嘩啦嘩啦……」

西法靜坐在木舟上，聽著木舟滑過水面的聲音響起，他沒有動手滑槳，但船仍是動了。在狹小的木舟上，除了不發一語、冷靜沉著的西法之外，還多了一個大麻袋，而且還不停像條肥蟲般扭動、發出嗚嗚的掙扎聲。

西法的雙眼直視著前方，寒風拂過他蒼白雪肌、俊挺五官，黑漆的長直髮在風的吹動下交織成網。

「尼斯特湖除了可能有『那個東西』外……其實也沒什麼嘛……真無趣呢。」西法冷冷輕蔑的說著，手指撫過他的血色薄唇，那動作看上去有著若有似無誘惑的魅力。

船繼續以詭異無人駕駛的方式向前進，速度甚快，西法依然沒有理會腳旁不斷扭動的麻布袋。就在這時，西法的平淡眼神終於有點反應，他深邃幽幽的雙眼中映入一座環繞著各種紅色肉塊、被惡臭周旋的島嶼——森島。

西法知道這裡就是尼斯特村民心中神聖又恐懼之處，但對他而言，這裡卻是藏著「某樣東西」的寶藏地。

「就是這裡吧……呵呵……真是令我期待呀。」

現在，西法必須越過那堆浮在水面上的肉塊和各種噁心交織的物體，才能讓雙腳踏上那座散發不祥氣息的島嶼。他嘴角揚起一抹微笑，並站起了身。

「紅色的光芒，替我開啟前行之路。」

隨著西法冷若冰霜的聲音傳出，霎時一道紅光從他指尖發射出去，紅光竟排開四周的阻礙物，形成一條略微寬大、閃爍著紅色光芒的水路。西法咯咯的冷笑，木舟繼續向前駛近。最後，西法輕鬆自若的登上了地面黏滑的森島，並從船上背下那個不斷蠕動的大布袋。

「你呀，真是愛頑強抵抗。不過，現在你終於可以派上用場了。反正你是尼斯特村的死刑犯，遲早都要死。成為村民的解救祭品，讓他們對你感到崇敬也不錯，不是嗎？」

西法鬆綁麻袋，裡面滾出一名雙手被麻繩捆住、嘴巴封上膠帶的男人。

「嗚嗚！」男人大聲嚷嚷，眼神仍顯強硬。

「嗯，你真是愛逞強，不愧是在村裡犯下五起殺人案的人物，那種執著力真叫我喜歡，當初真沒想到可以考慮找你進行交易呢……回收你的靈魂應該也是不錯選擇。」

西法語畢，露出他陰森的笑容，接著毫無預警的就用他銳利的指甲割破男人的咽喉。

指尖劃破皮膚的瞬間，從咽喉裡噴湧出的鮮血瞬間灑在西法的衣上與臉上，下一個動作即是西法將失去站立的力氣、即將大量失血死去的男人踹入水中！

剎那只見噴濺的鮮紅色血水如地底湧出的溫泉一般，從下往上渲染開來，血泊快速的增大、變深，彷如一朵正在盛開的紅色牡丹……伴隨豔紅色的血水擴散，一股直闖入鼻的血腥味瀰漫開來，使本就飄散著腐臭味的森島又多了一股濃濃鮮血味。

對於這殘暴的一幕，西法反而咧嘴而笑，甚至還深深的吸了口氣，讓整個鼻腔裡充滿了血腥味，流露出品飲美酒般的陶醉神情，他伸出緋舌，以舌尖輕舔了一下剛剛噴到脣邊的血漬，緋舌在蒼白的肌膚映襯下，更顯突兀。

「我送妳這麼一場美麗的血之饗宴，可別不捧我的場喔……我親愛的純白女神。」

西法低語，他的嘴角抽動著，那是種不知該如何形容的笑靨，看上去相當迷人卻透著一股讓人打顫的寒氣，而他所說的「純白女神」至此還未讓他真正見著一面。

「啪啦……」

紅色的血水已暈染了好大一片，只聽到一種莫名的水波振幅聲不斷傳出，那陣水波震動的聲音越來越大，越來越靠近西法所在的位置。

「呵呵，妳果然被血的芬芳吸引過來了嗎……我的純白女神。」

西法睇著忽然間轉為赤紅色的邪美雙眸，朱紅的丹脣微微張合，他那對緋紅的眼瞳，反映出一名赤裸著全白的上半身、下半身則是長有魚鱗尾的人魚，正撕咬著西法帶來的人質頸部、吸取著新鮮又溫熱的血液。

△▽　△▽　△▽　△▽　△▽

「今天尼斯特村好像怪怪的。」和自家兩位編輯搭乘木舟前往森島途中的柳阿一，拄著下巴說出了打從出發到現在都悶在心底的話。

「不是一直以來都很怪嗎？失蹤案頻頻發生。」方世傑不以為然的回應了柳阿一。

「呃，這是很奇怪沒錯，但不知道阿大你有沒有注意到……今天的尼斯特村似乎有一部分的商家暫停營業呢，觀光團也不接了，就像發生了什麼大事一樣。」

「聽你這麼說，好像是有那麼一回事……可是，坦白講，光一個傑尼斯斷掉的手被發現，會影響這麼大嗎？」方世傑想了一下，認為柳阿一所言似乎確有此事。在登船之前，他也多少察覺到了對方所說的異象，遊客少了，有好幾間店家關門不做生意……

可就方世傑的觀點來看，光是傑尼斯的事件應不足以造成如此大的影響。

「我有趁登船前稍微打聽了一下，據說是村裡的人找來了一名厲害角色要幫他們消災解



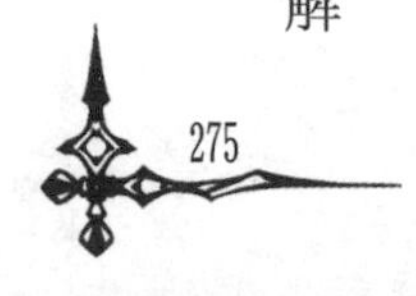

厄……大概是這樣吧，因為我的英文程度很破，所以只聽得懂這樣。」

「當地自己的宗教沒法做到，因此改而向外界求助嗎……」方世傑聽了柳阿一的話後，不知為何總覺得內心頗為不安。只是對於這份莫名的忐忑，他選擇不說出來，畢竟現在最該全力以赴的事是幫忙殷宇找到妹妹。

方世傑的目光投向殷宇。看著殷宇正划著船槳讓小船前進，看著殷宇那充滿剛毅決心的側臉，方世傑內心更有種說不出口的擔憂。雖然他和柳阿一答應了殷宇，一定會竭盡所能的幫忙殷宇找回妹妹，可是他多少是了解目前的情況，不利的因素大過於一切，倘若最終尋獲的結果不如他們理想的那般呢？殷宇承受得了嗎？

思至此，方世傑搖了搖頭，他不想像個多愁善感的老媽子擔心得太多，總之走一步算一步，他和柳阿一能夠為殷宇做的事，就是支持著對方，和往常一樣三人一起度過各種難關。

「有動靜。」

前方忽然傳來殷宇充滿警告意味的聲音。方世傑和柳阿一趕緊往殷宇目光注視的方向一看，赫見前方湖面的某塊區域正不斷冒著詭異的氣泡。

「那、那是什麼啊？」柳阿一愣愣的問。

殷宇的眉頭一皺，他對於眼前這一幕似曾相識——

「大家小心，很可能是昨晚襲擊我的食人魚群！」

「食人魚群？怎會挑在這個節骨眼上出現……！」

柳阿一吃驚的話還未完，他們所搭乘的船開始一陣搖晃，再抬頭向前看去，果真就見彷彿列隊而來、黑壓壓的魚群從冒氣泡之處朝他們這裡快速襲來！

「你們快拿船槳將牠們弄離船身！」殷宇想起之前的教訓，他這次準備了多餘的船槳，現在人人手持一支，三人可以合力一起打退如猛浪襲來的食人魚群。

「知道了！我才不會成為這群魚的盤中飧！要是吃了我是全天下女性的損失啊！」柳阿一拿著船槳，將從湖面跳上來的食人魚打下去。

「哼，吃了你只是為全天下女性除害吧。」另一旁的方世傑也以船槳打退魚群，不讓食人魚群有跳進船身的機會。

「好過分，阿大的嫉妒比食人魚還恐怖哦～」

「柳阿一，信不信我現在就把你踹入湖裡讓你當場成了盤中飧？」方世傑用非常正經的表情對著柳阿一說。

「兩位在這種時候還能拌嘴真是不容易呢……感情太好也不該是這樣，請顧慮一下正在攻擊我們的食人魚們的心情，方編輯和柳先生。」殷宇一邊面無表情的打退魚群，一邊用毫無起伏的口吻說著。

「誰跟這種傢伙感情好了啊！」方世傑額冒青筋反駁。

「為什麼要考慮食人魚的心情？食人魚最討厭的應該是阿大吧？難道說食人魚也會被我跟阿大閃瞎嗎！」柳阿一一手指著方世傑。

「柳阿一你還是給我去死吧。」說著，方世傑還真抬起他的腳要往柳阿一踹去。

「嗚哇！阿、阿大你別較真啊！你這樣晃動不行啦，會影響船身的平衡……啊！」

柳阿一的話還來不及說完，三人所乘載的木舟突然一陣劇烈晃動——啪的一聲，柳阿一的預言成真了！

「咳、咳咳！」一顆老鼠屎害了一鍋粥就是這麼回事吧，作為導火線之一的柳阿一成了落水狗、掉入湖中，他首先就是被湖水嗆著。

「柳阿一你看你又做了什麼好事！」造成這個局面的當事者方世傑倒是一點也不反省自己，怒皺眉頭的他現在只想用水面下的腳再踹柳阿一。

「兩位別再鬧了，現在可好了，我們再不快游離這裡，食人魚又要接踵而來了。」

現場唯一冷靜理智的殷宇用正經無比的口吻對另外兩人說著，同時，他們也看見原先被打退的食人魚群再次集結，正朝他們這邊而來，準備發動第二波攻擊。

「唔！說得也是，逃命要緊！」

柳阿一見著魚群再次蜂擁而至，立刻以他最快的速度朝前游動；當然，不只是他，方世傑和殷宇也各以最快之姿向前游去。三人共同的目標都是前頭不遠處的森島，至少只要先登上岸就暫時不用怕食人魚的攻擊了！

三人拚了命的往前游，就怕成為一群餓魚們的盤中飧，只是當他們接近森島、以為生命即將露出一點曙光之際，卻在看到前頭環繞著森島的紅色飄浮物時，曙光頓時消逝。

「那、那些紅色的東西到底是什麼……腐爛掉的肉塊嗎？」柳阿一探出水面，錯愕的看著前方。

「不管那是什麼，我只知道再不快點上岸食人魚就要來了！」方世傑一手撞開擋在前頭的柳阿一、迅速的游上前去。

一旁的殷宇也不再遲疑，繼續朝森島的方向游去。

停留在尾端的柳阿一咬牙道：「喂，你們別不等我啊！」回頭看了就快追上來的食人魚群一眼，他下定決心克服萬難的游向前方，因為說什麼他都不甘心比前頭那兩人早死！

為了求生而不顧一切挺進紅色飄浮物中的三道身影，即使在直驅而入的剎那被周圍惡臭所襲擊，四肢更不得已和那些飄浮物碰撞接觸，但他們都知道現在最好什麼都不要多想、什麼都不要多看，將好奇心和求知欲都壓到最低，只求活命登上岸——哪怕飄浮物的真相是他們最不樂意知道的答案。

「呼、呼呼……」好不容易爬上岸的柳阿一喘著氣，身上的衣著也黏著不知名之物，他仍然選擇不去多想那是什麼東西，總之快點拿掉就是，至少他現在在短時間內不用再擔心魚

群的攻擊。

「在尼斯特湖失蹤的人……有一部分是因為被這群食人魚攻擊吧。」比柳阿一早一步登上岸的方世傑，一邊拍拍身上的黏著物並擰著衣服，一邊若有所思的說著。

「可是，如果是食人魚造成的，找來驅魔師也沒用吧？那村民到底是想驅除什麼呢？」柳阿一看著那些本來要攻擊他們的食人魚退去，問向旁邊的方世傑。

「……恐怕那個答案就在森島上。」

這時柳阿一和方世傑都聽到了殷宇的聲音，循著聲源轉過頭去，就見殷宇蹲在地上，手裡拿著一個麻布袋，從他的側面看去，鏡片下的雙眸正凝神思索。

「這種地方怎會有麻布袋……基本上不是禁止接近森島的嗎？」柳阿一湊上前一看，他也觀察到了，這個麻布袋上頭還印有不知作為什麼用的日期，日期並不久遠，由此可推測這是近來才出現的產物，也就是說最近除了他們三人以外，似乎也有人登上了森島。

「總之，我們這次前來也是要調查這座森島……把這點一起併入調查的範圍中吧。」方世傑的目光落在麻布袋上一會，就提起腳步要展開行動。

三人開始在當地居民口中的「森島」中探索。

柳阿一對於森島枯燥的環境、黏滑的地面，以及讓他寧可選擇不願多想的腐臭味有諸多意見，雖然他現在自身也沒好到哪裡去，自從通過那堆紅色飄浮物後，身上就一直沾有惡臭，讓向來喜歡在身上噴灑古龍水、鼻子早已習慣香水芬芳的柳阿一非常不適應，恨不得來場傾盆大雨沖刷掉身上的臭味。

方世傑環顧四周，他發現明明從尼斯特村出發時天氣還算晴朗，即使在遭受食人魚攻擊前也還看得到太陽露臉，但是踏上森島後，抬眼卻不見原本高掛天幕的金澄澄豔陽，只有不知何時聚集在上空的灰雲，厚厚的積了一層又一層，像一張被過多粉飾而顯得暗沉的臉。

走在最前頭的殷宇可沒心思在意這些小細節。但他也不衝動行事，往前走的每一步都十分謹慎，只是他的步伐相較後頭的兩人明顯快上很多——他心繫著自己的親人，他那下落不明的妹妹，他在心中立誓過一定要找回的家人。

島上最讓人在意的就是前方那座洞窟，從外頭看進去，內部顯得挺幽暗，究竟有多曲折深長難以斷定。對這三人來說更糟糕的是，由於方才被食人魚襲擊導致帶來的裝備都沒了，即使現在是白天，但若要進到這座洞窟內，誓必還得要有光源照亮前行道路。

這個時候，殷宇又蹲了下來，柳阿一見他在地上拿起了兩根樹枝。

「等等，殷宇你該不會是想……」柳阿一大致上猜到可能的答案。

「我以前曾當過童子軍，知道怎麼鑽木取火。」殷宇很正經的回答，目光和動作都開始專注的集中在木頭上。

「這麼原始老套的方法可行嗎？我說這會不會過時了……」

「點著了。」

「未免太快！你是人體打火機嗎！」

柳阿一前一句話還來不及說完，就見火光冒了出來，這讓過去童軍課都差點不及格的柳阿一情何以堪，被打擊得體無完膚啊！

「吵死了，有可以照明的東西就好，別在那邊給我囉哩叭嗦的柳阿一！」

方世傑毫不客氣瞪了柳阿一一眼，總是曲服於鬼差編輯淫威下的柳阿一自是噤若寒蟬。

有了火把的照亮，三人行的隊伍由殷宇領隊，步步走向那看不見底的幽暗洞窟……

進到洞窟後，立刻能感覺氣溫明顯的下降，更有不知從哪吹來的陣陣陰風，讓渾身還濕答答的柳阿一快忍不住要打噴嚏了。柳阿一用雙手環著身體，看著殷宇手持的火把……他真想湊上去取暖啊，要是他感冒了，全天下的女性都會為他難過擔心吧？

進入洞窟後，那種難以言喻的惡臭就更濃了，柳阿一心想，殷宇的妹妹真會待在這種鬼地方嗎？就算他妹是個超級獵奇迷，難道連嗅覺也獵奇到這種地步而不想離開洞窟嗎？即便是被困在島上，換作是他也不會想待在這個陰森森又空氣不好的地方，而是會在岸邊等待救援啊！

這種地方真能找到殷宇的妹妹嗎？

這個疑問柳阿一不敢說出口，就怕影響了殷宇的信念。

越往洞窟的深處走去，越覺空氣變得稀薄，讓柳阿一再次確認這裡真不是人能待之處。不只是柳阿一如此認為，旁邊的方世傑也有同感。雖說在稿子進度上這兩人從來沒有共識過，現在卻有共同的念頭。

就在這時，火把的火光忽然照到一個一閃即過的身影！殷宇二話不說提起腳步快速追了上去，在後頭的柳阿一和方世傑雖心有疑慮卻也攔不住殷宇，只得硬著頭皮先跟上再說。

洞窟內的地面濕濕滑滑，跑起步來的柳阿一都覺得隨時有摔跤的危險，但他肯定方才轉瞬即逝的身影不是錯覺，因為殷宇和方世傑也都看到了！就算是冒著會摔得四腳朝天、下巴斷裂、還是屁股著地……不對，他為什麼要這樣詛咒自己啊？總之，就是無論如何都要把真相追到手！

「在那裡！」

柳阿一眼尖的發現身影跑進了左邊的分岔路，跑在前頭的殷宇和方世傑趕緊轉換方向，繼續緊追。

追到最後，眼見前方即將見底、再無退路，而身影躲進了一塊大石頭之後，柳阿一三人止住了奔跑的腳步，三人彼此互看一眼，點頭確定後，由持有火把且膽識最為過人的殷宇做先驅、步步小心翼翼的走近石頭。

「我們不會傷害你的——如果你能聽得懂我說的話。」

殷宇將火把舉高，讓火光映在石頭上，石面上除了長滿青苔外還看得到……一隻慘白無血色的手抓著石頭邊緣。

「這個聲音……是……哥哥嗎？」

石頭後方傳來這麼一聲怯怯的詢問，不僅震驚了柳阿一與方世傑，更讓向來情感不易外露的殷宇睜大了眼睛。

「……小婷？」鏡片下的雙眸眨了下，殷宇用不確定卻又期待能得到肯定的口氣反問。

在他身後的柳阿一等人怔怔的杵在原地，對於超展開的情況一時間還反應不過來。

「果然是……宇哥哥啊……可是我……」

那口吻像是鬆了一口氣，可是隨即又聽到那道女聲壓低了嗓音，似乎又有什麼事讓她的心再次懸了上去。

「小婷，哥哥就在這裡，妳無須害怕。為何還不出來見我？」

殷宇自是聽出妹妹語氣裡的那份擔憂，也更不解為什麼對方仍有所踟躕，身為兄長的他可是找了好久，更不辭千辛萬苦飛來異國，就為了能夠與自己唯一的家人重逢！

殷宇的疑問，連同在後頭等候旁觀的柳阿一和方世傑也很想知道，直覺都告訴他們絕對另有隱情。

「哥哥……倘若……我已經不再是你所知道的那個小婷了呢？」

「……妳在說什麼？妳就是小婷，妳就是我殷宇唯一的妹妹殷婷，無論如何永遠都是。」對於依然躲在石頭後的殷婷所說的話，殷宇蹙起了眉頭。

「吶……是真的嗎？無論如何……都是嗎？」殷婷猶豫的聲音中多了一絲希望。

「是真的，我何時騙過妳了？」殷宇肯定的點了頭。

「就算……我變成了這副模樣？」

殷婷的話音一落，藏在石頭之後的身影終於探了出來，真相大白——

然而，這個真相足足讓現場的三人倒抽一口寒氣……

《人魚的溫柔淚傷》待續

《勾魂筆記本04》完

敬請期待《勾魂筆記本05》精采完結篇

飛小說系列099

# 勾魂筆記本04

## 娃娃雕像的嘆息

出版者■典藏閣
作　者■帝柳　繪　者■GUNNI
總編輯■歐綾纖
製作團隊■不思議工作室
郵撥帳號■50017206 采舍國際有限公司（郵撥購買，請另付一成郵資）
台灣出版中心■新北市中和區中山路2段366巷10號10樓
電　話■(02) 2248-7896　傳　真■(02) 2248-7758
物流中心■新北市中和區中山路2段366巷10號3樓
電　話■(02) 8245-8786　傳　真■(02) 8245-8718
ISBN■978-986-271-494-2
出版日期■2014年5月

全球華文國際市場總代理／采舍國際
地　址■新北市中和區中山路2段366巷10號3樓
電　話■(02) 8245-8786　傳　真■(02) 8245-8718

新絲路網路書店
地　址■新北市中和區中山路2段366巷10號10樓
網　址■www.silkbook.com
電　話■(02) 8245-9896
傳　真■(02) 8245-8819

☛**您在什麼地方購買本書？**☜

1.便利商店( ________市／縣)：☐7-11 ☐全家 ☐萊爾富 ☐其他____________

2.網路書店：☐新絲路 ☐博客來 ☐金石堂 ☐其他__________

3.書店( ________市／縣)：☐金石堂 ☐誠品 ☐安利美特animate ☐其他_______

姓名：________地址：____________________________________________

聯絡電話：_____________ 電子郵箱：________________________________

您的性別：☐男 ☐女 您的生日：西元________年________月________日

（請務必填妥基本資料，以利贈品寄送）

您的職業：☐上班族 ☐學生 ☐服務業 ☐軍警公教 ☐資訊業 ☐娛樂相關產業

☐自由業 ☐其他__________

您的學歷：☐高中（含高中以下） ☐專科、大學 ☐研究所以上

☛**購買前**☜

您從何處得知本書：☐逛書店 ☐網路廣告（網站：____________） ☐親友介紹

（可複選） ☐出版書訊 ☐銷售人員推薦 ☐其他________________

本書吸引您的原因：☐書名很好 ☐封面精美 ☐書腰文字 ☐封底文字 ☐欣賞作家

（可複選） ☐喜歡畫家 ☐價格合理 ☐題材有趣 ☐廣告印象深刻

☐其他_________________

☛**購買後**☜

您滿意的部份：☐書名 ☐封面 ☐故事內容 ☐版面編排 ☐價格 ☐贈品

（可複選） ☐其他

不滿意的部份：☐書名 ☐封面 ☐故事內容 ☐版面編排 ☐價格 ☐贈品

（可複選） ☐其他

您對本書以及典藏閣的建議____________________________________________

______________________________________________________________

______________________________________________________________

✌未來您是否願意收到相關書訊？☐是 ☐否

**感謝您寶貴的意見**

印刷品

$3.5
請貼
3.5元
郵票
不思議信箱
FUSIGI POST

235 新北市中和區中山路二段366巷10號10樓
華文網出版集團 收
（典藏閣－不思議工作室）

娃娃雕像的嘆息——

Novel✎帝柳 Illust✎GUNNI

✎If you choose to forget it,
you would remember it someday.
Listen! It's the stroke of 04:00.